銀の騎士は
異世界メイドがお気に入り

上原緒弥

OMI KAMIHARA

NB
ノーチェ文庫

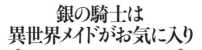

登場人物紹介
カイル
貴族令嬢たちに
大人気の騎士団長。
カホが通う書店に
よく現れる。
花宮《はなみや》香《か》穂《ほ》
日本にいた
ころのカホ。
カホ
日本からこの世界に
トリップしてしまった女性。
お城でメイドとして働いている。
日本へ帰る方法を探すため、
書店に通っているのだが……

ローザ
カホが通う書店の
看板娘。明るく
人懐っこい性格。
ブルーノ
カホが通う書店の
店主。ローザの兄。
ヴィルフリート
騎士団の副団長。
カイルと仲が良い。
セアラ
カホのルームメイト。カホが
異世界から来たことを
知っていて、色々
協力してくれる。

目次

銀の騎士は異世界メイドがお気に入り

第一章

昨日までの長雨が嘘のように晴れ渡った昼下がり。

目映《まばゆ》い太陽の光に目を細めながら、カホは人で溢《あふ》れ返った道を迷いのない足取りで進んでいた。

城下町のメインストリートとも言えるこの通りは、いつも騒がしい。様々な店が建ち並び、人の行き来も多かった。

けれど、横道へ逸《そ》れると途端に賑《にぎ》やかさが遠ざかる。

朝食を食べそびれ昼食も取らずに部屋を出てきたカホは、メインストリートで軽く食事を取ったあと、いつもの脇道へ入っていった。

そして迷うことなく、ひとつの建物の前で足を止める。

二階建てのその建物はひっそりと佇んでおり、営業中を示す看板が扉に出ていなければ、そこに店があることなど気が付かないだろう。

カホはそっと扉の取っ手に手を掛けた。ちりんちりんと、可愛らしいベルの音が店内に響き渡る。

踏み入れた室内の壁一面に広がるのは、本棚だ。広い階段の壁にも棚があり、本が陳《ちん》列《れつ》されている。

店内のどこを見回しても本棚が並ぶこの店は、書店だった。

メインストリートにある書店に比べたら品揃えは少ないが、面白いタイトルが揃っている。

カホがここを見つけたのは偶然だった。

迷子になり、この辺りを歩き回っていたときにたまたま発見したのだ。それからずっと通い続けるほど居心地の良いこの店に出会えたことは、幸運だと思っている。

「こんにちは」

「いらっしゃいませ！」

カホが挨拶をすると、明るい声が返ってきた。声とは別方向の棚に人影が見えた気がしたが、気にせず返事をくれた少女の顔を見る。

少女は頭上に生えた黒い猫耳を嬉しそうに揺らした。よく見れば、彼女の臀部《でんぶ》には、耳とお揃いの黒い尻尾が生えている。

この国に来る前のカホであれば驚いて腰を抜かしていただろうが、今では当たり前に受け止めていた。この世界では動物の特徴を受け継いだ《獣人》と呼ばれる存在が、人間と共存しているのだ。

少女――ローザとこの書店の主であるブルーノは兄妹で、ふたりとも黒猫の獣人の血を引いている。その影響で、人間の姿に猫耳と尻尾が生えているのだ。

視線を走らせると、ブルーノは奥にあるカウンターの中で本を読んでいた。難しい単語の並ぶ表紙で、何を読んでいるのかはわからない。

ふと顔を上げたブルーノとカホの視線が合う。カホは一礼したが、ブルーノの視線は手もとの本に戻ってしまった。ただ、尻尾をゆらりと揺らし、彼流の挨拶を返してくれる。

愛想のない店主に代わって、ローザがカホの相手をしてくれた。

「多分、今日はお姉さんが来る日だなって思ってたので、晴れて良かったです！　それで、何をお求めですか？　ちょうど昨日、女の人に人気の男性作家さんの本が入荷したばっかりで……恋愛小説なんですけど」

「あ、お使い頼まれてたの、その人かな……シリーズの新しいもの？」

「そうです！　今すごく売れてて、大きい本屋だと完売しちゃってるらしいですよ！」

「じゃあそれと、ええと、あと魔術の出る物語を探してて……。そういうのってあるかな？」

「私が覚えている範囲でもいくつかあったと思うんですけど……ちょっと探してみるので、待っててもらってもいいですか？」

「ありがとう、ローザちゃん。いつも、ごめんね」

「いえいえ！　カホお姉さんは常連さんなので、これぐらい当たり前です」

しかしそこでローザは不思議そうに首を傾《かし》げた。

「でも、女の人でそういう本ばっかり読むって、珍しいですよね。この間なんか魔術の専門書まで見てましたけど、カホお姉さん、魔術師になるんですか？」

その問いに、カホの動きが止まる。だがすぐに気を取り直して笑みを浮かべると、首を横に振った。

「故郷にこの手の話が少なくて、目新しいなって思っただけなの。魔術の専門書を見てたのは、前に読んだ本に出てきた魔術が実際にあるのかなって、疑問だっただけで……魔術師になりたいわけじゃないかな」

「そうだったんですね」

ローザは頷き、カウンターに座る兄に声を掛ける。そして、壁際の階段を上っていった。

その後ろ姿を見送りながら、カホは胸もとをぎゅっと握る。

──きちんと、誤魔化せているだろうか？

なんとか笑みを浮かべたけれど、心臓は嫌な音を立てている。

この書店に来るたびにローザとブルーノにはお世話になっているが、本当の理由を話すわけにはいかない。

もし話せば、きっと変な人だと思われてしまう。

なぜならカホは、この世界の住人ではない。ここことは異なる世界から来たのだ。だから、元の世界に帰る方法を見つけるために、こうして書店に通い詰めていた。

彼女──花宮香穂《はなみやかほ》が生まれ育ったのは、地球の日本という国である。

ごく普通の家に生まれ、特に大きな病《やまい》にかかることなく育ち、小中高大学と学んだ後《のち》に、とある企業で事務員として働いていた。

会社は中高年の男性ばかりで、女性は寿《ことぶき》退社が多いところだった。気付けば、カホの周りは自分より若い子ばかりになっている。そのせいで、《お局様《つぼねさま》》などと茶化して呼ばれていた。

自分も寿《ことぶき》退社がしたくても、相手にアテはない。仕事上での出会いは少なく、家に帰ってひとりで缶ビールを空ける日々だ。もう諦めちゃおうかなあ、と久しぶりに会った大学時代の友人とチェーン店の飲み屋で話した金曜日の夜にそれは起こった。

ほろ酔いのまま自宅アパートのベッドに倒れ込んだはずが——気付いたときには、見知らぬ家のベッドで、心配そうな表情の老夫婦に顔を覗き込まれていた。

状況がわからず困惑したカホは、その老夫婦に随分と失礼な態度を取ったものだ。そのあとできちんと謝ったが、今でも申し訳なく思う。

老夫婦はそんなカホを宥《なだ》め、落ち着くのを待って、なぜカホがこの家にいるのかを説明してくれた。

彼らの話によると、この国はヴォルモンド国というそうだ。王城のある首都を中心として多くの街が連《つら》なる、わりと大きな国らしい。

そしてカホがいるここは、ヴォルモンド国の東方、ブラーゼ地方の北にある小さな村だ。森の入り口近くに倒れていたカホを、老父が見つけたということだった。

その話を聞いたカホは、驚きと困惑でいっぱいになる。

彼女が知る限り、ヴォルモンド国なんて名前の国は地球上になかった。試しに日本という国を知っているかと老夫婦に尋ねたけれど、ふたりとも知らないと答える。

地図を出して確認させてくれたが、当然そこに、カホの生まれ育った国はなかった。

国が違うどころか世界が違う。所謂《いわゆる》《異世界トリップ》というものだ。

小説や漫画の中の出来事に実際に自分が遭《あ》うとは、思ってもみなかった。なぜこの世界に来てしまったのかわからないし、どうやって帰ればいいのかもわからない。

さらに不可解なことに容姿が幼くなっている。おそらく十六歳くらいのころの姿だ。酔っぱらいの戯言《ざれごと》で「若返りたい」と言ったような気がするけれど、こんな形では望んでいない。

泣きながら帰りたいと呟《つぶや》くカホの身を、親切な老夫婦は保護してくれた。怪しい人間であるにもかかわらずだ。そうでなければきっと彼女は野垂《のた》れ死《じ》んでいただろう。

また、トリップ特典なのか、この国の言語限定ではあるが、最初から読み書きや、話すこと、聞くことができたのは幸いだった。

老夫婦の優しさに甘え、カホはふたりを手伝って穏やかで楽しい時間を過ごす。

そうして、この世界の文化に触れる。

日々の生活に魔術が使われること。この国には、《獣人》と呼ばれる存在が人間と共存していること。獣人と一口にいっても、姿は様々なのだということ、など。

体は獣なのに二足歩行で歩く動物がいたり、外見はどこからどう見ても人間なのに頭やお尻に獣の耳や尻尾が生えている人がいたり。はたまた、獣としての体と人間としての体、両方を持ち、変化する者がいたりする。

そんな獣人が、人間と婚姻を結ぶことも珍しくないと聞いたときには、ここは異世界なのだと改めて実感した。

またカホは、老夫婦からひとりの少女を紹介されてもいた。

十四歳のセアラという少女だ。

彼女と仲良くなったカホは、自分が異世界から来たことを打ち明けていた。カホが元の世界に帰りたがっていることを知ったセアラは、十五歳になると、情報を集めるためにと、王都にある城のメイドになる。

その一年後、彼女を追って、カホもまた城でメイドとして働くことにした。

便りをちょうだいね、と涙を浮かべる老夫婦に別れを告げ、カホはヴォルモンド国の王都にやってきて、それから、一年が経過していた。

しかし、未だに帰る方法は見つかっていない。

使用人が生活する寮で相部屋になったセアラも尽力してくれているが、見つかる気配はない。

何か手がかりが出てくるかもしれないと思って、自分と同じような境遇の人間が出てくる本を探してみたり、勇者や神子《みこ》を召喚する儀式の情報が載った本を書店や図書館で漁《あさ》ってみたりしたが何もわからなかった。

——そして今、深呼吸をして心を落ち着かせたカホは、探している本をローザが確認してくれるのを待ちながら、本の並ぶ棚へ目を走らせた。

けれどその間、ただ待っているだけなのも落ち着かない。

少しでも手がかりに繋がる本があるのなら見ておきたかったが、これまでに手にしたどの本にもカホが求めていることは書かれていなかった。

——いっそのこと、今日は違うものを探してみようか。例えば、単なる娯楽のための読み物でも。

頭を切り替えたカホは、いつも見ている棚の向かい側に体を動かす。そこに並んでいるのは、推理小説と呼ばれるものだった。店主の好みなのか、他のどのジャンルのものより充実していて、厚さも大きさも様々な本がぎっしりと棚に詰まっている。

その棚を見上げて、カホは何から読もうかと考えた。

確か、先日買った勇者を召喚する話の作者が、推理小説を書いていたような気がする。タイトルは忘れてしまったけれど、いつか読んでみようと思っていたのだ。

アルファベットに似た、けれど異なる文字の羅列《られつ》からその人の名前を捜す。それは意外と早く見つかり、カホはそっと指先を伸ばした。

その指先に、大きく骨ばった手が重なる。

「……あ」

本の背だけを見つめていた視線が、重なった指の先を辿《たど》る。

その先にいたのは、ひどく端整な顔立ちの男性だった。頬に掛かる銀髪がさらりと揺れている。

彼は触れられた指先を見つめ、それからカホに視線を向けると、驚いたような顔をした。

「っ申し訳ない」

「……っ」

カホは零れ出そうになった悲鳴を呑み込む。

――カイル・エドモン・ルーデンドルフ。彼の名前を、この国で知らない者はいないだろう。

この国を守る騎士団の団長を務める彼は、数多くの女性の視線を集めている眉目秀《びもくしゅう》麗《れい》な人物だ。

銀色の長髪を括《くく》り、まるで宝石のような濃紺《のうこん》の瞳を持つ。その物腰は柔らかく、どちらかといえば軍人よりも文官が似合うが、両親譲りの剣の腕は確かで、国で行われる剣

の大会ではここ数年、優勝を逃《のが》したことはないという。

彼の父親はかつて同じ騎士団の団長を務め、母親も騎士団分隊の隊長だったらしい。

彼の生家である侯爵家の嫡男である一番上の兄も優秀で、その下の兄は魔術に精通し、国お抱えの魔術師団の副団長を務めている。さらに姉がひとりと妹がひとりいて、姉は隣国の公爵家に嫁《とつ》ぎ、妹は騎士団分隊の副隊長という地位に就いていた。

カホにとって雲の上の人である彼が、微《かす》かに頬を赤らめながら謝罪を口にして手を退《ひ》く。

いつも後ろで括《くく》られている銀色の髪は今は右側に流され、なんの変哲もない黒いリボンで緩《ゆる》く結ばれていた。服装も華美な騎士団の団服ではなく、シンプルなシャツにトラウザーズという格好だ。

貴族の格好にしてはシンプルすぎるので、お忍びなのだろう。

カホはそこまで考えて、ここは知らない振りをするのが良いと気付いた。

この場所で騒ぐのは行儀の良いことではないし、万が一にも彼に想いを寄せる令嬢に一緒にいるところを見られたら、恐ろしいことになる。

貴族であり、騎士団長という立場である彼と、ただの平民で使用人であるカホは、本来であれば関わりなどない。

引きつりそうになる頬をなんとか動かして、カホは顔に笑みを貼り付けた。愛想笑いは大切だ。

「わたしのほうこそ、ごめんなさい。集中すると周りが見えなくなるみたいで……」

そっと指先を引っ込め、わざとらしい口調にならないように気を付ける。

顔を直視するのは憚《はばか》られて視線を落とすと、その先に彼の抱える本が見えた。

カホの知らない言語で書かれた専門書らしきものが、何冊か重なっている。だが、それより目を引いたのが、一番上に積まれていた小説だ。

関わらないようにと思っていたのに、ついカホは尋ねていた。

「あの、その作家さん、お好きなんですか？」

彼女が読《よ》み漁《あさ》った、勇者や神子《みこ》が召喚される小説。すでに何十冊読んだか覚えてはいないが、その中で頭に残ったものが数冊ある。

その中の一冊が、彼の抱えている本の一番上に置かれていたのだ。

けれどそこで、我に返ったカホは慌《あわ》てて「すみません」と謝罪した。すると彼は驚いたような顔をして、それから困惑に似た笑みを浮かべる。

「いや、実はあまり詳しくはないんだ。友人にすすめられたから読んでみようと思ったんだが」

「そう、なんですね。――ちなみに普段はどんな本を読まれますか？　このお話、確かに心理描写が細かくて綺麗な文章だから面白いんですけど、恋愛要素が濃くて。普段ミステリー――推理小説を読まれることが多いのでしたら、この方が前に書かれた……この英雄譚《えいゆうたん》のほうが雰囲気を掴みやすいと思います」

その本の文章に惹《ひ》かれて何冊も著書を買ったことは、カホの記憶に新しい。

棚に並ぶ本の背中を指先でなぞっていき、一カ所で止める。そしてその一冊を抜き取り、表紙を彼に見せるように持った。

余計なことだと気付いたのは、すでに本の紹介を済ませたあとだ。

「……失礼しました、いらぬお節介でした。忘れてください」

「いや、君がこの作者の本を好んでいるという気持ちが真っ直ぐ伝わってきて、そちらの本にも興味が湧いた」

「へ？」

「君がそれほどすすめるのなら、そちらを先に読むことにしよう」

「え、え？」

「ちなみに、その……さっき君が取ろうとしていた本だけど、実は持っているんだ。今は手もとになくてしばらく読んでいなかったものだから、懐かしくて……登場人物の描写が巧《たく》みで骨組みのしっかりしたものだった。女性にすすめるには少し硬いんだけど、良ければ読んでみてほしい。君がどう感じるのか、知りたい」

向けられた濃紺《のうこん》の瞳は、柔らかな光を浮かべて真っ直ぐにカホを見つめている。

彼の瞳を宝石のようだ、と言ったのは誰だったか。けれどカホから見れば、宝石というより、吸い込まれそうな優しい夜の闇の色のほうが、正しく感じる。

「ああ、そろそろ時間だ。また会えたらそのときに感想を聞かせて。……君のことも」

カイルはそう言ってカホがすすめた本を優しく手に取り、背中を向けた。

店主の低い声と、今し方言葉を交わしたばかりの彼の声がカウンターのほうから聞こえる。

それから間もなくして出入り口の扉が開く音がして、彼が店を出ていったのがわかった。

「お待たせしてごめんなさい！　この辺とかどうですか？　……カホお姉さん？」

二階から戻ってきたローザがそう声を掛けて肩を揺すぶってくれるまで、カホはその場に立ち尽くしていた。

「何かありました？」

尋ねてくるローザに首を横に振る。

カホは探してきてもらった小説を一冊と、彼がすすめてくれた本を買って、店を出た。

城へ戻る道すがら冷静になった頭で考えると、先ほどのことは夢か幻だったのだろうという気がしてくる。きっとそうだと自分を納得させて、城内にある使用人寮の部屋に帰り、買った本を読み始めた。

購入した本に元の世界に戻る手がかりになりそうな記述はなかったが、カイルにすすめられた小説はとても面白く、たちまち読み終える。

今度給料が入ったら、この作者の書いた本を揃えて買おうと、カホは心に決めた。

それからひと月後の休日。

向かった書店で、カホは再びカイルと出会う。

話し掛けられて慌《あわ》てふためく彼女に、彼は微笑《ほほえ》みながら前回すすめた本の感想を教えてくれた。

どうやら彼にとっても、楽しめる作品だったらしい。

しかも面白いと感じたところがほとんど同じで、気付けばカホも、本の感想を熱く語ってしまっていた。

うっとうしいだろうに彼は嫌な顔ひとつせず、「楽しんでもらえて良かった」と柔らかい笑みすら浮かべてくれる。

普段、こんなふうに誰かと本の話で盛り上がれることはない。貴族令嬢でも平民の娘でも、周囲の女性が好むのは恋愛小説だ。

けれどカイルは、カホが好む推理小説や冒険ものを読んでくれ、その上、感想を聞かせてくれた。その優しさが嬉しかった。

ただ、これが最初で最後だろう。

そう思って少し寂しさを覚えたカホだったが、気付けば次の約束を取り付けられていた。

次も、その次も、言葉巧《たく》みに誘導されて、彼に本をすすめ、すすめ返されている。毎回《次》を約束されて、いつの間にかそれが当たり前になっていった。

話すのは、本のことばかりだ。たまにお互いの本の貸し借りをすることもあるけれど、名乗っていないし、どんな職業に就いているのかも教え合っていない。相手の素性は何も知らない――ことになっている。

カホは、カイルに会いそうなときは、彼を慕《した》う令嬢対策として眼鏡《めがね》を掛け、素顔を見られないようにしていた。だから彼は、彼女が城で働く使用人だとは気付いていないはずだ。

カイルの素性をカホが知っていると匂わせることもしなかった。

毎週のように会って、話して。

楽しい時間が過ぎていく。あまりに接近してくる彼に、ふと、遊ばれているのだろうかと思うこともあったけれど、多忙な彼が貴重な時間をそんなことに使うはずがない——カホはそう信じたかった。


そしてまた今日もカホは、文献探しを兼ねてブルーノの店に立ち寄っていた。

店内にローザの姿はない。珍しいなと思いながら新刊の並ぶ棚を見るが、惹《ひ》かれるものは何もなかった。

ブルーノに尋ねようにも、彼は先ほどからカイルと真剣な表情で話をしている。声を掛けられる雰囲気ではないので、カホは店内をふらりと回ってみることにした。

棚をひとつ移動すると、歴史小説のコーナーになる。この世界でも歴史に名を残した英雄を主人公にした小説は好んで読まれていた。読者に男性が多いからか、骨太なタイトルが並ぶ。

気になったタイトルの本を取り出し、ぺらぺらと捲《めく》ってみるが、どうにも合わないようで、内容が頭に入ってこない。元々この世界の歴史をあまりよく知らないから、なおさらだ。

棚の一番下にあった本の冒頭を軽く読んだあと、元の場所に戻した。

そして、立ち上がろうとしたその瞬間——

「……ぁ」

視界が揺れて、平衡感覚《へいこう》が曖昧《あいまい》になった。咄嗟《とっさ》に何かに掴まろうと手を伸ばしたが、指先が本棚を掠《かす》めただけだった。

昨夜は、忙しくて読めていなかった本を消化するために、睡眠時間を削っていた。図書館で借りた本の返却期限が迫っていたので、少しだけ無理をしたのだ。

カホは目を閉じて衝撃を待つ。

けれど彼女が感じたのは、硬い床でも痛みでもなく、温《ぬく》もりだった。背後から、誰かに支えられている。

「……間に合った」

安堵《あんど》したような声が耳もとに落ちる。

恐る恐る目を開けて声の主へ目をやると、そこにいたのは焦《あせ》った顔をしたカイルだった。

どうやらカホを抱き寄せて、転倒を阻止してくれたらしい。

「あ……りがとう、ございます」

咄嗟《とっさ》にお礼を言えたのは、予想以上に彼の顔が近かったことに驚いて羞恥心《しゅうちしん》が抑えられたからだ。

「いや、君を守れて良かった」

そう言って、カイルは頰を緩《ゆる》ませた。

一瞬だけ、腰に巻き付いている彼の腕の力が強まった気がする。けれど、我に返ったカホはそれどころではなくなってしまう。

――ルーデンドルフ団長に、抱き締められている⁉

遅れて認識したその事実に、顔がぶわっと熱くなった。

細身に見えて、意外と逞《たくま》しい肢体だとか。ふわりと香るフレグランスの匂いだとか。耳もとに落ちてくるいつも以上に近い、優しさと甘さを帯《お》びている声だとか。

ひとつひとつを意識してしまって、心がひどく落ち着かない。

そんなカホにカイルは一体何を思ったのか、腕の拘束を名残惜《なごりお》しそうに解くと、彼女を見つめた。

「これから夕方にかけて雷雨になるようだから、今日は早めに帰ったほうがいい」

その言葉が、自身の体調を気遣ってくれているものだとカホは気付いた。何せ今日は朝から快晴で、雨が降る気配はない。

その申し出に、カホはひとつ頷く。

「……そうします」

「すぐに馬車を用意しよう。俺が送っていけたら良かったんだけど、このあと予定があって……申し訳ない」

「ば……い、いえ、大丈夫です！　慣れた道ですし、それほど遠くもないんです。歩いて帰れますので、お気持ちだけ頂きます」

馬車で帰ったりなんかしたら、注目の的になる。

それに送られれば、カホが城で働く使用人で、カイルの地位もすべて知っていることを気付かれてしまう。

そうしたら、この楽しい時間がなくなってしまうかもしれない。

この時間がなくなったらと思うと、カホの胸の奥が小さく軋《きし》んだ。

「ブルーノさん、今日はごめんなさい。また来ますね」

カウンターの中にいる彼にそう伝えると、ちらりと一瞥され、「ああ」と返される。

去り際、店の入り口まで見送ってくれたカイルから一冊の本を差し出された。

「また次の休みに、待ってる」

労《いたわ》るように言われて、カホは僅《わず》かに頬を赤く染めたまま、こくりと頷いた。

†　†　†

美しい紺色《こんいろ》の夜空に見事な満月が浮かぶころ、指示された仕事を終わらせたカホは、目的地に向かってゆっくりと歩いていた。

使用人寮に戻って入浴を済ませ、あとは寝るだけ――なのだが、彼女は真っ直ぐに寮へ向かう道ではなく、遠回りの道筋を進む。視界に映るのは、真っ白い床と壁に囲まれた廊下のみ。

昼間であればメイドや使用人が行き交う足音で騒がしいこの場所は、日が暮れた今、人影が非常に少ない。明かりは灯《とも》っているし夜番の衛兵もいるけれど、彼らの姿が見えないと自分の足音だけが響いて、恐ろしい。

こんな遅い時間に、好き好んでこの廊下から宿舎へ帰る者は、ごく僅《わず》かだ。

やっとのことで通路を通り過ぎ、月の光が入り込む小さな空間をとらえたカホは、詰めていた息を静かに吐いた。

一区画だけ壁が切り取られ、小さな庭園になっている。そこには、庭師の手によってしっかりと整えられた緑が広がっていた。昼間は憩《いこ》いのスペースとして使用されている。今は昼の穏やかさが鳴りを潜《ひそ》め、月の明かりが入り込んだ幻想的な世界が形成されていた。特に今日のような満月の夜は煌々《こうこう》と輝く月がよく見え、なおさら美しい。

カホが今日、わざわざ遠回りをしたのは、この小さな庭園での束の間の《デート》のためだった。

「カイ」

小さく名前を呼んで、庭園の中へ足を踏み出す。すると植えられている緑の葉が、がさりと揺れた。

現れたのは、美しい銀色の毛並みを持つ狼だ。躊躇《ためら》いもなくカホに近付くと、嬉しそうに尻尾を振る。周囲に彼の主の姿は見えない。

今日と同じような満月の夜に偶然この狼と出会って以来、彼はカホのことを待っているかのように、一匹でこの場所にいた。

どこから入り込んでくるのかわからないが、城で働いている誰かに飼われているのだろう。

城で働いている者以外の所有する動物が誤って城に入り込まないよう、城全体に魔術が掛けられていると聞いている。

カホが伸ばした指先が舐められた。笑みを向けると、差し出した手に顔を擦《こす》り付《つ》けられる。

「こんばんは。今日も待っててくれてありがとう」

「アウ」

カホが呼ぶ《カイ》というのは、彼の本当の名前ではない。勝手に彼女が付けたものだ。出会って間もなく、なんと呼べば良いのかわからず迷ったカホは、その銀の毛並みと夜色の瞳から、ある人を連想した。

その人の名前から貰い、試しに呼んでみたところ、狼は尻尾を大きく振り嬉しそうにしたのだ。それから、カホはずっとそう呼んでいた。

ベンチに移動しようと歩き出すと、その隣をカイが寄り添うようについてくる。時々彼女の顔を見上げる気遣う様子のそれに、カホは首を傾《かし》げた。

「カイ?」

夜空と同じ色の瞳が、カホの様子を窺《うかが》うように見つめていた。

しばらくの間、視線が交わる。そしてどことなく表情が綻《ほころ》んだかと思うと、安心したように狼はその場に座り込んだ。

毛並みと瞳の色のせいか、その姿がどこか先日のカイルの姿を連想させて、気付けばカホは、「大丈夫よ」と微笑《ほほえ》み掛けていた。

体調は、もう心配ない。けれど、思い出したカイルの温《ぬく》もりに顔が熱くなってくる。

頭に浮かぶのは、カイルの姿ばかりだ。

文字を追う横顔だったり、男性にしては細い指先だったり、耳に馴染《なじ》む低い声だったり。

ふと見せる気遣いは、勘違いしてしまいそうなくらいに甘い。

そして、先日の逞《たくま》しい腕の感触……やはり誤解してしまいそうだ。

勘違いするなと必死に自分に言い聞かせても、期待が湧き起こる。

一緒に過ごす時間は、穏やかで優しかった。失いたくないと思うくらいには、彼との時間を心待ちにしている自分がいる。

だが、この時間はいずれ終わることはわかっていた。

これ以上彼にはまらないうちに元の世界へ帰る方法を見つけなければと、焦燥感《しょうそうかん》が胸を覆《おお》う。

「……早く帰る方法、見つけないと」

「ァウ！」

ぽつりと零したカホの言葉に、カイが勢い良く反応した。そしてカホの腰掛けているベンチに静かに飛び乗ってくる。その拍子に、僅《わず》かにベンチが軋《きし》んだ。

先ほどよりも至近距離で見つめられ、思わずカホは目を瞬《またた》かせた。そんな彼女の首筋に、狼は鼻先を擦《こす》り付《つ》ける。

「もちろん今すぐじゃないし、帰るときにはちゃんとお別れ言いに来るから。ね？」

「グゥ……」

いかにも不満そうな声が返ってきて、カホは困ったように笑った。

――出会って間もなくのころ、言葉がわからないだろうという気安さからか、カホは自分がこの世界の住人ではないことをカイに話していた。帰る方法を探しているのだということも。

それ以降、その話題を口にするたび、カイは不満そうな顔をして、こうして擦《す》り寄ってくるのだ。

彼もまた、カホと離れることを寂しいと思ってくれているのだろうか。

話を理解してるわけでもないだろうけれど、その考えは正しい気がして、カイが離れるまで、カホは彼の温かい体をそっと撫《な》でていた。

日々は、変わらず過ぎていった。

カホは、カイルに対して抱く日ごと大きくなる想いを、そっと胸の奥底に仕舞い込む。

ふたりの関係は、変わらないはずだった。

けれど、カイルとカホが出会って一年が経ったころ、その関係が大きく変わる出来事が、もたらされることになる。

第二章

昼休憩を告げる鐘が鳴り響く。掃除していた廊下の最終点検を上司にしてもらうと、カホは昼食を取るため、同僚たちと一緒に食堂へ向かった。

しかし途中で、ルームメイトのセアラが勢いよく駆けてくるのが目に入り、驚きで目を瞬《またた》かせる。

「セアラさんおつか――」

「カホを借りていくわ。時間が掛かるかもしれないから、先にお昼食べててくれる？」

カホの挨拶を遮《さえぎ》り、一緒にいた同僚たちにそう言い残すと、セアラはカホの手を引いて、迷いなく食堂とは正反対の方向へ向かい始めた。

同僚たちは目を丸くしてカホとセアラを見送っている。だがすぐに「お疲れさま、またね」と手を振って、食堂のほうへ向かってしまった。

――一体何があったの？

頭に疑問符を浮かべながら、カホはセアラへ声を掛けた。

「セアラさん？　何かあったんですか？」

「ちゃんと話すからちょっと待って」

どこか真剣さを孕《はら》んだ返事に、カホは食い下がって追及することができなくなった。不安を覚えたまま、セアラに黙ってついていく。

そうして腕を引かれて連れていかれたのは、城で働く者の憩《いこ》いの場として設《もう》けられている中庭だった。

昼休憩の始まりを告げる鐘が鳴り終わったばかりだからか、まだ人影はない。しかし、あと五分もすれば食堂で軽食を貰った使用人たちで賑《にぎ》やかになるだろう。

だがどうやらセアラは、これからする話を人に聞かれたくないらしい。人の気配を気にしつつ、柱に背中を預ける。そして深呼吸をしたあとカホを手招くと、彼女にだけしか聞こえないように小さな声で、言った。

「カイル・エドモン・ルーデンドルフ団長が、婚約されるそうよ」

どくん、と心臓が大きく跳ねた、気がした。

声を潜《ひそ》めて告げられた言葉は、カホを一瞬動揺させる。そして次の瞬間、諦めを生じさせた。

――大丈夫。いずれこんな日が来ることは、わかっていたから。

「ビッグニュースだと思ったんだけど、随分反応が薄いわね。カホ、もしかして知ってたの？」

「そんなまさか！　耳の早さでセアラさんに勝てるはずがないですし。今初めて知りました」

「じゃあ、どうしてそんなに普通なのよ。赤の他人ならともかく、カホがほぼ毎週といっていいほど、街の本屋で逢い引きしている、あの、ルー、むぐっ――」

「セアラさん、シー……ッ！」

カホは、恐ろしいことを言おうとしているセアラの口を右手で塞《ふさ》ぎ、左手の人差し指を自分の口もとに当てる。そして周囲を見回して人がいないことを確認したあと、ぺしぺしと腕を叩くセアラの口から手のひらを離した。

「ご、ごめんなさい！」

「あたしも、少し興奮しすぎたわ。……詳しいことはわからないんだけど、相手に相当惚《ほ》れ込《こ》んでいるって話よ。今まで女の噂が一切出なかったル――彼が、自分からご両親に頭を下げて婚姻を許してもらったってことだもの。ねぇ、ここまで言っても、何も思わないの？」

「うーん、長男じゃないから跡継ぎの心配はしなくてもいいとはいえ、《この世界》では奥さんがいてもおかしくない年だし……寧《むし》ろ今までいなかったのが不思議なくらいですよね？　……純粋におめでとうございます、としか」

「そうね、あたしもカホの話を知らなかったら、普通にスルーするところだったわ。あたしは、ああいう考えの読みにくい男は好みじゃないから」

彼に想いを寄せている女性が聞いたら怒り出しそうな言葉を、セアラはさらりと口にする。彼女のそんな飾らないところが、カホには好ましかった。

「結婚したら、もう話せなくなるかもしれないのよ」

より一層落とされたセアラの声が、こころなしか切なげな色を孕《はら》む。近くにいなければ、簡単に風に攫《さら》われてしまいそうな声だ。

セアラはその碧眼《へきがん》の中に、揺れる感情を映していた。カホに対する困惑と心配。それらがない交ぜになった目で、カホを真っ直ぐに見つめている。

しばらく見つめ合っていたら、不意に通路から、騎士団員らしき複数の男の声がした。きっとこの場所で昼食を取るのだろう。

カホたちもそろそろ食堂に向かわなければ、ふたりして昼食を食べそびれてしまう。セアラの放った言葉をなんとか呑み込み、カホはくちびるを持ち上げた。笑みを浮かべ、セアラの手をそっと取る。

――大丈夫、ちゃんと、笑える。

そう自分に言い聞かせた。

そもそも偶然が重なって会う機会に恵まれただけで、叶う可能性のない恋だ。それは、自分が一番良く知っている。

「たとえ言葉を交わせなくなったとしても、好きな人の幸せそうな姿を遠くから見られる。わたしはそれだけで嬉しいですから」

その言葉にセアラが息を吞む。そして泣きそうな顔をして頷いた。

「――ということで、この話は終わり。お昼ご飯行きましょう？　このままだと食べそびれちゃいます」

「まったく、こんなときにご飯の心配をするのなんて、カホぐらいよ」

苦笑するセアラに額《ひたい》をつつかれて、カホはその場をあとにした。

食堂に駆け込んで昼食を食べ終えたセアラとカホは、午後の仕事場へ向かうため、食堂の出入り口で別れる。

「さっきの話、あたしは誰にも言わないから、カホも秘密にしててね」

「了解です」

別れる直前そう念を押されて、カホは静かに頷く。セアラの瞳が一瞬陰った気がした。けれど、すぐに背中を向けられてしまい、彼女がどんな表情をしていたのかまでは、わからなかった。

仕事場所に着いたのは午後の就業を告げる鐘が鳴り終わる直前で、カホは慌《あわ》てて箒《ほうき》とモップを手にする。いつもだったら、とっくに仕事を始めていたはずだ。大丈夫なつもりだったのに、少なからず動揺しているらしい。

何も考えず仕事に集中しようと、大理石に似た床の目を数えながら床を磨く。けれど、頭の中に浮かぶのは先ほどセアラから告げられたことばかりだ。意識すまいとしているのに、胸がじくじく痛む。僅《わず》かに視界が歪《ゆが》んだ。カホは目にゴミが入ったふりをして、たびたび目を押さえた。

大きく息を吸って吐き出し、湧き上がるものを噛み殺す。

——この間会ったときはいつもと同じような雰囲気だったけど、あのときにはもう結婚が決まってたのかな？

数日前の休みの日、ブルーノの店で会って話をしたカイルは、カホの目にはいつも通りに見えた。思わず見惚《みと》れてしまう仕草も、耳に馴染《なじ》むような言葉も、何もかも。しかし騎士団の団長を務める彼が、感情のコントロールができないとは思えない。婚約に浮かれていたとしても、本気で隠されてしまえば、一般人であるカホに見破れるはずがなかった。

ため息をついて、瞼《まぶた》を伏せる。

——ルーデンドルフ団長と過ごす時間が楽しくて、帰る方法を探すのを少しサボってた罰なのかもしれない。

変わらず手がかりを探してはいたけれど、目を通す本が娯楽のためのものに偏《かたよ》っていたのは否めない。

だからこれで良いのだ。彼と会う前の生活に、戻るだけ。

セアラは気を使ってくれたが、自分にとってカイルという男性《ひと》は元々手の届かない存在で、今まで本屋で過ごした時間が奇跡のようなものなのだ。

この世界で、貴族と庶民では格差がある。本来であれば、庶民のカホが貴族のカイルと言葉を交わすことなどできないはずなのだから。

「次で最後に、しようかな」

自分に言い聞かせるように、ぽつりと呟《つぶや》く。

次にカイルと会えるのは、明後日《あさって》だ。それで、終わりにしよう。

そう決めたけれど、胸が刺されたようにひどく痛む。

カホは込み上げるものを必死に噛み殺しながら、ただただ無心で手を動かした。


次の日。

吸い込まれそうなほど深い濃紺《のうこん》の夜空に、丸い月が煌々《こうこう》と輝く。そんな夜、城内の廊下を、カホは赤く染まった手を擦《こす》りながら歩いていた。

「うう、冷たい……」

思わず震えた声が口から零れる。

日中はまだいいが、今の時期は夜になると気温が下がり、肌寒くなっていた。

冷えた指先に当たる風を極力避けようと、カホは袖を伸ばし足早に廊下を進む。

あと二時間ほどで就寝時間になる。いつもはもっと早い時間に仕事が終わるのだが、今日は食堂の洗い場で働いている使用人のひとりが体調を崩し寝込んでしまったらしいので、手伝いを買って出たのだ。

どうせひとりで部屋にいても、眠れない夜になることはよくわかっている。ならば体を動かして気を紛《まぎ》らわせたいという思いがあった。

温度調節の魔術が上手く働かなくなっている洗い場と格闘し、つい十分ほど前、山と積まれた食器を片付けた。

部屋まで送ると言ってくれた友人の申し出を断り、彼女と食堂の出入り口で別れたカホは、今日が満月だと気が付き、遠回りをすることにした。

相変わらず人通りのない廊下を静かに歩く。顔馴染《かおなじ》みになりつつある夜番の衛兵に女性ひとりで怖くないかと心配されたものの廊下を先に進むと、見慣れた風景が目に映った。

今日も、この小さな庭園から見える月の姿は美しい。

その美しい月の光に照らされて、彼はカホの訪れを待っていたというかのように、しなやかな尻尾を揺らして近付いてきた。

この夜の闇の美しさにも負けない濃紺色《のうこんしょく》の瞳が、真っ直ぐにカホを見つめる。月の光に照らされた美しい毛並みが、風に揺れた。

「……オーン」

「こんな時間になっちゃってごめんね、カイ」

「ワウ」

そっと足もとに擦《す》り寄ってきた彼の前にしゃがみ込んで、手を伸ばす。

すると彼は、その手に鼻を寄せてぺろりぺろりと舐め始めた。まるで冷えたその手を温めるように、温《ぬく》もりのある舌が這う。

舐められていないほうの手で毛並みを優しく撫《な》でてやると、嬉しそうに尻尾を振った。その反応にカホもまた嬉しくなる。

満月の夜にだけ会える美しい獣。今日はもう遅いから会えないと思っていたけれど、わざわざ待っていてくれたようだ。

「わたしの手、冷たいけど大丈夫？　抱き締めて良い？」

「アウ！」

「ありがと。――相変わらずふわふわ……あったかい……」

彼の毛艶《けづや》の良い柔らかい毛並みに手のひらを埋《うず》めると、温《ぬく》もりが伝わってくる。控えめにその体に頬を寄せたカホは、くすぐったさに口もとを緩《ゆる》ませた。

その温かさを堪能《たんのう》している間、彼はじっとしていてくれる。

「……カイ、ありがとう」

「ワォン」

名前を呼んで、もう一度お礼を口にすると、彼は一鳴きして、再びぺろりとカホの指先を舐める。

いつもよりも格別に明るい夜空の下、満月のように美しい彼の銀色は、カホにある人を思い出させた。

いつもであれば穏やかな気持ちになるその色に、鼓動が速くなる。慌《あわ》ただしく働くことで忘れ去ろうとしていた想いが溢《あふ》れてきそうになり、彼女はくちびるを必死に噛み締めた。

「クゥン?」

ぷつりとくちびるを噛み切った血の味と、ほぼ同時に届いた鳴き声で、カホは我に返る。見上げてくるふたつの瞳と目が合った。

月の明かりが差し込む中、夜空のように輝くその濃紺《のうこん》もまた、彼――カイル・エドモン・ルーデンドルフが持つ色だ。

「……やっぱり婚約したら会えなくなっちゃうの、かなあ」

ぽつりと声にした言葉は、自分でも気付くぐらいに震えていた。

カイの温かな毛並みに、再び手のひらを滑《すべ》らせる。すると彼の体が微《かす》かに震えたように思えて、カホは尋ねるように言葉を続けた。

「ねえカイ、お前は知ってる?　ルーデンドルフ団長の、婚約者」

「アウ……」

「って、知らないか。……ルーデンドルフ団長が自分から結婚したいって思う人だもの、きっと可愛らしくて良い人なんだよね」

「ワウ！」

「カイもそう思う？　遠目からでも、どんな人なのか見られたらいいな」

カホの脳裏に浮かぶのは、寄り添って歩く男女の姿だ。ひとりは騎士団の団服を着た銀髪の、柔らかい表情をした青年。もうひとりはつま先まで隠れる優雅なドレスを着て、手入れの行き届いた長い髪を風に揺らした、妙齢の女性だ。

カホは、そんなふたりの背中を遠くから見ている。

散々、自分に言い聞かせたはずだった。叶うはずのない恋で、報《むく》われるはずのない想いだ。現実はお伽噺《とぎばなし》のように、甘くない。

——わかっていた。けれど……

「……わかってたのになあ……失恋って、やっぱり辛《つら》いや」

頬を雫《しずく》が静かに流れて、砂を濡らした。

「キュウン……」

「……はは、ごめ、今日は戻るね。また、次の満月の日に、会ってくれる？」

「……ワゥ」

「ごめんね、ありがと。……またね、カイ」

そう言って最後にもう一度その銀色を撫《な》でてから、カホはカイに背中を向けた。じっと見つめてくるカイの視線を振り払うように、早足で廊下を歩く。ふたつ目の角を曲がり、視線も感じなくなったころ、少しだけ速度を緩《ゆる》めた。

頬を流れる涙を袖で必死に拭《ぬぐ》い、再び寮までの帰路を急ぐ。

そして建物の扉を潜《くぐ》り、寮の管理人への挨拶もそこそこに廊下を進むと、与えられている部屋へ飛び込んだ。

「びっ、くりした……おかえ——」

すでにセアラは寝る支度を整えていた。カホの様子に驚き、目を丸くする。

けれどカホの目もとに気付くと、口を閉ざしてその表情を歪《ゆが》ませた。

涙の理由を聞かれるのが嫌で、カホはセアラが言葉を発するより先に口を開く。

「歩いてたら、風で目にゴミが入ってしまったみたいで……まだ浴室使えますよね？　閉まっちゃう前に行ってきます」

「……そうなの。最近寒くなってきて風も強くなったしね。お手伝いお疲れさま。こんな時間じゃ冷えたでしょう？　よく温まってくるといいわ。そういえばカホ、明日休みよね？　どうするの？」

「とりあえずゆっくりして、午後からは、……少し街に出ようかなって」

「なら一冊見てきてほしい本があるんだけど、お願いできる？」

頷くと、「ありがと」と言葉が返ってくる。

「先に寝るから、タイトル書いたメモを机の上に置いておくわね。お金も」

そう言って、セアラは中断していた肌の手入れを再開した。カホの嘘に気付かない振りをしてくれるその優しさに、また泣きそうになる。

「セアラさん、ありがとう……ございます。お風呂行ってきます、ね」

ここは、カホの知る昔の西洋によく似た世界ではあるが、一応毎日、体を清めるという習慣はある。お湯に浸《つ》かりはしないが、シャワーのように上からお湯が降ってくる機械があるのだ。魔術で水を温めてお湯に変換しているらしいが、詳しいことはカホにはわからない。

――お湯と一緒に、この想いもすべて流れてしまえばいいのに。

頭上から降り注いでくるお湯を浴びながら、涙腺が緩《ゆる》みそうになるのを耐えるため、カホは奥歯を噛み締めた。


翌朝、カホが目を覚ますと、すでにセアラは部屋を出たあとだった。

基本的に、使用人は交代で休日を取る。今日はカホの番で、二日後にセアラが休日の予定だ。

時間を確認すると、時計は朝というには遅く、昼というには早い時刻を指していた。仕事のある日はまだほの暗い時間に起きなければいけないので、休日は遅くまで眠っている人がほとんどだ。朝食に間に合わない者も多かった。

時間までに起きられない人は、前日の夕飯までに食堂の調理担当に頼み、パンなどを包んでもらう。それを朝食代わりにしたり、長期保存できる食品を休日に街で買っておいて、食べたりしていた。

カホもいつもであれば食堂に用意してもらうのだが、昨日はセアラから教えられた件で頭の中がいっぱいで、すっかり伝えるのを忘れていた。食品の買い置きもないので、朝食として食べられるものがない。だからといって早くに街へ出て食事を楽しむ余裕も、今のカホにはなかった。

休みの日なのだからもっと楽しむべきなのかもしれないが、このあとに待ち構えていることを思うと、気持ちは下降するばかり。前回の休日に、カイルにおすすめの本を教えてほしいと言われてふたつ返事で頷いた自分を殴りたいくらいだ。

深いため息をつきながら、カホは視線を机に向けた。セアラが欲しいという小説の題名が書かれたメモとお金、それから藍色《あいいろ》のブックカバーの掛かった本が一冊載っている。

その本は、彼に渡そうと用意したものだ。見ているのが辛《つら》くて、昨晩寝る前に、よく確認もせず、最後のページに遠回しな言葉で別れを記《しる》したメモを挟んでいた。

こんな方法を取らなくとも、誰かに伝言を頼むか、このまま会わないこともできる。逆に、彼のほうが休みの日程を調整してカホと会わないようにする可能性もあった。

いや、そもそもただの《馴染《なじ》みの店の常連同士》なのだから、挨拶を交わすぐらい問題ないかもしれない。

けれど、セアラには好きな人の幸せな姿を見られればいいと言ったものの、目の色まで確認できる近距離で幸せそうな彼の口から結婚相手の話を聞くのは、やはり辛《つら》かった。

「……あっちの世界で片想いしていたときは、こんなに乙女な思考じゃなかったんだけどなあ」

呟《つぶや》いた独り言は、誰の耳にも入ることなく消えていく。

仕方なく立ち上がり、カホは鏡を覗き込んだ。視線の先には、目もとを赤く染めた女が映っている。

予想したよりもひどくはないが、外出するなら化粧で隠したほうが良いだろう。あとは眼鏡で十分だ。

一旦部屋を出て共同の洗面所で顔を洗う。行きも帰りも誰とも会わなかったのは幸いだろう。

洋服は色味を抑えた、脛《すね》まで隠れるワンピースにする。腰の位置にリボンが付いていて背中側で結べるようになっているものだ。足もとは、履き慣れたパンプス。

そして鏡の前にある椅子に座ると、軽く化粧を施《ほどこ》す。赤くなった目もとが少しだけ柔らいだように見えた。

最後に、伸びた髪をひと纏《まと》めに括《くく》る。仕事をしているときは左右で三つ編みを作るが、どうせ門の外に出たら解《ほど》いてしまう。それに、休日なのにそこまでする元気が、今のカホにはなかった。

バッグにお金の入った袋を仕舞い、机の上にあったセアラのメモも忘れずに持つ。

次に彼に渡す本を手に取り、それもバッグの中に入れた。

おそらく最後になるであろう、彼に渡す本は、カホがこの世界で読んだ中で、今のところ一番面白いと感じた作品だった。

決して最近の本ではないが、ベストセラーとも評されているその本を、カイルが読んだことがないと言っていたことを思い出して選択した。

その本の、最後の白紙のページに挟んだ薄いカードに、カホは別れの言葉を書いていた。

一見すれば、そこにカードが挟んであるなんて気付かないだろう。その場で見つけられると気まずいため、本を渡したら、用があるからと告げ早々に別れるつもりでいた。

もしかしたら、読まれることもないかもしれない。

いずれにしてもメッセージに対する彼の反応を知ることはないのだから、と腹を括《くく》る。

再び時間を確認すると、すでに昼の少し前ぐらいだ。いい加減にお腹《なか》も空《す》いた。

相変わらず気は重く、それに比例して体も重いが、街へ出よう。食事をすれば、少しぐらいはこの憂《うれ》いも落ち着いてくれるかもしれない。

カホは、のろのろと寮を出た。

街へ行くには、一度城の廊下を経由する。いつものように極力人通りの少ない廊下を選び、カホは門に向かった。

今日の城の門番は、犬の獣人だ。焦《こ》げ茶《ちゃ》色の毛並みがふさふさと風に揺れていた。

カホが通りかかると、彼は少し待っていてくれと告げる。そして、嬉しそうな声で誰かの名前を呼ぶ。慌《あわ》ててやってきたのは、ひとりの青年だ。

門を出るときに、何度か見たことのあるその青年――おそらく今のカホと同じくらいの年齢の彼は、カホの姿を見ると一瞬固まり、赤い顔で口を開いた。

「お、お出掛けですか？」

「はい。少し買い物で、街まで」

差し出された出門表に名前を書くと、正門の脇の小さな扉を開けてくれる。

使用人は正門ではなく、この小さな扉を出入りするのだ。

「ありがとうございます」

「いえ、……っあの！」

呼び掛けられた声に振り返ると、僅《わず》かに頬を赤らめたままの青年が、迷ったように口を開けたり閉じたりしていた。

「あの、その、……気を付けて行ってきてください！」

「ありがとうございます、行ってきます」

彼に返事をして、カホは門を潜《くぐ》る。

「ったくオメェは……おう、気を付けて行ってきな嬢ちゃん」

「行ってきます」

苦笑を零す犬獣人の門番にも返事をして、カホは街へ向かう道をゆっくりと下りていった。

正門横の小さな扉が見えなくなる辺りで、塀の陰にさり気なく隠れ、髪を結んでいた黒い紐を解《ほど》く。バッグから眼鏡を取り出して掛け、前髪もきちんと作り、眼鏡と合わせて顔が見えないようにする。

ここまでする必要はないかもしれないが、カホにとっては保険のひとつだ。

最初にカイルに会って以降、街へ行くときはあまり顔が見えないようにしていた。カイルを慕《した》う令嬢対策だ。

その格好で塀から出て人混みの中に交じったカホは、周囲を見回す。

休日のたびに訪れている街は、今日も活気があった。

店主も客も、人間も獣人も、楽しそうに話している声があちこちで聞こえる。

カホは重い足を無理やり前に進め、まずは食品を扱う店が集まる通りへ向かった。

先ほど昼休憩の鐘が鳴ったからか、多くの客で賑《にぎ》わっている。

その中でも一際目立つのは、長蛇《ちょうだ》の列が作られた洋菓子屋だ。どうやら女の子の間で大人気の焼き菓子を売る店らしい。自身で買って食べるのはもちろんいいが、異性に贈ると恋が実る、なんて触れ込みがあるようだ。

予約制らしいのに行列ができていることに驚きながら、別の店でビスケットと果実水を買って、カホは腹を満たす。

食事で少しだけ気分が上向きになったことに安堵《あんど》し、書店へ向かった。といってもカホの一番の目的であるあの馴染《なじ》みの店ではなく、別の書店だ。

セアラから渡されたメモには、カホが普段読まない恋愛小説のタイトルが記《しる》されていた。それをいつもの店で買うことはなんとなく憚《はばか》られて、カホはそこに寄ったのだ。

ついでに自分のための本も探すが、どれも見たことのあるタイトルばかりで、結局頼まれた本だけを購入して店を出た。

お使いを終え、他に行きたい場所もなかったカホは、どうしようかと思案する。

ブルーノの店に向かう時間は、別に決まっているわけではない。けれど暗黙の了解で、午後の仕事の開始を告げる鐘を合図に店へ向かっていた。

もっとも、行って彼がいなくても本棚を見るのは楽しかったし、時折、店主――ではなく、その妹のローザが相手をしてくれるので、いくらでも時間を潰せる。

はあ、とカホは深いため息をつく。

行くところもないのだし、今から書店に行って、元の世界に帰る手がかりになる資料を探そう。

今日を過ぎたら、カホはしばらく街へ来るのを控えるつもりでいる。彼を待つ間に、探しものを終えておきたい。

大通りからひとつ脇道に入り、通い慣れた道の先。扉の上に店名の書かれた看板をぶら下げたその店の扉を、カホはゆっくりと開いた。

ちりんちりんとベルが鳴る。

「こんにちは」

いつもであれば明るい女の子の声が上がるはずが、聞こえたのは男性の声だ。銀色が光に反射して眩《まぶ》しく輝いている。

思わずカホは後退しそうになった。なぜならその声の主が、他でもない、カイル・エドモン・ルーデンドルフその人だったからだ。

足を止め、思わず凝視した先では、カイルが柔らかな笑みを浮かべてカホを見つめている。

そう広くない店内に、他に客はいなそうだ。

この店は店主の趣味でやっているようなものらしく、固定客以外はあまり来ない。現にカホはここでカイル以外の客に会ったことがなかった。

カホは今にも震えそうな足に力を入れて、扉を潜《くぐ》る。

心臓が、飛び出してしまいそうなほどに悲鳴を上げていた。

「こ、んにちは、……今日はいつもより早いですね。何かあったんですか？」

「いや、今日は探したい本が少し多くて。君が来たら、なるべく多く話せるように、早めに来たんだ」

そう言われて、カホは視線を彼の手もとに落とす。

確かにカイルが右腕に抱えている本は、いつもの倍はあった。小説本のサイズには大きいものや、何語で書かれているのかわからないものも混ざっている。もしかしたら仕事に使うのかもしれない。

向けられた彼の笑みはいつも通り優しくて、勘違いしてしまいそうなぐらい甘かった。

しかし、今日はその笑みを向けられることが、ひどく苦しい。

自分と多く話すために早めに来たというその一言。前回同じことを言われたのなら素直に喜べただろうに、今は喜ぶ余裕がない。

カホは目を合わせられず、落としたままの視線を彷徨《さまよ》わせた。

身長が百六十センチ弱の彼女が、百八十センチを超えているカイルと目線を合わせるには、彼を見上げなければならない。

ぐ、と一度歯を噛み締めて動揺を殺し、そっと視線を上げた。けれどやはり彼の目を見られなくて、首もとの辺りで視線が止まる。

彼を真っ直ぐに見られないことに気付かれなければいいと願いながら、カホは顔に笑みを貼り付けた。

「す、こしでも趣味に合う本を選べていたらいいんですけど……」

「いつも素敵な本を紹介してくれるから、ここのところ読む本に困らなくて感謝している、ありがとう。──それに、君と話していると穏やかな気持ちになって、疲れも吹っ飛ぶ」

「っそんな煽《おだ》てられても何も出ないですからね……？　そういえば、今日はローザちゃんの姿がありませんけど、お休みなのかな」

心中どきりとしたことを隠し、カホは話を逸《そ》らす。

いつも店の手伝いに動き回り、人懐こい笑みで駆け寄ってくるローザの声を、今日は珍しく聞いていない。外出しているのだろうか。

カウンターに座る店主を見たが、彼は手もとの本に視線を落としていて、こちらに見向きもしない。

カホの疑問に答えをくれたのは、カイルだった。

「ああ、彼女なら少し前に家に帰ったよ。なんでも体調を崩してしまったとかで、俺と入れ違いに」

「え？　だ、大丈夫かな。大事にならないといいんですけど」

「うん、そうだ、ね」

どこか歯切れの悪い彼の言葉に、カホは首を傾《かし》げる。けれど、追及はしなかった。

「――そうだ、先週すすめてもらった本だけど、読み終わったよ」

カイルがくるりと話題を元に戻す。カホはぱちくりと目を瞬《またた》かせた。

前回どんな本をすすめたのだったか。

記憶を手繰《たぐ》り寄せると案外簡単に思い出せたそれは、民俗学的な要素を含んだ推理小説だった。特殊な能力を持った主人公とその相棒が、ある孤島で起きる謎に挑《いど》むというものだ。

「面白くて、一日で読んでしまったんだ。気付いたら日付が変わっていた。読者を引き込むあの文章力には感嘆した」

「あの人の書いた本は、精密に練られた伏線と、思わずページを捲《めく》ってしまう読みやすい文体が特徴で……実はわたしも買ったその日に読み終えちゃいました」

今も大事に枕元に置いているその本を、もう何度も読み返している。

「それに、読み手の推理を誘導する演出が見事だったね。何度か引っ掛かりそうになった」

「そうなんです！　ミスリードが多いし、最後に真相が明かされるまで誰が元凶なのかわからないしで、結局は一番あり得ないと思った人が犯人だったんですよね。主人公の追ってた組織の幹部だったなんて……読み返したら伏線はたくさんあって悔しく――」

いつの間にか熱のこもっていた感想が、途中で切れる。合わせないようにしていたはずの視線が合ってしまい、カホが我に返ったからだ。

見上げたその色は、相変わらず穏やかで甘い色をしている。

鮮やかな深い紺色《こんいろ》の瞳。この色をこんなに近い距離で見られるのは、きっと最後だ。痛みがカホの胸を刺した。

ここ数日で何度この痛みを感じたのか、わからない。

これからはもう、こうして彼と小説について語れる機会が訪れることはないのだ。

「どうしたの？」

「いえ……なんでも」

急に口を閉ざしてしまったカホを不審に思ったのだろう。カイルが首を傾《かし》げる。

まさか考えていることを正直に言うわけにもいかず、カホは言葉を濁《にご》して視線を落とした。

視界に握り締めた自分の拳《こぶし》が入る。爪はまめに切っているのに、手のひらに食い込んで少し痛い。

ぺらり、と店主がページを捲《めく》る音だけが、いやに大きく響く。

その静寂は、続くカイルの言葉で掻き消された。

「なんでもない、っていう顔には見えない。今にも泣きそうな表情だし、顔色も少し悪い。——何か、あったの？」

確信を孕《はら》んだ問い掛けに、カホは思わず肩を揺らす。小さな震えだったが、彼がそれ

ことだろうか。


幸いなのは、彼が問い詰める素振りを見せず、カホが口を開くのを待っていてくれたことだろうか。

喉の粘膜が凍り付いてしまったかのように、カホの口からは言葉が出てこない。

唾をこくりと呑み込み、彼女は思い通りにならない頬の筋肉をなんとか動かして笑みを作った。

顔を上げると、眉を顰《ひそ》めてじっと見つめてくるカイルと目が合う。気まずさが拭《ぬぐ》えないカホは、また視線を逸《そ》らしてしまった。

「……ホントに、なんでもないんです。もしかしたら昨日の夜、本を読んでて少し遅くまで起きていたから、寝不足なのかもしれません」

ようやくいつもより早口で零れ出たのは、そんな拙《つたな》い嘘だ。

カイルは、どこか納得していなそうな顔で、なおもカホを見つめている。

カイルが何か言う前に、彼女はさらに言葉を重ねた。

「だから大丈夫です。今日は早く眠るようにします。その、ご心配をお掛けしたならごめんな……っ」

先ほどよりも大きくカホの肩が揺れた。予想外のことに左足が一歩後ずさる。

伸びてきたカイルの左手が、カホの頬に触れていたのだ。

騎士団の団長を務めているだけあって、彼の剣の腕はこの国でも一、二を争うほどだとセアラから聞いている。

もちろん直接見る機会に恵まれたことはないが、今触れている手のひらは、肉刺《まめ》が潰れて硬くなっていた。きっと数え切れないほど剣を握ってきたのだろう。

彼に意識的に触れられたことは、今までに一度もない。

出会うきっかけとなった日に手が触れたこと、倒れそうになって抱き留められたことはあるけれど、あくまで偶然で、意図したものではなかった。

けれど今、そっと頬に触れているその指先が、意志を持ってカホの眼鏡の縁《ふち》に掛かる。

「あの……！」

頬を撫《な》でる手を振り払うことができず、控えめに声を上げる。

だんだんと熱を帯《お》びていく頬が真っ赤だろうことは、鏡で見なくとも予想できた。

「っ申し訳ない」

カイルが言い、弾《はじ》かれたように頬から温《ぬく》もりが離れていく。カホはそれを少しだけ残念に思い、すぐにその気持ちに、蓋《ふた》をした。

「い、いいえ……や、やっぱり今日のわたしちょっと体調おかしいので、もう帰りますね！」

「そう、だね。名残惜《なごりお》しいけど、君の体調のほうが心配だ。──送っていこうか？」

「大丈夫です、すぐそこなので！　これ、前回お伝えしていたおすすめの本持ってきたので、良ければ！」

バッグの中から本を取り出して差し出す。紙でできたブックカバーが掛かったそれは、少しの間のあと、カイルの手に渡った。

「ありがとう。じゃあ次に会ったときに、返すね」

その言葉にずきん、と胸が痛む。

次は、もう訪れない。けれどカホに、それを直接カイルに言える勇気はなかった。

「……はい、また」

声が震えていませんようにと願いながら、彼と、いつの間にかカウンターの中から様子を見ていたらしいブルーノに一礼して踵《きびす》を返す。

──どうか、お幸せに。

心の中でそう呟《つぶや》き、カホはドアノブに手を掛けた。

店を出て、何も考えないように道を歩く。だんだんと早足になっていき、小道に入るころには駆け出していた。

人通りの多い大通りにぶつかると、その雑踏の中に自分の体を滑《すべ》り込《こ》ませる。

全力で走ったわけではないのに、息がひどく苦しかった。道を進みながら、眼鏡を取って髪をひとつに括《くく》る。

一秒でも早く寮に戻りたくて、ただ急いだ。

城門に着いたころにはすっかり息が切れていて、昼とは違う門番に驚かれた。そのことに苦笑しつつ、カホは差し出された入門表にサインをする。

そして真っ直ぐに寮を目指し、到着するなり中へ駆け込んだ。扉を閉めた直後、壁伝いにずるずると体が崩れ落ちていく。

胸が大きく鼓動して、痛みすら覚えた。

この胸の痛みの原因は走ったからではない。そのことは、自分自身がよくわかっている。

けれどカホは、痛みの本当の理由に気付かない振りをした。

† † †

明かりのない場所などないのではないかというぐらいに、本日の城は、至るところに煌々《こうこう》とした光を灯《とも》していた。

数え切れないほど確認した今日の配置図を頭に描きながら、カイル・エドモン・ルーデンドルフは周囲に目を光らせる。

来賓《らいひん》を迎える城門前から始まり、正面玄関、廊下、各部屋に及ぶまで気配を探《さぐ》った。

使用人たちの手で最も華やかに飾り付けられた大広間では、シャンデリアが輝き、そこから温かな橙色《だいだいいろ》の明かりが降ってきている。壁には豪華な装飾のランプが等間隔に並び、そこからも仄《ほの》かな光がもたらされていた。

テーブルには湯気を立てる料理が並び、真っ白い皿が光を反射している。部屋の端では、この国でも有名な音楽隊が素晴らしい演奏で来客たちの耳を楽しませていた。

今夜は、王家主催の舞踏会なのだ。

大広間の奥、段差を上った先にある玉座には国王が腰掛け、隣には優しく微笑《ほほえ》む王妃の姿が見える。そしてこの舞踏会には国中の貴族とその子女たちが参加していた。

誰も彼もが着飾り、特に女性はその目を光らせて自《みずか》らの、もしくは娘の結婚相手を探すのに余念がない。

《番《つが》い》を見つけた獣人が、うら若き女性に熱烈なアプローチを掛けているのも見かける。もっとも、この舞踏会に招待されている獣人は、人間の姿とまったく変わらない者か、人間との混血で、爵位持ちの者だけだ。

すでに婚約相手のいる男女は大広間の中央に設《もう》けられている空間でワルツを踊り、仲を深めている。時折、この大広間の人混みから抜け出してベランダへ出ていく若い男女もいたが、警備の騎士団の団員がそちらにも配置されているため、そう悪いことはできないはずだ。

カイルは真剣な眼差《まなざ》しで大広間中を見渡した。

今日はいつも着用している騎士団の制服ではなく盛装のせいか、女性からの視線が集まっている。

しかし彼は、意味ありげな視線を送られても、それに反応することはなく、かといってその場から動こうともしない。お陰で同じ貴族の男性からは睨《にら》まれているが、そちらも気にならない。

彼は、ふ、と切なげに瞳を伏せた。同時に吐き出された悩ましげなため息に、女性たちが息を呑む。

「……カイル、お前そんな葬式っぽい顔してて疲れねえ?」

そんなカイルのもとへ、ブーツの踵《かかと》を鳴らしながら大柄な影が近付いてきた。

およそ百八十センチのカイルより、さらに一回り以上も大きな体、深みのある橙色《だいだいいろ》の髪に金色の瞳を持つ男だ。すらりとした体格のカイルとは逆にがっちりとした肉体を持ち、その腰に帯《お》びている剣が良く似合っていた。そして今日は珍しく首の一番上までボタンを留めている。

――ヴォルモンド王国騎士団・副団長、ヴィルフリート・ヴァン・ヘルツォーク。

彼はカイルの片腕と言われ、獅子の血を引くヘルツォーク家の出身だ。

サボり癖があるのが玉に瑕《きず》で、幼馴染《おさななじ》みの補佐官の青年がいつも険《けわ》しい顔をして捜し回っている。しかし面倒見が良いため、彼を慕《した》う騎士団員は多かった。

ヴィルフリートはカイルの隣の壁に背を預け、近くを通りかかったウェイターから果実水の入ったグラスをふたつ貰うと、ひとつをカイルに差し出してくる。それを受け取り、カイルは視線をヴィルフリートから外《はず》した。

「……余計な世話だ。放っておいてくれ」

「放っとくっつったって、部下たちからオレに泣きが入ってるんだよ。この数日、休憩もマトモに取らずに仕事してて、何言っても『大丈夫』しか言わない。どうすればいいかってな」

「……」

「で、何があった？　こないだの満月の次の日、お前、いやに機嫌が良かったな。確かあの日は午後休で、お前は仕事が終わるなり大急ぎで城を出ていった。そのあとのことは知らねえが、翌日は何かを気にしているような顔をして、それから二、三日はいつもと変わらず、……まあ若干機嫌が良かった気もするが」

ちらり、とヴィルフリートがカイルに視線を落とす。しかしカイルは真っ直ぐ大広間を見つめ、動揺を表に出さなかった。

「目に見えて様子がおかしくなったのは、そのあとからだ。仕事に支障はねえが、団長室の窓から何かを捜すように遠くを見てたな？　それに城の隅っこにある、ちいせえ庭。運が良ければそこでお前に会えるって侍女たちが噂してたぞ。……わざわざ本なんて持って、何してやがる？」

ぴくり、とカイルの肩が微《かす》かに揺れた。ヴィルフリートは畳みかける。

「使用人――メイドの最新の勤務リストを借りたっつー話も聞いてる。騎士団に出入りする侍女だけじゃなく、城勤めのメイドの勤務リストなんて、なんに使うつもりだった？」

「……少し気になったことがあって、その確認のために借りた。それだけだ」

「それだけ？　ハッ、お前にとっては《それだけ》じゃねえだろ。――メイドの休暇日が記載されてるリストを確認することが、大きな意味を持ってるはずだぜ。ここ一年、同じ周期で午後に休暇を取るお前が、ある日は落胆して帰ってきた。以来、朝から夜まで泊まりがけの仕事漬け。これで何もないと思うほうが、おかしいだろうが」

「単に仕事が溜まっていて泊まらざるを得なくなった可能性もあるだろう」

「お前に限ってそれはねえな。それに、わざわざやらなくてもいい仕事までこなしてるってオレが知らねえはずないだろう」

「……ヴィル。お前は俺に、何が言いたい？」

カイルは横目でヴィルフリートを睨《にら》み付ける。カイルの深い夜のような瞳と、ヴィルフリートの黄金色の瞳がぶつかった。

「──お前が肌身離さず持ってるあの本の主と、何があった？」

濃紺《のうこん》が、明らかに動揺で揺れた。視線を下ろしてため息をついたカイルは、観念して果実水を飲み干し、肩を竦《すく》める。

「場所を変えよう。……少し、込み入った話になる」

ああ、とヴィルフリートが頷いた。空になったグラスをウェイターに渡し、ふたりで大広間をあとにする。

ふたりの会話中も人々の笑い声が聞こえ、美しい楽器の音も途絶えることはなかった。それはふたりがいなくなっても変わらない。女性たちは新たなターゲットに熱い視線を送り、賑《にぎ》やかな歓談の声、素晴らしい音楽は、舞踏会が終わるまで大広間に響いていた。

大広間を抜け、城を出たふたりがやってきたのは、騎士団詰所の中にある団長室だった。

昼間は賑《にぎ》やかな詰所の中も、日が暮れた今、人気《ひとけ》はほとんどない。

カイルは広間の様子をある程度確認し終えたら、再びここに戻ってくる予定だった。いつもきっちり片付けている執務机の上には、書類を積んだままで、ペンも無造作に置いてある。

ヴィルフリートは勝手知ったる団長室で上着を脱ぎ、中央テーブルの横にある黒いソファーへ体を沈めた。

「それで？　やっと見つけた《番《つが》い》の嬢ちゃんと、何があった？」

「驚いたな、そこまで気付かれていたのか」

出し惜しみはしないとでも言いたげに、早速確信を含んだ疑問を口にするヴィルフリートに、カイルは声を上げた。

彼は羽織《はお》っていた上着を脱ぐと、執務机の椅子に引っ掛ける。そして執務机の右側二段目の引き出しを開け、そこから一冊の本を取り出した。疑問符を浮かべているヴィルフリートへ差し出す。

「……今日は置いていってたんだな」

「今だけだ。普段はお前の言う通り、肌身離さず持ってる」

「そうかよ。……げ、恋愛小説か。お前、こんなのも読むのか？」

藍色《あいいろ》のブックカバーに覆《おお》われたそれをカイルから受け取り、ヴィルフリートはぺらぺらと捲《めく》った。あまり活字が好きではないのだろう。表情を歪《ゆが》め、すぐにカイルへ押し付ける。

カイルはそれを苦笑いで受け取った。

「俺は好んで読まないんだが、彼女は色んなものを読むらしくて。すすめられたものは、すべて目を通してるんだ。恋愛小説と思って侮《あなど》っていたけど、意外と面白くて。俺は気に入ってるよ」

「惚気《のろけ》か？」

「だったら良かったんだけどな」

そう言って、カイルはヴィルフリートが捲《めく》ったほうとは逆――つまり最後のページを開き、そこから小さなカードのようなものを抜き取った。

薄いそれは、軽くページを捲《めく》ったくらいでは気付かないだろうメモ。

カイルから差し出されたそれに、ヴィルフリートは眉根を寄せた

「ラブレターか？」

この本が彼女のものであるというのなら、おそらく挟まれていたカードは彼女が書いたものだ。誰が好き好んで知り合い宛のラブレターを読みたいと思うというのか。

そんなヴィルフリートの考えにすぐに気付いたのか、カイルは肩を竦《すく》める。

「ラブレターだったなら、お前に見せるわけないだろう」

「そうかよ。っと、……あ?」

カイルの手からカードを受け取り、視線を走らせたヴィルフリートの声のトーンが変わる。

『結婚されると伺いました。今まで楽しかったです。ご活躍を陰ながらお祈り申し上げております』

そこにはそう、書かれていた。

「って、おいおい、何かの冗談だろ、これは」

「最後に会ったときにこの本を借りたんだけど、そこに挟まってたんだ。あの日は彼女の様子もどこかおかしくて、……今思えば、最後にすると決めていたのかもしれないな」

「かもしれないな、じゃねーよ！　ンでそんなに冷静なんだよお前は！　やっと見つけた《番《つが》い》なんだろ!?」

掴み掛かりそうな勢いで、ヴィルフリートがカイルに向かってくる。

「ただでさえオレたちは人間よりも執着心が強い。生涯で番《つが》う相手は、ひとりだけだ！　逃がしたらもう、お前は一生誰も愛せねえんだぞ……！」

カイルとヴィルフリートには獣人の血が混ざっていた。

獣人と呼ばれる種族は、どんなタイプであれ、寄り添う相手は生涯ひとりだけしか得ることができない。その相手を《番《つが》い》と称し、生涯を懸けて愛し抜く。

彼らはその体に流れる血によって番《つが》いを見つけるのだ。

多種族との混血が進めば番《つが》いを求める本能は薄まるが、カイルのように獣人としての血が濃いと番《つが》いを持つ。

あまり知られてはいないが、カイルの父親は獣王の血にも連《つら》なる純血の獣人だ。そのためカイルは獣人としての性質を強く受け継いでいる。

カイルが三十歳を手前にして未だ結婚していないのは、その番《つが》いに出会えていなかったからだ。

けれど彼は、一年前のあの日、懇意にしていた書店でその《唯一》を見つけた。

――偶然同じ本を取ろうとして、指が重なり、視線が合う。

その瞬間に湧き上がってきた熱情を、カイルが忘れたことはない。

一目惚れにも似たその感情が、彼女が運命なのだと教えてくれる。

偶然を装《よそお》い彼女と会って話をするたびに、想いが膨《ふく》らんでいく。そして、間違いなく彼女が自分の唯一なのだと確信していった。

さりげなく次の約束を取り付け、彼女と会う時間を増やし、距離を縮めていく。言葉を交わすうちに、番《つが》いだからというだけではなく、彼女自身に対する想いが増えていった。

同時に、欲望が鎌首をもたげる。

駆け寄って、跪《ひざまず》き、愛を囁《ささや》いて、その体を抱き締めたい。

今すぐふたりだけの屋敷に連れ帰り、マーキングして、自分だけのものにしてしまいたい。

獣人の血が濃ければ濃いほど、その衝動は強い。彼もまた、その衝動と戦う羽目になった。

ただカイルの場合は、獣人である父親の溺愛に少々悩まされている母親から受けた教育が、衝動を押し留《とど》めてくれたのだ。

そして、たとえカイルが想いを寄せていても、彼女が自分のことを好きになってくれなければ意味がない。

幸いにも、満月の日に狼——カイの姿を取ってしまった彼は、彼女と《偶然》会い、彼女の気持ちを知ることができた。

だが、彼女は別世界の人間であるという問題がある。

そのため彼は彼女が逃げられないように——元の世界に帰ってしまわないくらい自分

に縛り付けられるよう、外堀を埋めていったのだ。

それなのに先日の満月の日、彼女の口から零れた言葉にカイルは驚く。どうやら何か誤解しているらしい彼女に、言葉が喋《しゃべ》れないカイの姿では事情を説明することができなかった。

だから翌日の逢瀬の日、彼女にすべてを伝えるつもりでいたのだ。

自分が獣人の血を継いでいること、ゆえに満月の日には狼の姿になってしまうこと、自分の《番《つが》い》のこと。

そして、お互いに名前をしっかりと告げて、求婚を――

ローザには店を出ていってもらい、折を見てブルーノも席を外《はず》す予定だった。

――けれど、カイルが彼女に求婚の言葉を告げることはなかった。

『……ホントに、なんでもないんです。もしかしたら昨日の夜、本を読んでて少し遅くまで起きていたから、寝不足なのかもしれません』

気まずげに逸《そ》らされた視線と、カイルに口を開かせないように畳みかけられた言葉。

明らかに嘘だとわかった。踏み込んでほしくないと、線引きをされている。

彼女はあの瞬間に、カイルとの関係を宣言したのだ。もう二度と会わないという、カイルにとっては死刑宣告にも似たそれを。

いっそのこと、心配なのだと抱き締めてしまえば良かった。頬に触れるだけではなく、あの小さな体を、抱き寄せてしまえば……

体温に異常がないか確認するため頬に触れた瞬間、頬に朱を走らせた彼女。その姿はとにかく可愛くて、どうしようもなく心が満たされた。ただ、欲望はそれだけでは済まなかった。

眼鏡を外《はず》して、その奥の瞳を覗き込みたい。レンズ越しではないその目に自分の姿を映してほしい。

さらさらの黒色の髪に触れたい。その下に隠れている小さな耳もとを甘噛みしたら、どんな声を出してくれるのだろう。

どこか距離を取るような言葉を吐く、その桃色のくちびるに口付けたい。高くもなく低くもない優しいその声で、名前を呼ばれてみたい。

――そして願わくは、昨夜のように愛を囁《ささや》いてくれれば。

次々と湧き上がってくる欲望。

それを食い止めたのは眼鏡に指が触れた微《かす》かな音と、焦《あせ》ったような彼女の声だ。カイルは我に返り、慌《あわ》てて彼女から手を離した。

今日はもう帰ると言う彼女に、後ろ髪を引かれながら、住んでいるところまで送り届けようかと声を掛ける。けれど、勢い良く断られてしまった。

理由はわかっているが、さすがに少し落ち込む。

そして押し付けられるように渡されたのが、今カイルの手もとにある一冊の本と、一方的な別れが書かれたメッセージカードだ。

本の間にひっそりと挟まっていたそれを見つけたときのカイルの気持ちなど、ヴィルフリートにはわからないだろう。

次の彼女の休暇に、馴染《なじ》みの本屋へ行ってみたが、カードの言葉通り、昼が過ぎても、夕刻が来ても、店が閉まる時間になっても、彼女が訪れることはなかった。

もしかしたらどうしても外《はず》せない用があって来られなかったのかもしれない。

そんな一抹《いちまつ》の期待を持って、使用人たちの勤務リストを入手し、彼女の休日を確認した。

すると最後に会った日と次の週は同じ周期で休みになっていたが、翌々週からは急に彼女のものだけ休暇の日程が変更になっている。すべてカイルが休めない日だ。

胸に広がっていく黒い感情が獣としての本能を呼び起こし、何度も何度も囁《ささや》き掛けてきた。攫《さら》って、どこにも行けないように囲ってしまえばいい、と。

もう二度と離れていかないように手錠と足枷《あしかせ》を付けて閉じ込めてしまえば、彼女は自分だけのものになる。

しかし頭に過《よぎ》る昏《くら》い考えを押し止めてくれたのは、彼女の笑みだった。そんなことをすれば、彼女はもう二度と自分には笑い掛けてくれなくなる。

だが、彼女がカイルから離れていこうとしているという現実を冷静に受け止められるほど、カイルの彼女への気持ちは、軽くなかった。

彼は口角を上げて笑みを浮かべる。視線を真っ直ぐ、ヴィルフリートへ向けた。

「ヴィル、お前には、俺が冷静に見えるのか？」

「……ッハ！　見えねえわなぁ？　ンな獣みてーな目、何があっても嬢ちゃんには向けるんじゃねえぞ」

挑発的に笑うヴィルフリートの黄金色の瞳が再び、カイルの濃紺《のうこん》の瞳とぶつかる。

カイルはわかっている、と目を伏せて頷いた。

「つーか、今まで女の気配なんてなかったルーデンドルフ団長様に好きな女がいるなんて、貴族のご令嬢たちが知ったら泣いて悲しむだろうな。――そんなモテる奴が、告白もできずに恋が終わるなんて悲劇にもなりゃしねえ。あ、女どもにとってはそっちのほうが都合が良いのか。失恋したお前の気持ちに付け込むことができるし？　運が良けりゃあ一夜の過《あやま》ちにもつれ込むことができるかもしれねえ」

「……俺は彼女以外を抱くつもりはない」

「だろうな。なら、なんとしてでも話し合いの機会を設《もう》けないと駄目だろ。このままだと、他に好きな男作られて一生手の届かない人間になっちまうぜ」

ヴィルフリートの指摘に、カイルは重々しいため息をついた。

――彼女と、話をすること。

カイルにとってはそれが一番の難点だった。

確かに家の力をもってすれば、彼女を呼び出すことは簡単だ。もしくは王国騎士団団長としての呼び出しならば、一介の使用人である彼女は拒否できない。

しかしカイルは、極力そういった方法を取りたくなかった。

彼がしたいのはあくまでも話し合いで、命令ではないのだから。

けれど彼の立場上、城の中で会って話すことは難しい。だからといって、ともに過ごしていたあの書店には彼女が現れそうになかった。

「こうして野郎ふたりで膝を突き合わせてる時間が勿体《もったい》ねえな」

にやり、と口角を上げて笑ったヴィルフリートに、嫌な予感が頭を過《よぎ》ったカイルは、釘を刺すように睨《にら》み付けた。

「……ヴィル、余計な手出しはするなよ。これは俺と彼女の問題で、お前には一切関係ない」

「いや、オレはカワイイ部下どもに泣き付かれてっし？　助けを求められちゃあ、オレが一肌脱ぐしかねえよな、団長様？」

「余計な世話だ」

「まあそう言うなって。……っつーか、嬢ちゃんがお前を避ける理由、なんか心当たりねえの？」

「あったらとっくに気付いて……いや、待て」

最後に会った日の前日。あの日は満月で、狼の姿になったカイルはいつもより遅くやってきた彼女と会っている。そのときに彼女はなんと言っていただろうか。どうして、泣いていた？

「俺に婚約者がいると、勘違い、していた」

――やっぱり婚約したら会えなくなっちゃう、のかなあ。

――ルーデンドルフ団長が自分から結婚したいって思う人だもの、きっと可愛らしくて良い人なんだよね。

――……わかってたのになあ……失恋って、やっぱり辛《つら》いや。

ずっと疑問に思ってはいたのだ。どうして彼女はカイルの婚約のことを知っていたのか。身内だけが知るその話を、彼女が知り得たのはなぜだ。

「なるほどな。密室ではないにしろ、城下で忍ぶように会ってるのを《婚約者》に見られたらまずいとでも考えたのか。……その《婚約者》が自分だとは、普通考えないよな。実際、約束してないんだし。で、誰かに言ってたのか、嬢ちゃんのこと」

「家族には彼女を妻にしたいと、伝えていた。父上と母上、それから下の兄と、妹がいる場所で」

上の兄と、兄の妻――つまり義姉《あね》は、留守にしていていなかった。血の繋がっている姉は隣国に嫁《とつ》いでいて、帰ってくるのは一年に数回だ。

朧《おぼろ》げな記憶を手繰《たぐ》り寄せ、あの日のことを思い出す。

畏《かしこ》まったカイルの前には、どこか楽しげな様子の父親と相変わらず勇ましい母親の姿があった。

そこから少し離れたところで、母親譲りの金髪で片目を隠した、魔術師団に在籍する二番目の兄がクッキーを口に運んでいる。そして母の傍《そば》には、銀髪を顎《あご》の下辺りで切り揃えた、カイルと同じ目の色の妹が、涼しい顔で紅茶を口にしていた。

「――一番怪しいのは、ダリアだろうな」

――ダリア・エドモン・ルーデンドルフ。

ルーデンドルフ家の末娘、つまりカイルの妹で、王国騎士団分隊副隊長を務める部下である。

父親と母親は半《なか》ば隠居状態、下の兄もワーカホリック気味で魔術師団の研究所に引きこもっている。一方、ダリアは騎士団に在籍しており、城内を歩き回ろうとも疑問に思われることはない。

直接カホに告げたにしろ、第三者経由で伝えたにしろ、いくらでも機会はあったはずだ。

「仮にダリアがなんらかの方法で、俺に婚約者ができたと彼女に伝えたとして、その意図はなんだ。相手が貴族の娘ではないからと厭《いと》うような性格はしてないはずだが」

「ンなのオレが知るかよ。アレじゃねーの、実はブラコンでお前を他の女にやりたくなかったとか」

「上の兄にならわからなくもないが、俺に対してはないだろう」

「わからねーぞ。逆に優秀な兄を妬《ねた》んでやったのかもしれねえし」

「そんなつまらない方法で俺を蹴落とそうとしたなら、一番に恐ろしい雷を落とすのは母上だ」

「違いねえ」

ヴィルフリートは鼻で笑い、指を組んだ。そして「とりあえず」と前置きをして、言葉を続ける。

「誰が漏らしたかはあとだな。まずは嬢ちゃんの誤解を解くのが先だ。拗《こじ》れる前に早急に手を打つ」

少し間をあけて、ああ、とカイルは返事をした。けれど、心ここに在らずだ。

ヴィルフリートが眉を顰《ひそ》める。カイルはぼそりと呟《つぶや》いた。

「……まだ、間に合うと思うか」

獣人の血を引くカイルにとって、彼女が《初恋》だ。

そしておそらく《最後の恋》でもある。

二十歳《はたち》にしては少し幼い顔立ち。黒色の髪に、光の加減で黒にも焦《こ》げ茶《ちゃ》にも見える瞳。様々な本を買い求め、年ごろの娘には珍しく、恋愛小説以外の本も嗜《たしな》む。外見だけ見れば、どこにでもいそうな娘だ。侍女の中にもメイドの中にも、いくらでも彼女のような容姿の娘はいる。

けれど、カイル・エドモン・ルーデンドルフという男が見初《みそ》めたのは、カホという庶民の娘だった。

「何言ってやがる。間に合うか、じゃねえ、間に合わせるんだよ。弱気なこと言ってる暇があったら、さっさと今日は寝ろ」

「……そうだな」

「念のため、あとで人をやる。万が一にでも仕事で遅くまで起きてたら承知しねえからな」

腰を下ろしていたソファーから立ち上がり、ヴィルフリートは大股で団長室を出ていった。

カイルひとりになった団長室に、はあ、という深いため息が響く。

ここのところ睡眠時間を削って仕事をしていても疲れなど感じなかったのに、今日はいやに疲れたような気がする。

カイルは本を手に、ソファーへ体を沈めた。ずっと手に持っていたそれを持ち上げ、じっと見つめる。

この本は、何度も読み返していた。

貴族の男と平民の娘の恋物語で、いかにも女性が好きそうなストーリーだ。ただ描写はしつこくなく、男であるカイルでもするりと読み進めることができた。

次に会ったときには、この本の話をしたいと思っていたのに。

「……カホ」

彼女のいないところで何度も呼んだ名前は、ただ空《むな》しく部屋に響くだけだった。

──君は、どんな気持ちでこの本を俺に渡したのか？

答えは結局、出ないままだ。

カイルは何度も繰り返し読んだ始まりのページに目を走らせる。

ヒロインがヒーローに別れを告げる場面から始まるこの物語が最終的に行き着くのは、ハッピーエンドだ。ヒロインとヒーローが幸せになる未来しかない。

だが現実は、甘くないのだ。

頭がぼんやりとして、ひどく重い。瞼《まぶた》がゆっくりと落ちていく。

『はい、また』

意識が落ちる直前。泣きそうな顔で、やってこなかった次を告げる彼女の震える声が、静かに脳裏に響いた。

† † †

いつもより煌《きら》びやかな明かりと、賑《にぎ》やかな声。

大広間には、さぞかし豪華絢爛《ごうかけんらん》な光景が広がっていることだろう。昔見た、外国の映画のように……

そんなことを思いながら、カホはいつもよりも使用人の往来が多い廊下を早足で歩いていた。

今日は大広間で王家主催の舞踏会が催《もよお》されている。そのせいで、夕暮れごろから、いつも以上に城内への人の出入りが多くなっていた。その分のやらなければいけない仕事が増えている。

カホは普段以上に慌《あわ》ただしく駆け回り、つい先ほど、やっと一段落つけたところだ。しかしこれで仕事は終わりではない。他の仕事に就いている同僚たちが終わっているとは限らないからだ。

カホは彼女たちのもとへ向かうため、急ぎ足で廊下を進む。

そうしてちょうど、左側の角を曲がったときだった。

「……うっ」

「おおっと」

急ぐあまりに、曲がった先から人が来ることに気付けなかった。カホは反応が遅れ、勢い良くぶつかってしまう。

幸いだったのは、ぶつかってしまったその人が腕を引き、カホがお尻から転びそうになったのを防いでくれたことだ。お陰でお尻をぶつけることはなく、ほっと胸を撫《な》で下ろす。

受け止めてくれた人に礼を言おうと、カホは視線を上げた。――そして、思わず漏れそうになった悲鳴を堪《こら》える。

橙　色《だいだいいろ》の髪に、金色の瞳。見上げなければならないほど高い背と、引き締まった肢体。どこか人間離れしたその瞳の色は、獅子の血を引いているからなのだと、カホは同僚から聞いたことがある。

本来であれば遠目でしか見られないような立場の人が、そこにいた。

「――へ、ルツォーク、副団長」

「おう、怪我はねえか……って」

呆然と名前を呟《つぶや》いたカホを、ヴィルフリートがやけにじっと見つめた。しかし今の彼女に彼の態度を気にする余裕はない。

――この人が、どうしてここに？

疑問がぐるぐると頭の中で回る。

ヘルツォーク家の子息であり、王国騎士団の副団長という地位を持つ彼が城内にいることは、不思議ではない。

ただ、カホが今歩いているこの廊下は基本的に使用人しか通ることはなく、ヘルツォーク家の子息として舞踏会に招かれていたとしても、騎士団副団長としても、用はないはずなのだ。

「……い、おい、大丈夫か？」

「し、失礼いたしました、大丈夫です！　申し訳ございません！」

上から降ってきた声で我に返ったカホは、一歩後退して頭を下げる。

この世界でのカホの地位は平民だ。対して目の前の彼は貴族であり、雲の上に住んでいる人物と言っても過言ではない。下手をすれば、謂《いわ》れのない罪まで擦《なす》り付《つ》けられて法外な要求をされる。

幸い、今回の相手はそんなタイプではなかった。

「あー……いや、そう深々と頭下げられるとあとが怖いっつーか」

「は、い？」

「なんでもねえ。つーか、ちょうど良かった。アマンダさんを捜してるんだが、どこにいるか知らねえか」

カホは首を傾《かし》げる。

彼女の知る限り、《アマンダ》という名の人物はひとりしかいない。

「ええと、仰《おっしゃ》っている方がわたしの知るアマンダ様のことでしたら、その……多分ですが調理場にいらっしゃるかと……」

思わず言い淀《よど》んでしまう。というのも、調理場はカホがこれから向かおうとしている場所だ。すなわち、向かいからやってきたヴィルフリートが通り過ぎてきた場所ということになる。

アマンダというのは、この城内で働く女性使用人を纏《まと》める女性だ。仕事に厳しく、特に今日のような日はいつも以上に厳格になるため、彼女の持ち場には近付かない者が多かった。

躊躇《ちゅうちょ》なく叱責《しっせき》が飛んでくるので、誰もが萎縮《いしゅく》するのだ。

ちなみにカホは、仕事が終わった旨《むね》を報告した先輩メイドから調理場に行くよう指示されていた。

「あー……そっちか」

カホの言葉を聞いたヴィルフリートが、気まずそうに視線を逸《そ》らす。

「言付《ことづ》けだけでよろしければ、今から調理場に行くのでお伝えいたしますが……」

「いや、頼みてえことがあるから、オレが直接行かねえといけなくてな。ついでだし、一緒に行ってもいいか？」

「……ハイ」

先ほどからすれ違う使用人たちの視線が痛い。ヴィルフリートがこんな場所にいることに加え、貴族付きではないカホが彼と話していることで、注目を集めてしまっていた。

正直なところ、本当は早く離れたい。

うっかり気を回して調理場に行くなんて言わなければ上手く逃げられたかもしれないのに、すべては後の祭りだ。

彼の言葉に否と言う隙はどこにもなく、一歩前を歩くヴィルフリートの後ろを、カホはなるべく存在を殺してついていった。

グサグサと刺さる視線に居心地の悪さを感じながら、目的地である調理場へ向かう。その最中、ヴィルフリートが話を振ってくれたが、カホには会話を楽しむ余裕などなく、必要最低限の返事しかできなかった。

ヴィルフリートとぶつかった場所から調理場までは、それほど距離があるわけではないのに、とてつもなく遠い気がする。カホは目的地に到着したあと、思わず安堵《あんど》の息を吐き出した。

ヴィルフリートが調理場に顔を出した瞬間、そこで働いている人たちの動きが止まり、視線が一気に彼に向く。カホはちょうど扉の死角に隠れることでその視線を回避した。

針《はり》の筵《むしろ》はもう十分だ。

すぐに手を叩く音が二回響き、調理場は再び人が動き回る音で満たされる。

料理人たちが慌《あわ》ただしく動き回り、大広間に持っていく料理の準備をしていた。

舞踏会も折り返しに差し掛かる時刻のため、絶え間なく新しい料理が出ていくことはないが、人の動きが止まることはない。

使用済みの食器や調理道具の片付けと並行して、明日の食事の下ごしらえなど、やらなければならない仕事は多いのだ。

特に今はアマンダが目を光らせているため、皆張り詰めた緊張感の中、仕事に精を出していた。

カホは調理場の中を見回し、同じ制服を着ている同僚たちの姿を探す。すると彼女たちは、流し場で大量の食器と戦っていた。これは急ぎ加勢したほうが良さそうだ。

そう判断し、腕捲《うでまく》りをして彼女たちのもとへ足を向ける。

――が、しかし。

「……え？」

「嬢ちゃん、悪いがもうしばらく、付き合ってもらうぜ」

後ろから腕を引っ張られ、歩みを阻《はば》まれてしまう。

恐る恐る振り返ると、ヴィルフリートが何か企《たくら》んでいるような笑みを浮かべていた。

そして、カホの返事を待たずに引きずっていく。

ひくり、とカホの頬が強《こわ》ばった。

連れていかれたのは、鋭い視線で調理場中を見回すアマンダのもとだ。

「アマンダさん」

「……先ほど見かけたときは首もとのボタンを閉じていたと思ったのですが、どうして貴方《あなた》はそう、我慢ができないのですか、ヘルツォーク副団長」

「会場にいたときは閉じてたんだからいいだろ。……ンなことより、ちょっと相談があるんだが」

「相談？」

「オレの知り合いが寝不足で倒れちまって今部屋で寝てるはずなんだが、目を離すとすぐに仕事をやりたがるんだ。無茶しねえように誰かに付いててもらいたいと思ってな。……生憎《あいにく》とオレは、そいつがやると言って聞かなかった仕事を片付けるので忙しい。人を借りたいと思ってアンタを捜してた」

「……貴方がわたくしを訪ねてきた理由はわかりました。ですが、用件は簡潔に、要点のみを述べなさい。わたくしは、暇ではないのです」

「この嬢ちゃんを、その見張り役として借りていきたい」

「っわ!?」

ヴィルフリートに腕を引かれ、カホの体はアマンダの前へ差し出される。調理場中の好奇の視線が再びカホに刺さった。

　同時に眉根を寄せたアマンダの視線も注がれ、知らず知らずのうちにカホの背筋が伸びる。けれどすぐに彼女の視線は外《はず》され、カホは心の中でこっそりと安堵《あんど》の息を吐いた。

「……貴重な働き手をそんな理由で貴方がたに貸すほど、わたくしは優しくありません。それに彼女はただの使用人です。体調管理に関しては、騎士団の方のほうが余程お詳しいでしょう。それとも――」

　一度言葉を切り、声を潜《ひそ》めてアマンダが続ける。

「彼女でなくてはならない理由でも、おありですか」

　ほぼ口の動きだけで伝えられたその言葉を、視線を落としていたカホが読み取れるはずがない。アマンダの鋭い視線は、ヴィルフリートに真っ直ぐ向かっていた。

　ヴィルフリートにとって、人のくちびるの動きを読むことなど造作もないらしい。彼は、アマンダが何を言ったのか読み取った。

「……ああ」

　数秒の沈黙の後《のち》、しっかりとした声でそう返事をする。

　ヴィルフリートの真面目な視線と、アマンダの鋭い視線が交差した。

　ふたりの視線がぶつかっていたのはほんの数十秒だった気もするし、もっと長い時間だったかもしれない。緊張感の漂《ただよ》ったその空気を霧散《むさん》させたのは、アマンダのほうだ。

ヴィルフリートをじっと見つめていた視線をカホに向け、表情を崩さないまま口を開いた。

「貴女《あなた》、お名前は？」

「っは、はい、カホと申しますっ」

弾《はじ》かれたように顔を上げ、カホは自分の名前を口にする。『姓』を名乗らなかったのは、あくまでカホは平民という立場だからだ。この国では貴族以外、基本的には姓を持たない。

カホが名乗った瞬間に、アマンダが微《かす》かに驚きの表情を浮かべた。睨《にら》むようにヴィルフリートを見て、それから僅《わず》かに表情を綻《ほころ》ばせ、もう一度カホを見つめる。

「そう、貴女が……」

「あ、の」

「こちらの話ですのでお気になさらず。――ところで貴女はなぜここに？」

何かまずいことでもしただろうかと背筋に嫌な汗が流れるのを感じながら、カホはアマンダから尋ねられた問いに答える。

「も、持ち場の仕事が終わったので、先輩からこちらに向かうように言われまして……」

「そうでしたか。――ヘルツォーク副団長、貴方の言い分もわかりますが、手伝いのための人員ということであれば、せっかく来てくれた彼女を、はいどうぞと手放すわけにはいかないのですよ」

「そこをなんとか、頼む」

なぜか必死に頼み込むヴィルフリートと、眉間に皺《しわ》を寄せるアマンダ。口を挟むことができないカホは、どう転ぶのかをただ見ていることしかできない。

だが心の中では、このままアマンダが引かずにヴィルフリートを説き伏せてくれることを期待していた。どうしてここまで自分にこだわるのかはわからないが、これ以上胃腸が悲鳴を上げるような事態は遠慮したかったのだ。

しかし現実は残酷だった。

「――あの、持ち場の仕事が終わったので、手伝いに来たんですけど……」

新たな声が控えめに掛けられ、ふたりの視線がそちらに集中した。

カホがつい先ほど通った扉から、メイドがふたり、顔を覗かせている。どこか気まずい様子なのは、ただならぬ雰囲気を感じとっているからだろう。

彼女たちの発したその言葉に、一番に動いたのはアマンダだ。

「ちょうど人が足りなかったので助かります。貴女たちに流し場の仕事をお願いしましょう。分担については彼女たちに聞くように」

アマンダの言葉に頷いたふたりは、カホをちらりと見て流し場へ向かう。

そのあとをついていきたいと思うカホだが、ヴィルフリートに腕を掴まれて動けない上に、アマンダから鋭い視線を向けられて、断念した。

「貴女」

「っはい！」

カホの背筋がまた伸びる。

大きなため息をついたアマンダは、鋭い目付きでヴィルフリートを見た。

「このままこの方に調理場にいられると、他の者の仕事に影響が出ます。幸いなことに、手伝いの者が来てくれました。申し訳ありませんが、貴女には彼の《お知り合い》を見張る仕事をお願いします」

話の流れで、そうなるだろうなと思ってはいたが、受け入れられるかどうかは、話が別だ。カホは思わず食い下がりそうになる。

しかしアマンダの後ろの流し場で食器を相手に戦っている同僚が、心配そうな目でこちらを見ていることに気付き、吐き出しそうになった言葉を呑み込んだ。

誰か代わってくれないだろうかと縋《すが》るような視線を向けてみたが、途端に視線を逸《そ》らされる。

騎士団内部だけでなく女性人気も高いヴィルフリートが一緒なら、誰かひとりくらいは代わってくれるかと期待していたのに。ここの皆は、彼のような男らしい団員はあまり好みではないということだろうか。

「嬢ちゃん？」

いつの間にか、ヴィルフリートに顔を覗き込まれていた。

彼の目を見返すことは躊躇《ためら》われて、カホは頭を下げて口を開く。

「なんでもありません。……アマンダ様、そのお仕事、わたしでよろしければやらせてください」

「本当か!?」

「……はい、お力になれるかはわかりませんが、お受けした限りは精一杯やらせていただきます」

アマンダよりも先にヴィルフリートが喜色を含んだ声を上げた。

お願いという体《てい》だとしても、アマンダはカホよりもずっと上の人間だ。断るという選択肢は、ほぼない。

アマンダは視線をヴィルフリートに向けていた。しかしすぐにその視線が自分に移ったため、緊張でカホの肩が揺れた。

「受けていただいて助かります。――副団長も、仕事をきちんとなさるよう。最近また仕事を放り出して、見回りと称して街に行っているそうですね。そんなに城が嫌ならば、辺境へ遠征の話が出ていたと思いますから、そちらに推薦してあげましょうか」

「間に合ってるから大丈夫だ」

「冗談です。そもそも一使用人のわたくしに、そのような権力などありません」

「……どうだかな」

「何か仰《おっしゃ》いましたか？」

「いや、なんでもねえ」

ヴィルフリートがアマンダの目力に負けて、明後日《あさって》の方向へ目を逸《そ》らす。アマンダは彼のその態度を気にも留めていないようで、そうですか、と頷いただけだった。

「――ところで、何か入り用のものはありますか？　ただの寝不足だけなら薬などは必要ないでしょうが、食事は？」

「多分、今夜はまだ取っていないはずだ。食べるものを何か貰いたい、それと果実水を」

「確か……先ほど大広間に出した軽食の余りがあります。残り物ですが、フルーツもひとり分ぐらいならあるでしょう。それで構いませんか」

「構わねえ」

「では急ぎ用意します——ああ、こちらの手伝いは不要です。あちらでワゴンを一台用意してください」

「は、はい」

アマンダに言われた通りに調理場の端に行き、カホは並べてあるキャスターワゴンを一台、引っぱってきた。

アマンダの用意した真っ白い皿に載っているのは、パンにたっぷりの具を挟んだものだ。それから白い小さな器《うつわ》に、瑞々《みずみず》しく輝くカットフルーツが盛り付けられる。小さなピッチャーに注がれた果実水と、ひっくり返されたグラスもトレイの上に用意された。

アマンダがそれらをワゴンの上に置き、布を被せると、あっという間に準備が整う。

それを目を丸くして見ていたカホに、声が掛かった。

「それでは、よろしくお願いいたしますね。案内は、彼がしてくれるでしょう」

「……はい」

「アマンダさん、悪いな、忙しいときに」

「いいえ、お気になさらず。……ただ、二度目はないことを願います」

アマンダが零した言葉に、ヴィルフリートが肩を竦《すく》めて苦笑する。

「じゃあ嬢ちゃん、行くか」

「はい。それでは失礼いたします」

再び先導するヴィルフリートのあとを、カホはワゴンを押してついていった。互いの間に会話はない。調理場に向かうときには饒舌《じょうぜつ》だったヴィルフリートの口は今、閉ざされている。

数多《あまた》の人がヴィルフリートを見て、その後ろのカホに不思議そうな視線を向けた。ちらちらと感じるその視線に、カホは本日何度目かわからない居心地の悪さを感じる。前を歩くヴィルフリートとの距離を測ることで、考えないようにと努めた。間合いを上手く取らなければ、ワゴンの車輪が彼の踵《かかと》を巻き込んでしまう。

そう考えて、いつもより歩く速さを遅くしていたカホだが、普段通らない騎士団の詰所へ通じる外廊に差し掛かると、ヴィルフリートの横に並び、問い掛けた。

「……あの」

吐き出した言葉は、それほど大きくない声にもかかわらず、人通りのない廊下によく響く。

「どうした、嬢ちゃん」

「こっち、って騎士団の詰所があるほうですよね……？　そのお知り合いの方が詰所にいるのでしたら、わたしではなく、もっと上の方が伺うほうが良いんじゃないかと思うのですが……」

城で働いている女性の使用人の中で騎士団の詰所まで行くことができるのは、身分がしっかりとしている貴族出の者だけだ。少なくともカホに、その資格はない。

恐る恐る尋ねた彼女に、ヴィルフリートは、ああ、と頷く。

「基本的にはそうなんだが、今はそんなこと言ってられねえからな。それに――」

「それに？」

「――んー、アマンダさんにも許可取ってるし、誰も文句は言わねえってこと」

願っていた言葉を得られなかった上、なんとなくはぐらかされたような気がして、カホは眉根を寄せる。けれどヴィルフリートに詰め寄ることはせず、口を閉ざした。

再び無言になったふたりの間には、カホが押すワゴンの音だけが響く。

そして辿《たど》り着《つ》いた先には、立派な建物があった。二階建てでそれほど高くはないが、横に長い。中心の門から片翼だけでも、六つほどの窓がある。

鍛錬場を囲むように四角形をしている建物なので、カホが見ている正面の後方には、もっと部屋があるのだろう。

うわあ、と声を漏らした彼女を見て、ヴィルフリートは悪戯《いたずら》が成功した子どものような顔で笑う。そして、両手を扉に掛けると、右側の扉をゆっくりと押した。

先に敷居を跨《また》いだ彼に手招かれ、カホは恐る恐る足を踏み入れる。片側だけでも十分な余裕のある扉を潜《くぐ》ると、ほんのりと明かりが灯《とも》るエントランスが視界に入った。

「嬢ちゃん」

ヴィルフリートに呼ばれ、そちらに視線をやる。彼は左右に続く廊下の右側でカホを呼んでいた。

竦《すく》みそうになる足を奮い立たせ、カホはワゴンを押しながら彼が待つ場所へ向かう。進んだ先にあるのは階段で、彼女はぱちぱちと目を瞬《またた》かせた。

「上るんですか？」

「おう。――ああ、それはオレが持って上るからいい」

ヴィルフリートがカホの押すワゴンを指さす。

彼女が戸惑《とまど》っている間に、彼はパンの載った皿とフルーツが盛られた器《うつわ》、果実水が入ったピッチャーの載ったトレイを、軽々と片手で持って階段を上っていった。

副団長に荷物を持たせたところを誰にも見られませんように。そう祈りつつ、カホはヴィルフリートのあとを追う。

ブーツの規則正しい音に少し遅れて、カホの足音が続いた。

いくつもの扉の前を通り過ぎるが、目的地にはまだ着かないようだ。

——本当に、ここにヘルツォーク副団長の《知り合い》はいるの？

そんな疑問が浮かび上がったころ、彼の足が止まった。

今まで通り過ぎてきたどの部屋のものよりも頑丈な作りをした扉の前で、ヴィルフリートに声を掛けられた。部屋の主の名前を書いてあるプレートがかかっているが、彼の陰になっていて見えない。

「ここだ」

ヴィルフリートはノックもせずドアノブに手を掛け、ゆっくりと扉を開いた。促《うなが》され、カホもその部屋へ足を踏み入れる。

実用性を重視しつつ、デザインにもこだわった装飾品が、喧嘩《けんか》することなく部屋を飾っていた。本棚にはいっぱいに本が詰められており、その横のキャビネットにも本が並んでいる。

仕事机の上には書類が積まれ、部屋の主がいかに多くの仕事を抱えているのか、一目で見て取れた。

部屋の真ん中には、テーブルとふたり掛けのソファーがひとつと、ひとり掛けのソファーがふたつ。

そのふたり掛けのソファーに、白銀が眩《まぶ》しい、ひとりの人物が座っていた。どうやら眠っているらしい。

その人を目にして、カホの息が止まる。

知らずのうちに足が後退しかけたが、いつの間にか背後にいたヴィルフリートに阻《はば》まれた。

どうして、と言葉にしたい衝動を耐える。

ヴィルフリートはカホと《彼》の関係は知らないはずだ。知らない、はずなのだ。

しかし考えてみれば、ここまでの道すがら、どこか思わせぶりな言葉が多くなかったか？

背中にじわりと、嫌な汗が伝った。

すでに動揺はヴィルフリートには伝わってしまっていることだろう。しかしカホは小さく呼吸をして、何事もないようにヴィルフリートへ小声で話し掛けた。

「……ヘルツォーク副団長、こちらはルーデンドルフ団長のお部屋ですか？」

「おう」

「体調を崩したお知り合いというのは……？」

「アイツ」

ヴィルフリートが指さすのはやはり、ソファーにもたれ掛かり眠っている騎士団団長だ。

ひくり、とカホの頬が引きつる。どうしてもっと詳しい話を聞いておかなかったのかと、後悔しても後の祭りだ。

カホは、再びヴィルフリートに言う。

「……ルーデンドルフ団長が体調を崩されているのなら、わたしのような使用人ではなく、医師と、お世話をするのに最適な人物を呼ぶべきです」

「体調崩してるっつーより、ハードワークから来る寝不足なだけだし、嬢ちゃんはついててくれればそれで良い。ついでに《仲直り》なんてしてくれれば、もっと有り難いんだが」

「何を仰《おつしや》られているのか、よく――」

金色の瞳が、真っ直ぐにカホの目を射抜く。

その瞬間に、すべて悟った。自分がこの部屋に来ることは、遅かれ早かれ決まっていたことなのだ。

今日、廊下で会わなくとも、なんらかの理由で呼び出されていただろう。

それにカホがヴィルフリートの手伝いをすることは、上司であるアマンダの指示だ。放棄すれば、それなりの罰を与えられる。

カホが逃げる方法は、どこにもなかった。

「アンタの気持ちも、わからなくはない。でも、ちゃんと話し合ってやってくれ。アンタと会えなくなったこと、結構応《こた》えたみたいでな」

奥歯をぎゅうと噛み締めて、カホは俯《うつむ》いた。

「——ったく、こんなこと、本来オレの仕事じゃねえっつーの。……ああ、それから、帰りはそこで狸寝入《たぬきね》り決め込んでる団長様が迎えの人員を呼んでくれるだろうから、アンタは気にしなくていいぜ」

「え、……っ⁉」

「お前もちゃんと飯食って仲直りして寝ろよ。っつーわけで、嬢ちゃん手ェ出せ」

「はい？」

言われて条件反射で出した両手の上に、ヴィルフリートが持っていたトレイが置かれる。目を瞬《またた》かせてヴィルフリートを見ると、頑張れよと頭を撫《な》でられた。

「じゃあな、あとのことは頼んだぜ」

「や、あのっ、ヘルツォーク副団長、待っ……！」

両手の塞《ふさ》がっているカホが、去っていくヴィルフリートに手を伸ばせるはずもない。開かれたままだった扉から彼は出ていった。ぱたん、と扉が閉ざされる無慈悲な音が響き、残ったカホは、ただ唖然《あぜん》として扉を見つめることしかできない。

――どうすれば、いい……？

じわじわと不安が体中を駆け巡る。

不意に背後でソファーが軋《きし》んだ。絨毯《じゅうたん》を踏む足音も聞こえる。

静かな部屋に思いの外《ほか》大きく響くそれらの音に、カホは肩を揺らした。

振り返ることもできず、体を縮こまらせて、どうすればこの場を逃《のが》れられるか、ひたすらに頭を回転させる。

けれど崖《がけ》っぷちの状況で良い案など浮かんでくるはずもない。

そんなカホとは反対に冷静な彼の声が、背後から掛かった。

「……ヴィルが手配した見張り役というのは、君のこと？」

「は、はい」

「そう。なら少し頼みたいことがあるんだ。こちらに来てほしい」

「……は、い」

浅く呼吸を二回繰り返し、失礼だと知りつつ視線を下に向けたままカホは振り返る。

そして高そうな絨毯《じゅうたん》へ一歩足を踏み出した。

あっという間に中央のテーブルへ到着し、持っているものをどうしようかと逡巡《しゅんじゅん》する。

「トレイは机の上に置いてくれればいいよ」

その言葉に従い、カホは腰を落として、中央のテーブルになるべく音を立てないようにトレイを置く。

「……それでわたしは何を――っ」

すればいいですか、と尋ねる言葉は音にはならなかった。

突然伸びてきた腕が、カホの手首を掴む。

この部屋にいるのは、カホと部屋の主である彼だけだ。

動揺した目で見上げた視線の先には、喜びと苦しみがない交ぜになったような目で真っ直ぐカホを見つめる、カイルの姿があった。

濃紺《のうこん》の瞳には、いつもの柔らかい笑みがない。端整な顔には気怠《けだる》げな雰囲気が漂《ただよ》っており、いつもの彼とは違った色気が感じられる。

カイルと見つめ合ったカホは、魅入《みい》られてしまい、その目から視線を逸《そ》らせずにいた。

今すぐこの部屋から出なければとわかっているのに、足が縫い付けられたみたいに動かない。掴まれている手首が異様に熱く、この状況が現実だと受け入れざるを得なかった。

けれど彼の目の下に浮かんだ隈《くま》を見て、カホははっと我に返る。

自分は一体、どんな名目でこの部屋に連れてこられたのだったか。

「あ、の……」

「うん？」

喉から出たのは緊張のあまり掠《かす》れた声だった。

しかし、そんな声でもカイルは拾ってくれる。瞳が一瞬揺れて、その目もとが微《かす》かに緩《ゆる》む。

その笑みはいつも見ていたものと同じで、カホは安堵《あんど》した。同時にどこか気恥ずかしくなり、思わず視線を逸《そ》らしてしまう。

「ルーデンドルフ団長、その、体調は大丈夫ですか？　ヘルツォーク副団長から、ここのところ寝てないって伺って……もしお休みになるのでしたら、わたし、邪魔でしょうか？」

しどろもどろになると同時に、視線が泳ぐ。

話し合いをしてやってくれ、とヴィルフリートは言っていた。

けれど何を話し合えというのだろう。

カホに残ったのは失恋の傷だけだった。

もう私用では会わないと決めて、やっとのことで塞《ふさ》いだのだ。

どうしてこんなことになってしまったのか。じくりと痛む胸に、くちびるを噛む。

カイルに掴まれた手を振り払うのは至難の業《わざ》だ。やっとのことで動くようになった足を一歩ずつ後退させ、カホは逃げ出す隙を探した。

「……っ！」

一歩後ろに下げた右足が左足に絡まり、バランスを崩して倒れそうになる。声になりきらなかった悲鳴がカホの口から零れた。

その瞬間、彼の腕がカホの腰に巻き付き、そのまま抱き寄せられる。腰に回っているものと逆の手は、未だにカホの手首を掴んだままだ。

考えなくても、転倒から守ってくれたのが誰なのかはわかっていた。頭上から優しい声が降ってくる。

「大丈夫？　怪我は？」

「だ、大丈夫です。申し訳ありませ、ん」

「そう……良かった」

ふわりと爽《さわ》やかな香りが鼻を擽《くすぐ》った。

いっそ、不愉快に思えるものなら良かったのに。至近距離で感じる彼の匂いに、体温に、安堵感《あんどかん》すら覚えている。

盛装に身を包んだカイルの胸板に体を預けている——その状況に、カホの顔は熱くなっていく。

そもそもカホは異性経験に乏《とぼ》しい。学生時代、付き合った人がいたにはいたが、深い仲になる前に別れてしまっていたし、社会人になってからは仕事に追われてそれどころではなかった。

この世界に来てからは順応するのに忙しくて、そういったことを考える余裕はなかったのだ。

唯一好きになったのは目の前の青年だったのだが、身分が違いすぎて、恋が成就《じょうじゅ》するなんて思えるはずもなかった。

それにこの人には婚約者がいる——そのことを思い出し、カホは慌《あわ》てた。

転びそうになったのを助けてもらっただけだが、今この部屋に誰かが入ってきたら、間違いなく誤解される。そうなったら困るのは彼であり、悲しむのは、カホの知らない婚約者の女性だ。

顔から血の気が引いていった。すぐさま離れようとしたが、腰に回った腕はしっかりとカホを抱き寄せていて、離れる気配がない。

恐る恐る彼の顔を見上げると再び視線が合って、カホは気まずさを感じた。

「助けていただいて、ありがとうございました。わたしはもう大丈夫ですので、放してなることはない。

返ってきた言葉に、カホの動きが止まる。言葉はせり上がってくるのに、決して音に

「……放したら、君はまた何も言わずに消えてしまうんだろう」

「ルーデンドルフ団長、あの……」

「……」

いただけないでしょうか」

何を言っているのかわからないと返せば良いだけのことなのに、カホの口は思ったように動いてはくれなかった。

動揺で瞳が揺れる。

それでも、喉もとでつっかえていた言葉を無理やり吐き出した。

「どなたかとお間違えになって……いませんか？　ルーデンドルフ団長とこうしてお話させていただくのは、おそらく初めてではないかと……っ」

震える言葉の途中で、お腹《なか》がきゅう、と小さな悲鳴を上げた。

張り詰めた空気が一気に霧散《むさん》し、頬が、今度は羞恥《しゅうち》で赤く染まる。

——どうして今鳴るの、わたしのお腹《なか》……ッ！

しゃがみ込んで膝を抱えてしまいたい気持ちを抑えて、カホは咄嗟《とっさ》に俯《うつむ》く。

ここのところ食が細く、今夜も食事を取る気が起きなかった。そのため、同僚が心配して分けてくれたクッキーと、アップルジュースで終わりにしていた。

厨房《ちゅうぼう》で出来立ての食事のいい匂いを嗅《か》いだころから少しだけ空腹を感じていたが、我慢できないほどではなかったのに。どうして、このタイミングでお腹《なか》が鳴るのか。

静まり返った部屋にその音はよく響いた。もちろんカホを抱き留めていたカイルの耳にも届いただろう。

くすり、と微笑した彼は、腰を拘束していた腕の力を緩《ゆる》め、真っ赤に染まった彼女の顔を覗き込む。

「休憩は交代で貰えると思うんだけど、食事は？」

「ちゃんと、頂きました」

「何を？」

「……リンゴジュースと、友人に貰ったクッキーを」

「それは食べたとは言わない。少し窶《やつ》れたね。俺よりも君のほうが重症に見える。――おいで」

「え？」

腰の拘束が解け、ずっと握られていた手を引かれる。

温《ぬく》もりが離れていったことを残念に思っていると、傍《そば》にあったソファーまで連れてこられ、座るように促《うなが》された。カホは、優しく笑みを浮かべるカイルと高そうな革張りのソファーの間で視線を往復させる。

――こういう状況に陥《おちい》ったときは、一体どうしたらいいのだろう？

悲しいかな、思い至らない。

ただ少なくとも、「おいで」という言葉に頷くのが賢い行動ではないことは、わかっていた。必死に頭を回転させ、最善策を考える。

しかし良策を思い付くより先に掴まれていた手を強く引っ張られて、カホは再びカイルの胸の中に閉じ込められることになった。その勢いのまま、ふたりの体がソファーに沈み込む。

突然のことに状況を呑み込めず、カホはカイルの腕の中で固まった。そこへ畳みかけるように言葉が降ってくる。

「用意してくれたのに申し訳ないんだけど、俺は腹が空《す》いていなくて、これには手を付けられそうにはない。もし食べられるなら、君が食べてくれるととても有り難いんだけど、どうかな？」

申し訳なさそうに紡《つむ》がれる言葉に、嘘はないだろう。けれど、カホのことを気にしていることもわかり、居たたまれなくなる。

見知った相手だと悟っていそうだ。とはいえ、一介の使用人にここまで優しくしてくれるなんて、貴族の令嬢たちがこぞって熱を上げるわけだ。

カホは未だ混乱が渦巻《うずま》く脳内で、どうしようかと考える。しかし考え込むより先に二度目の空腹を訴える音が響き、白旗を上げた。

「……ご厚意に、甘えさせていただきます」

「良かった。……でもちょっと残念でもあるな。もし断られたら、このまま食べさせてあげようと思ったんだけど」

さらりと冗談なのか本気なのかわからない言葉を投下され、カホは大人しく頷いて良かったと胸を撫《な》で下ろす。

体が解放され、カホはそれとなくカイルと距離を取り、パンの載った皿を受け取る。

本当はこの高級そうなソファーからも立ち上がりたいのだが、隣から向けられる無言の圧力に諦めざるを得ない。

「――ああ、そうだ」

不意に思い出したように、カイルが席を立つ。仕事机へ向かい、引き出しから何かを取り出して戻ってきた。

「これを君に」

差し出されたのは、真っ赤なリボンが掛かった長方形の黒い箱だ。

リボンには、以前セアラが貴族御用達《ごようたし》の菓子店のものだと言っていた印が描かれている。

カホはどうしてこんな高いものを差し出されたのかわからず、困惑した。

「っこんな高いもの、いただけ、ません……！」

首を横に振って、断りの言葉を口にする。

だがカイルは引き下がる気はないらしい。

カホの反応に瞳を細めると、手もとの箱のリボンを解《ほど》いて、蓋《ふた》を持ち上げた。中には
チョコレートが四粒、綺麗に並んでいる。

その美しさにカホが思わず見惚《みと》れていると、その中の一粒を、手袋を外《はず》したカイルが
摘《つま》み上《あ》げ、カホの目の前に差し出した。

「なら、口、開けて？」

彼は、箱をひとまずテーブルの上に追いやり、空いた腕をカホの腰に回して一気に距
離を詰めてくる。

再びカイルの胸もとに抱かれる形になり、カホは落ち着きかけていた頬の熱が上がっ

ていくのを感じた。

どくりと、心臓が大きく高鳴る。

どうしてこんなことにという思いが、湧き上がった。けれど、疑問に答えてくれる声はどこにもない。

「ルー、デンドルフ団長、このた――むぐっ」

吐き出した抗議の声が途切れる。くちびるに押し付けられたチョコレートが口内に押し込まれ、熱で溶けていった。

とろりと溶けだしてくる木イチゴの甘酸《あまず》っぱさとウィスキーに似たアルコールのほろ苦さが、舌を楽しませてくれる。

正直言って、非常に美味《おい》しかった。思わず、頬が緩《ゆる》むぐらいに。

そんなカホを見下ろすカイルもまた、表情を和《やわ》らげる。

ゆるりとカイルの手のひらがカホの髪を撫《な》でた。

毎朝左右で三つ編みを作って結んでいるそれを、街に行くときは毎回下ろしていたことをカホは思い出す。眼鏡と一緒で顔を隠そうとしていたのだ。

――もしかしてまだ、わたしが書店で会う人間だと確信までは持たれていないのでは？

この期《ご》に及んで、そんな考えが脳裏に浮かぶ。

しかし、彼の口から零れた言葉に、その希望は打ち砕かれた。

「なぜブルーノの店に来なくなったのか、理由を聞かせてくれないか？」

「それ、は……」

苦しげに揺れる濃紺《のうこん》の瞳が、カホの瞳を真っ直ぐに射抜く。

誤魔化しようがないことなんてとっくにわかっていたはずなのに改めてカホはそのことを実感した。

触れられているところが、熱を帯《お》びる。まるで逃がさないとでも言いたげに、カイルの腕は彼女の体を拘束していた。

室内には、重苦しい空気が広がっている。

やっぱりヴィルフリートの話をちゃんと聞いて、ここに来るのは何がなんでも断るべきだった。

自分がここに来なければ、彼にこんな顔をさせずに済んだかもしれないのだ。

そして、ここまで気に掛けてもらっているのに、手紙一枚ですべてを終わらせようとした自分の甘さに嫌気がした。

ふと、脳裏にすべての始まりとなった、セアラの言葉が蘇《よみがえ》る。

『──カイル・エドモン・ルーデンドルフ団長が、婚約されるそうよ』

ずきりと傷口が開いて、目には見えないけれど真新しい血が溢《あふ》れ出《で》た。

俯《うつむ》き気味のカホの頭上に深いため息が落ちてきて、カホは思わず肩を揺らす。そんな彼女に掛けられたのはどうしてなのか、謝罪の言葉だった。

「すまない、責めているつもりはなくて……駄目だな、俺は。君のことになると、どうにも余裕がなくなってしまう」

カイルはそう言って、肩を竦《すく》めて苦笑し、腰を抱き寄せている腕の力を弱めた。

──わたしのことになると余裕がなくなってしまう、って、どうして？

カホは、言われた言葉を理解するのに必死になる。

それはまるで少女漫画で見た、口説き文句のようだ──

かあ、と体が熱くなる。あり得ない考えを頭に描いてしまった自分が恥ずかしくなった。

この人には、婚約者がいる。それも、心の底から愛している人が。

──だから、誤解してはいけない。

カホはぎゅうと、手のひらを握り締めた。これはせっかく与えられた最後の機会だ。

きちんと別れを告げて、彼の幸せを祈ろう。

そう決意して、顔を上げる。おそらく見納めになるだろう彼をじっと見つめた。

「……ルーデンドルフ団長が謝られる必要はありません。謝るのは、わたしのほうです。申し訳ございませんでした。きちんと、ご挨拶を申し上げるべきでした」

カイルは何も答えない。

「婚約されるのだと、お伺いしました。おめでとうございます。まさか直接お伝えする機会があるとは思わなかったので、月並みの言葉で申し訳ございません」

そう言った途端、カイルの表情が歪《ゆが》んだ。夜の色をした瞳が、カホをじっと見つめている。

ぞくり、と背筋に言いようのない感覚が走った。すべてを知っているような彼の目に射抜かれたからだ。

カホは後ずさりしたくなる気持ちを抑えて、さらに言葉を重ねる。

「杞憂《きゆう》かもしれませんが、たびたび本屋で会う相手が女では、婚約者の方が気が気でないでしょう。たとえお相手が気にしなくとも、周囲はそう思わないかもしれません。ですから、もう会わないほうが良いと……」

事情を説明したので、すぐにこの拘束は外《はず》れるだろう。その未来にどこか寂しさを感じる。

しかし予想に反して、腰に回った腕が外《はず》れることはなかった。

どうしてだろうかと尋ねたい相手は、その端整な顔を気まずげに歪《ゆが》め、もう片方の手のひらで覆《おお》っている。

「ルーデンドルフ団長、わたし何かまずいことを……っ！」

「いや、君は悪くないんだ。……自分の迂闊《うかつ》さに、呆れているだけで」

「そんなことは……」

「……すまない。そうだな、まず誤解を解こうか」

「誤解……？」

首を傾《かし》げるカホに、カイルは一瞬目を伏せたあと、顔を覆《おお》っていた手のひらを外《はず》す。そして静かに息を吐いて苦笑いを浮かべると、口を開いた。

「まだ婚約はしてないよ」

「……え？」

意味を理解するのに、少し時間が掛かった。

――婚約は、していない？

言葉を、頭の中で繰り返す。別の意味を持っているのかと思わず考えてしまったが、彼の表情を見ている限り、その可能性はなさそうだ。

「本当に……？」

「ああ」

問い掛けると肯定が返ってきて、落ち着いたはずの頭が再び混乱で使い物にならなくなる。それでも、ほんの少し残った冷静さが、確認しなければならないことを絞り出してくれた。

「なら、セアラさんはどこで、ルーデンドルフ団長が婚約するなんて話を聞いてきたんでしょうか……？」

カホの瞳が困惑で揺れる。

彼女にカイルの婚約の話を教えてくれたのは、セアラだった。セアラが嘘をついたとでもいうのだろうか。

浮かんだ考えを掻き消すように、カホは頭を左右に振る。

もしこれがカイルに想いを寄せていた自分に対する嫌がらせだとしても、セアラはこんな手の込んだことをしない。それに彼女を信頼できなければ、この世界で一体何を、誰を、信じていいのかわからなくなる。

『――絶対に、元の世界に帰してあげる。だから泣くんじゃないの。あたしより年上なのに、なんでそんなに泣き虫なのよ』

そう言って胸を貸してくれた友人の姿が頭に浮かんで、カホは強く奥歯を噛み締める。

「おそらくその女性《ひと》は利用されたんだと思う。どうやらこの話は、君たちの耳にだけしか入っていないようだからね」

「あ……」

カイルのその言葉に、カホが感じていたけれどはっきりとしなかった違和感が、ぱちんと弾《はじ》けた。

セアラがこの話をカホにして以来、すでにそれなりの日数が経過している。それにもかかわらず、他の同僚たちの口からカイルの婚約話を聞いたことは一度もないのだ。もし厳重に箝口令《かんこうれい》が敷かれていたのだとしたら、どうしてセアラがそれを知れたのかが不思議である。

「俺としても、誤った情報が流れて誤解されるのは困る。君がその話を聞いたときの状況や、気になったことがあれば教えてほしい。……可能性は低いけど、この話が俺と君の間だけではなく、他に飛び火したら、大事《おおごと》になる。その前に、なんらかの手を打っておきたい」

カイルは考え込むような仕草で顎《あご》に指先を添え、真剣な眼差《まなざ》しをカホに向ける。

カホはカイルの言葉が緊張を孕《はら》んでいることに気付き、戸惑《とまど》いがちに、けれどしっかりと頷いた。必死に記憶を辿《たど》り、話を聞いた日のことを思い出す。

「確かセアラさんから聞いたのが、……ルーデンドルフ団長と最後にお会いした日の二日前だったと記憶しています」

あの日、食堂を目指そうとしていたカホの前に現れたのが、セアラだった。有無を言わさず腕を引かれて、中庭まで連れていかれたのだ。

「お昼の鐘が鳴ったすぐあとにセアラさんがやってきて、中庭まで連れていかれたんです。そこで教えてもらいました。朝はいつもと変わらない感じだったので、おそらく、午前中の仕事のときにどこかで聞いたんだと思います」

「そうなると、その日の午前中に彼女が担当していた場所を確認すれば、ある程度は絞り込めるかな。――他には？」

「あとは……その、お相手の方に相当惚《ほ》れていて、ご両親にお願いして婚約を認めてもらったって……え、あの、ルーデンドルフ団長？」

その言葉を聞いたカイルが、何かに思い当たったような顔をする。カホが呼び掛けると、安心させるように微笑《ほほえ》んで首を横に振った。

「いいや、なんでもないよ。おそらくそう遠くないうちに犯人は見つかるだろう。君は心配しないで、いつも通り生活していて。――でももし害が及ぶようなことがあったら、誰よりも先に俺を頼ってほしい」

「っ、ありがとう、ございます」

こんなにも近い距離で容姿端麗《ようしたんれい》な異性に甘い言葉を掛けられれば、誰だって動揺するだろう。大きく高鳴る心臓の音には、気付かないでほしいと願うばかりだ。

――それにしても、さっきから体がおかしい。むずむず……ぞわぞわ、する。

明らかに湧き上がる違和感に疑問を感じながら、カイルに腰を抱かれ見つめられているという状況から脱出するべく、声を上げた。

「ルーデンドルフ団長、そろそろ休みませんか？　わたしは見張りのために来たので、そろそろお仕事したいと思うんですけど……！」

足首まで隠すスカートをぎゅうと握り締めながら、カホは提案する。

見つめ返すのも違う気がして、思わず目を逸《そ》らしたものの、カイルの様子が気になり、恐る恐る視線を上げる。カイルの瞳と交わった。どくん、と心臓が一層大きく跳ねる。

頬に手のひらが添えられ、温《ぬく》もりを感じたのと同時に背筋を駆け上がったのは、未知の感覚だった。

「ひっ、あ……っ」

まるで媚《こ》びを売るかのように、喉から甘い声が零れる。自分でもどうしてこんな声が出たのかわからず、先ほどとは比べものにならないぐらいに、顔に熱が集まった。

「ごめんなさいっ……！」

腰に回るカイルの腕の力が緩《ゆる》んだ隙に、カホは立ち上がり逃げ出そうとした。

じわりと目頭《めがしら》が熱い。羞恥《しゅうち》で、このまま死んでしまいたかった。

けれど、立ち上がろうとした足に力が入ることはなく、支えきれず崩れ落ちてしまう。

どうして、と呟《つぶや》いたはずの言葉は音にはならない。

堪《こら》えきれなかった涙が、カホの目尻を伝って落ちていった。

†　†　†

煽情的《せんじょうてき》なカホの姿に、カイルは我に返った。

僅《わず》かに頬を赤らめ、その目に困惑と燻《くすぶ》った情欲を浮かべた彼女。彼の頭に今考えるべきことが戻ってくる。

——紅潮《こうちょう》した頬。力の入らない足もと。そして体に触れた途端、零れる嬌声《きょうせい》。

おそらくは、薬を盛られた。それも、媚薬《びやく》と呼ばれる類《たぐい》のものを投与された人間の反応に、カホの症状はよく似ている。

一体どこで口にしたのか。

カイルのわかる範囲でカホが口にした可能性があるのは、食堂で出される朝食、昼食、それから夕食の三つだ。だが彼女ひとりに薬を盛るのは難しいし、夕食に関しては食べていないらしい。ならば、他に可能性があるのは？

思わず喉を鳴らしてしまいそうなほどに甘美な香りを纏《まと》う想い人を前に、彼は理性を試されていた。

見つめていたいけれど、それはひどく辛《つら》くて、カイルは視線をそっと逸《そ》らす。視線の先に映ったのは、手付かずの軽食と、一粒だけ彼女の口に放り込んだチョコレートの箱だ。

もしやと思って苦手なそれを、ひとつだけ口に放り込む。

口の中に広がるウィスキーと、甘ったるいチョコレートの味にカイルの表情が歪《ゆが》んだ。だが、ルーデンドルフ家が古くから懇意《こんい》にしている店に、自分が直接頼んで作らせたそれからは、怪しい薬の味はしない。

カイルは舌打ちをしそうになるのをすんでのところで押し留《とど》める。

その間にも、カホの様子はより一層悪化していた。

頬は赤らんだまま。水仕事で荒れている指先は白くなるほどにメイド服の裾を握り締め、肩を上下させている。潤《うる》んだ瞳が苦しさから逃《のが》れたいと揺れ、声を漏らすまいとくちびるを噛み締めつつも荒い吐息を零す姿に劣情を煽《あお》られた。

ぐらりと理性を揺らされたカイルは、しかし、ぐっと堪《こら》え、本人の前ではまだ一度も呼んだことのない彼女の名を、優しく口にする。

「――カホ」

「っど、して、名前」

「うん、それは、また時間があるときに。……気付いているかもしれないけど、おそらく薬を盛られている。症状を見る限り、所謂《いわゆる》、媚薬《びやく》と言われる類《たぐい》のものだと思う」

「び、やく……」

「薬によって差はあるけど、抜くにはそのまま時間経過とともに薄まるのを待つか、――性行為をすれば、そう時間を掛けず薬を抜くことができる」

「……っ」

カイルの言葉に、カホは目を伏せた。

考えるまでもなく、カホが選ぶのは前者だろう。時間が経てば抜けるというのであれば、それが一番良い。

でも、果たしてどれくらいの時間が掛かるものか。数時間で落ち着いてくれれば良いが、もし一晩続いたら？

カイルはごくりと息を呑んだ。

付かない。

† † †

カイルの言葉が頭の中で回っている。何を言われているのかはわかるが、理解が追いつかない。

ただ、ここにいないほうがいいことだけは理解できた。

足は満足に力が入らない。そんな状態で、どうやってこの部屋を出れば良いのだろう。

だが、時間が経つごとに、体を侵食する渇望《かつぼう》は濃くなってきていた。じわりじわりと理性が崩れていくのがわかる。

――早くこの熱から解放されたい。

そう囁《ささや》く声から逃《のが》れるため、カホは仕事着を強く握った。

答えは決まっているのだから、ただ伝えれば良いのだ。けれど、口を開いても、なぜかすぐに閉じてしまう。

どうしたらいいかわからず、カホはただカイルを見つめた。

端整な顔はどこか色気を孕《はら》んでいる。

「……ぁ、っ」

伸びてきたカイルの指先が、膝の上のカホの手の甲にそっと触れる。カホの口から微《かす》かな悲鳴が漏れた。

「……どうして君はそう、自分ひとりで背負おうとするんだろうね」

「そ、んなことは」

「君が強《した》かな娘だったら、ここまで関係が拗《こじ》れることもなかったかもしれないな」

「なに、を」

「――カホ」

距離を詰められ、紺色《こんいろ》の瞳に真っ直ぐに見つめられる。その中に、涙を零し、欲を目に浮かべたひとりの女の姿が映っていた。

どくん、どくん、とカホの心臓が大きく跳ねる。

カイルが柔らかく微笑《ほほえ》んだ。

「目の前で好いた娘が苦しそうにしているのを見てなんとも思わないほど、俺は男を捨ててはいないよ」

カホは顔に驚きを浮かべる。カイルはなぜか自嘲《じちょう》して、重ねた手のひらに力を込めた。

「なにを……どう、して……っ？」

ただでさえ体中を蝕《むしば》む薬のせいで、正しい判断を下しづらい。もし嘘だとしても――

そんな優しい言葉を掛けられたら縋《すが》りたくなってしまう。

握り締めた手のひらの上に、カイルの手が重なっている。その手にもっと触れられていたいと、ぼやけ始める意識に欲望が顔を出す。

「頼ってほしいと言っているんだ」

そう言って笑い掛けられ、カホの胸が締め付けられる。

頬を滑《すべ》る雫《しずく》は止まる気配がなく、重ねられているふたりの手の上に落ちた。

「……ルーデンドルフ、だんちょ、ごめ……なさい」

覚悟が決まるまでに時間を要した。掠《かす》れた声で男の名前を呼ぶ。彼の手が重ねられているのとは逆の手が、シャツの裾を摘《つま》んだ。

熱い吐息とともに震える声が、静かな部屋に響いた。

「おねがい、します、たす、けて」

新たな涙が溢《あふ》れる。その雫《しずく》がメイド服へ落ちるよりも早く、カイルに体を引き寄せられた。くちびるが重なる。

触れ合ったくちびるを、優しく啄《ついば》まれる。軽く触れているだけなのに、カホの体は新たな熱を孕《はら》む。

何度も落とされる重ねるだけの口付けに、体から力が抜けていった。

「カホ」

「ん……ふ、ぁ……」

口付けの合間に、カイルに名前を呼ばれる。カホは閉じていた瞳をゆっくりと開き、彼を見つめた。もっともっと、と強請《ねだ》るように見つめてしまう。

「う、ん……」

カイルが再びくちびるを重ね、僅《わず》かに開いた隙間から舌を忍び込ませてきた。反射的に逃げようとする舌は捕まえられて、絡み合う。歯列をなぞったあと、上顎《うわあご》をくすぐられ、びくりとカホの肩が揺れた。

くちゅり、と唾液が絡まる淫靡《いんび》な音が響く。

口付けは、甘いチョコレートとほろ苦いウィスキーの味がした。

「あ……んんっ……」

食べられてしまうかのような深いそれに、カホは翻弄《ほんろう》されるしかない。

背筋を走る震えと下腹部に生じる違和感は、ますます強くなっていく。カイルの服の裾を握る指先に、さらに力がこもった。

「るぅでんどるふ、だんちょ、う」

口付けから解放され、息も絶え絶えに彼の名前を呼ぶ。そんな彼女の額にひとつ口付けを落とすと、カイルは苦笑した。

「呼ぶなら名前を呼んでほしい。俺も君を、名前で呼びたい」

囁《ささや》く声があまりにも甘くて、気付けばカホの口からはカイルの名前が零れていた。

「……カイル、さ、ん」

「ありがとう。……ああ、ずっとそう呼ばれたかったんだ」

ひどく嬉しそうな顔でカイルはそう言って、紅潮《こうちょう》しているカホの頬に手のひらを滑《すべ》らせた。

「俺に掴まっていて」

「え、……ひぁっ」

カイルがそっとカホの膝裏に腕を差し込むと、その体を抱き上げる。カホは小さく悲鳴を上げて、カイルの胸もとにしがみついた。

そして、カホの不安を宥《なだ》めるようにカイルが囁《ささや》く。

「ここだと誰かに見られてしまう可能性がある。移動しよう。……俺が眠るためだけの簡易ベッドだから、硬くて寝心地は良くないと思うけど、少し我慢してほしい」

そう言いながら彼が足を向けたのは、部屋の奥にある扉だった。彼は躊躇《ちゅうちょ》なく扉を蹴り上げると、開け放たれた先へ進んでいく。

部屋の中には、月の光だけが射し込んでいた。中央にあるベッドのシーツは乱れている。ここ数日、カイルがこの部屋で寝泊まりをしていたのだ。

ベッドの上に優しくカホを下ろし、彼もその隣に腰掛ける。

そして震える彼女の手のひらを包むように握り締めて、そっと額同士を触れ合わせた。

「カホ」

「は、い……」

「なるべく正直に、教えてほしい。こういうことをするのは、初めて？」

「……っそれは、その……！」

問い掛けられて、カホは目を瞬《またた》かせる。そして、ただでさえ熱い顔を、より一層火照《ほて》らせて瞼《まぶた》を伏せ、静かに頷いた。

カイルが息を一気に吐き出す。

カホはそれを見て、ごめんなさい、と謝罪した。

「初めてなんて、面倒ですよね……その、やっぱりさっきの忘れてくださ……んぅっ」

けれど、すべてを言い終わる前に、再び口付けられてしまう。

口内に舌を差し入れられて、カホはそれ以上喋《しゃべ》ることができない。

咄嗟《とっさ》に後ろに逃げようとした後頭部を押さえ付けられ、先ほどよりも荒々しく、口内を貪《むさぼ》られた。濡れた音が部屋中に響き渡る。

「ふ、ぁ……っ」

「面倒？　誰にそんなことを言われた？　――カホ、怒らないから俺に教えて」

「ち、が……っ！　言われたわけじゃ、なくて……んんっ」

存分に口内を荒らし回ってから、カイルはくちびるを離す。お互いを銀の糸が繋いでいる。それがひどく淫靡《いんび》だ。

彼は指先でカホの首筋をそっと撫《な》で上げた。

媚薬《びやく》のせいで普段よりも何倍も感度が高まっている体は、それだけで快感を拾い上げる。

カホは艶《つや》やかな声を上げ、必死に言葉を紡《つむ》いだ。

「本で、男の人は初めての女だと、めんどくさいって……読んで……っぁ」

ぼんやりとした脳裏に浮かぶのは、かつて読んだ女性誌の特集だ。だが、詳細を口にできる余裕はない。

するとカイルは目を細め、静かにため息をついた。

びくりとカホの体が震える。この期《ご》に及んで逃げ出そうとしたのを目ざとく見つけたのか、カイルが腕を伸ばしてカホの腰を抱き寄せた。

「なら、俺とその男は意見が合わないんだろう。――好きな子の初めてを貰えるなんて、とても嬉しい。優しくできるのかって、心配になるくらいに」

カホの耳がカイルの胸に触れる。早鐘を打つ胸の音がしっかりと聞こえた。

「カホ」

耳もとに熱に濡れたカイルの声が落ちてくる。カホが恐る恐る顔を上げると、ぼやけた視線の先に、整った輪郭《りんかく》が見えた。

そして次いで見えた瞳の色に、背筋が震える。

爛々《らんらん》と輝く藍色《あいいろ》が、雄の色を浮かべて、真っ直ぐカホを見つめていた。普段の紳士な彼からは想像もできない眼差《まなざ》しだった。

カホは、触れられていないはずの腰の奥がぞくぞくするのを感じた。自分でも意図しないうちに内股をすり合わせてしまう。

「カ、イルさん」

気まずくて、何か言おうと口を開く。けれどかろうじて吐き出せたのは、彼の名前だけだった。

端整な顔がゆっくりと近付いてくちびるを攫《さら》い、優しく後ろに倒される。カホの背中に、ベッドのスプリングの感触がした。

硬いと彼は言ったが、使用人が寝泊まりのために使うベッドよりは、よほど柔らかい。

「優しくするつもりではいるけど、……手加減できなかったら、ごめん」

口付けの合間に降ってきた囁《ささや》きに、カホは朧《おぼろ》げな意識の中、小さく頷いた。

大丈夫だから。そういう思いを込めて。


首筋を這う彼の舌が鎖骨の窪《くぼ》みを撫《な》で、口付けを落とす。そのまま強く吸われると、真っ赤な華がひとつ咲いた。独占欲の証《あかし》に、カイルが満足げに口もとを緩《ゆる》ませる。

身に付けていたメイド服は、すでに取り払われてベッド脇のローテーブルの上に放り出され、カホは下着のみの格好で、カイルに翻弄《ほんろう》されていた。

下着をずらされ、露《あら》わになった胸の先端を弄《いじ》られる。片方の突起を口に含まれ、カホはびくりと体を揺らした。

すでに硬くなったそこはカイルの躊躇《ちゅうちょ》ない攻めに反応して、深い快楽を生み出している。

その愛撫に、カホは真っ白いシーツを震える手で握り締めて、淫《みだ》らな声を上げるしかない。荒い呼吸を繰り返し、より熱さを増す体を持て余していた。

「ぁ、ふ、んん……っ」

シーツを掴んでいるのとは逆の手の甲で、情欲に溺れる声が漏れないように口もとを押さえる。

無意識の行動だったが、どうやら彼はそれがお気に召さなかったらしい。伸びてきた手がカホの手を外《はず》してしまう。

「声、聞かせて」

「っや、恥ずかし、から、あ……ひゃんっ」

カイルは胸もとを愛撫しながら囁《ささや》きを落とす。

熱い吐息が胸に掛かり、それだけでカホの体が震えた。

それすら恥ずかしく、微《かす》かに残った理性でなんとか首を横に振る。途端に突起を強く摘《つま》まれて、カホは思わず声を上げた。

「カホ」

懇願《こんがん》されるように名前を呼ばれると、快感の余韻でぼんやりしているカホは抵抗できない。

そうでなくとも、誰にもされたことのなかった名前を呼ばれるというシチュエーションに、深入りしないようにと思っていた気持ちが揺らいでいるのに。

いつの間にか解《ほど》かれていた髪が、汗ばんだ頬に掛かる。

ひどく愛《いと》おしそうにカイルに見つめられ、髪を撫《な》でられた。

「編んでいるのも可愛いけれど、俺は下ろしているほうが、馴染《なじ》みがあって好きかな」

「そんな、こと……ふ、ぁ……」

カイルは瞳を揺らしたカホの顔を覗き込み、再びそのくちびるにキスをする。

柔らかくて、熱くて、甘い味がした。

この甘さはチョコレートのせいだけではない。癖になりそうな甘さを味わうようにくちびるを重ねられる。

「ん……あ……ぁっ」

くちびるを啄《ついば》みながら、髪を撫《な》でていた手がゆっくりと移動した。先ほどまで触れていた胸もとを通り過ぎ、カイルの手のひらが腹部をするりと撫《な》で上げる。

そしてその手は、内ももを擦《す》り寄せている彼女の下半身へ伸びていった。

「ふ、ぁ……ぁ、あ……」

カイルの指先がそっとカホの足の間を滑《すべ》る。

くちゅり、と濡れた音がした。

淫猥《いんわい》な響きに、カホの官能が煽《あお》られる。

「ぁ……んん……っ」

下着の隙間から侵入した指が、そこをそっと撫《な》でる。

媚薬《びやく》の力ですっかりと綻《ほころ》んだ媚肉は、溢《あふ》れた愛液で濡れていた。

「……い、やぁ……っ」

カホが嫌々と首を左右に振ると、カイルは一度その手を止めて、顔を覗き込んでくる。

「嫌なら止める。俺は、カホに無理強《むりじ》いしたくない」

「っそ、れは……」

割れ目を這っていた指先が完全に動きを止め、遠ざかった。

お腹《なか》の奥が疼《うず》いて仕方がない。

もっと触ってほしくて、カホは強請《ねだ》るような視線をカイルに向けてしまった。彼の手で増やされた快感が、発散される場所をなくして燻《くすぶ》っている。

カホの目尻を、新たな雫《しずく》がひとつ流れ落ちていく。

——答えは、とっくに決まっていた。

「嫌じゃ、ないんです。びっくりして……あの、だから……」

「うん?」

「だから……もっといっぱい、触ってほしい、です」

「っ本当にカホは、俺を煽《あお》るのが、上手いな」

「……っあ……ぁ、っああ――っ」

苦しげに眉根を寄せたカイルに首を傾《かし》げた瞬間、濡れた媚肉に指を這わされる。それだけではなく、花芽を強く押し潰されて、カホの瞼《まぶた》の裏が真っ白に染まった。

意識が知らない場所まで飛んでいく。

初めての絶頂を迎えた体は震え、やがて倦怠感《けんたいかん》に襲われた。思うように体が動かない。けれどまだ、熱はお腹《なか》の奥に残ったままだ。寧《むし》ろ苦しさが増したようにも感じる。

カホは重たい腕を頑張って持ち上げて、そっとカイルに伸ばした。

「カイル、さ……くる、し……んんっ」

縋《すが》るように見つめ、無意識に言葉を繰り返す。そのくちびるをカイルが塞《ふさ》いだ。

カホが口付けの余韻に浸《ひた》っている間に、下着は脱がされてしまう。布が取り払われると、濡れた秘部が露《あら》わになった。

我に返ったカホは、体を丸めて彼の視線から逃げようともがく。しかし優しく口付けを落とされたせいで、体の力が抜けてしまった。

カイルの手が太ももを掴み、足を割り開く。そしてその間に、彼の体が滑《すべ》り込《こ》んだ。

何をするつもりなのだろうかと見つめていると、カイルは躊躇《ちゅうちょ》なく、その端整な顔を蜜に濡れる下腹部へ近付け、くちびるを寄せた。

「ひぅっ……カイル、さ……なに、し……ぁあっ」

ねっとりとした熱いものが、花芽を舐《ねぶ》っている。

カホは悲鳴を上げた。

「はぁ……んっ……だ、め……きたない、からぁ……っ」

「汚くなんてない。んっ……どこも、綺麗だ」

「あっ……やぁあ……！」

シーツを掴むカホの手に、より力が入る。

愛液を啜《すす》る淫靡《いんび》な音がやけに耳につき、与えられる快感に耐えきれなくなったカホは、声を上げ続けた。

「……ひ、ぁあ」

しばらくして、カイルの舌は動きを止め、離れていく。

突然やんだ攻めに、思わずカホは物欲しげな蕩《とろ》けた目をカイルに向けた。

彼はくちびるを濡らす愛液を舌で舐め取ると、太ももを押さえていた手を外《はず》す。そして再び濡れそぼった割れ目に指先を這わせた。

「ん……あ、ぁ」

その指先は媚肉をかき分け、愛液を零す蜜口へ進入していく。

「カホ、痛みは？」

カホは、息を呑んだ。

媚薬《びやく》が感覚を薄れさせているのか、異物感はあるけれど痛みは感じない。

「んんっ……ぁ……い、たくはない、です」

首を横に振ると、カイルは安堵《あんど》したように表情を緩《ゆる》める。それから指で、ゆっくりと浅いところを擦《こす》り始めた。

「は……あ……あぁ……」

繰り返し撫《な》でられ、徐々に奥へ進入されるにつれて、どこかむず痒《がゆ》さに似た感覚が湧いてくる。

——もっと奥まで、触ってほしい。

頭の中をそんな欲望が支配し、気付けばカイルの指を締め付けていた。

溢《あふ》れ出《だ》した愛液が臀部《でんぶ》を伝ってシーツへ落ちていく。

そのことに羞恥《しゅうち》を覚えるけれど、自分では止められなかった。

不意に、指が二本に増やされ、広げられた中を掻き回される。親指で花芽を弄《いじ》られて、カホは再び快楽の波に沈んだ。

「あっ……や、ン……っぁあぁ！」

つま先が、シーツを蹴る。達したカホの体は震え、溢《あふ》れた涙がまた目尻から零れた。

カホが達すると、カイルは中から指を引き抜く。そして上体を起こし、シャツを脱いで床へ放った。衣服が静かに床に落ちる。

「ぁ……」

カイルの姿をぼんやりと見つめていたカホは、急に現れた逞《たくま》しく均整の取れた体に、小さく声を上げた。

副隊長のヴィルフリートに比べれば細身だが、しっかりと筋肉が付いたそこには、少なくはない傷痕が残っている。

――この人は、国を守る騎士なのだ。それも一番上にいて、わたしには、到底手の届かない人。

急激に頭が冷えていく。

けれど、それとは裏腹に、カイルの手によって高められた体は熱く、下腹部はひどく疼《うず》いた。

「――カホ」

欲情を孕《はら》んだ声が名前を呼ぶ。

頬が、顔が、とても熱くて、冷静になった頭が再び使いものにならなくなる。

熱くて硬いものを下腹部に押し付けられて、カホは戸惑《とまど》いながらカイルを見上げた。乱れた銀の髪の隙間から、深い夜の色が真っ直ぐに自分だけを見つめている。その中には、冷静さとはほど遠い激情があった。

「挿《い》れるよ」

「……っは、い」

頷くと、カイルは額に口付けをひとつ落とす。雄芯が狭い入り口を押し開いていった。

「っあああ……っ」

カホは悲鳴にも似た声を上げる。

隘路《あいろ》を広げて侵入してくるそれは、先ほど散々慣らされた指とは比べものにならないぐらいに熱く、重量感がある。

媚薬《びやく》の力を借りても、初めての痛みが皆無《かいむ》になることはない。

「ごめん、カホ、……はっ、少し我慢できるね……？」

「カイルさ、……あ、ンッ」

荒い息を零しながら、カイルがカホの胸もとに手を伸ばす。つんと立ち上がった胸の先端を摘《つま》み、痛みを紛《まぎ》らわすように愛撫された。

「や……あ……あぁんっ」

もう片方の突起は舌で舐められ、攻められる。

カホの表情が、次第に蕩《とろ》けたものに変わっていった。

そうして力が抜けると、カイルが再び腰を進める。そのたびに、じんじんとした痛みと快楽がカホを襲った。

「……っカホ、ありがとう、全部、入ったよ」

カイルの肌に浮かんでいた汗をシーツが吸い取る。

顰《しか》められた彼の顔に色気を感じて、カホはとくんと胸を高鳴らせた。

視線が合い、くちびるが重なる。

思わずカホは強請《ねだ》るように舌を差し出してしまった。それにカイルが応《こた》え、どちらからともなく舌を絡ませ合う。

シーツを握っていた手は、二度と放さないと言わんばかりに繋がれる。

「……愛してる、俺の唯一、俺の番《つが》い」

「え？　どうい、……ぁあっ！　やぁ……っ」

カホはカイルの言葉の意味がわからず、問い掛けようと口を開く。けれどその前に、胎内に収まっていた雄芯が一度ゆっくりと引き抜かれ、再び奥へ突き立てられた。

その衝撃で問い掛ける機会をなくしてしまう。

「やぁっ……ぁあ……っ！」

確かに痛みを感じているのに、内壁を擦《こす》られると、快感が湧き上がる。淫猥《いんわい》な水音がカホの耳を犯した。

ゆるゆると揺さぶられて、痛みとは違う感覚が背中を這い上がってくる。

「……ああ、俺は言ったのに、カホの気持ちはまだ聞けてなかった……」

「あっ……やんっ……ひ、あっ……」

「知っているけど、カホの口から聞きたい」

「っあん、ぁ、あ……っ」

耳たぶを軽く食《は》まれ、カイルに強請《ねだ》られる。

普段であれば、それでも口にしたりはしなかっただろう。けれど、カイルの熱情に流され続けている今のカホは思考力が落ち、判断力が鈍っていた。

「……す、き……カイルさんの、こと、すき、で、すっ……ん、ぁあ！」

「……ッ」

零れたカホの本音に、カイルは苦しそうに眉根を寄せる。カホの体を逃《のが》さぬようにベッドに押し付け、奥へ雄芯を突き立てた。

「や……なん、で……あっ、ああっ……！」

ベッドが軋《きし》み、悲鳴を上げた。

「ああ、俺も……愛してる」

幻聴にしてはひどくはっきりとした愛の言葉が耳に届く。直後、カイルの手が下腹部に伸び、花芽に触れた。予想もしていなかった突然の快楽に、カホはびくりと体を震わせて達してしまう。

すでに何度も高みに上げられ、体は限界を訴えていた。そのはずなのに、お腹《なか》の奥の疼《うず》きが止まらない。

「ん……ふ、ぁあ」

激しかった動きが、緩《ゆる》やかになる。カホは、物足りなさを感じたけれど、それを口には出せずにいた。その合間にも、啄《ついば》むような口付けが何度も落ちてくる。

――くちびるを重ねるだけの行為が、こんなにも気持ちいいなんて……

カホは必死に腕を伸ばして、カイルの首に腕を巻き付けた。ぼやけた視界に、熱を孕《はら》んだ瞳をしたカイルが映る。

不意に温かい手のひらが、頬を撫《な》でた。思わず頬を擦《す》り寄せると、その瞬間、雄芯に奥を突き上げられる。

「あっああ……っ」

激しいその動きについていこうと、カホはカイルに必死にしがみつく。

痛いのに、苦しいのに——触れている熱は、ひどく気持ち良い。

「あ……んっ……っ、あ、あぁっ」

「……ッカホ」

熱い吐息が落ちてきて、最奥を突いていた雄芯が引き抜かれた。彼女の腹の上へ白濁が吐き出される。

散々翻弄《ほんろう》されて疲れ切った体は睡眠を欲していて、カホの瞼《まぶた》は今にも落ちそうだった。

そんな彼女にカイルは優しく口付けを落とし、抱き締めてくれる。

しっかりと絡み合った手を縋《すが》るように握ったまま、カホの意識はゆっくりと沈んでいった。

† † †

——何か温かいものが、髪に触れている気がする。

浮上した意識が拾う感覚に、カホは瞼《まぶた》を震わせた。徐々に瞼《まぶた》を開いていく。

「う……ん……」

カホの上げた僅《わず》かな声に、髪に触れていた何かの動きが止まった。けれどそれは一瞬のことで、すぐに動きが再開される。

愛《いと》おしむように優しく、髪が梳《す》かれた。

――一体何に、触れられているのだろう？

カホはぼんやりと視線を上へ移動させた。

見上げた先に、日の光がなくとも透《す》き通《とお》る銀色と、その合間から覗く濃紺《のうこん》が映る。途端にカホの意識は覚醒《かくせい》した。

「おはよう、カホ」

窓の外の空は、白み始めている。まだ室内は薄暗くはあるが、朗《ほが》らかな笑みを浮かべる男を、この距離で見間違えるはずがなかった。

「お、はよう、ございます」

戸惑《とまど》いがちに掠《かす》れた声でそう返すと、柔らかな微笑を返される。

どうやら髪に触れていたのは、彼の手だったらしい。頬に掛かる髪までそっと撫《な》でられた。

その手のひらが心地良くて、カホは思わず自分から擦《す》り寄りそうになり、はっと我に返る。

――どうしてこんな状況になってるの？

浮かんできた疑問に対する答えを弾《はじ》き出す前に端整な顔に覗き込まれ、カホは飛び出しそうになる悲鳴を噛み殺すので精一杯になった。

心配そうに表情を歪《ゆが》めたカイルが、髪に触れていた手のひらを頬に滑《すべ》らせてくる。

「もしかして、体調が良くない？　ならすぐに医師を呼んで――」

「だ、大丈夫ですっ」

「なら、いいんだけど……具合が悪くなったらすぐに言うんだよ」

カイルは優しく声を掛けてくれる。カホの心臓は、今にも飛び出してしまいそうなほど大きく跳ねた。

暗がりの中でも彼の整った顔の造形はよく見える。

一夜を過ごしたということの状態で、真っ正面から彼の顔を見る度胸は、カホにはない。

動揺で体を後ろへ逃がそうとしたが、カイルの腕がカホの腰を抱いていたせいで身動きができず、失敗に終わった。仕方なく視線を彷徨《さまよ》わせる。

困惑している間にも、カイルの動きは止まらない。カホが次の言葉を紡《つむ》がないのをいいことに、優しい口付けが落とされていく。

額に、瞼《まぶた》に、頬に、くちびるの端に、そして、薄く開いたくちびるへ……

「ま、待ってください、ルーデンド……んぅっ」

言葉を遮《さえぎ》るように、再び口付けが落ちた。

「……カホ、俺の名前は？」

「え？」

「昨日の夜はあんなに呼んでくれたのに、もう呼んでくれないの？」

昨夜、彼女を散々翻弄《ほんろう》した指先が、無防備な首筋を撫《な》でる。

ひくり、とカホの体が揺れた。

その指先で体中を愛撫された感覚が蘇《よみがえ》り、ただでさえ赤らんでいた頬が、これ以上ないほどに赤く染まる。

「それは、その……っ」

脳内に、昨夜の痴態が繰り返し再生された。

自分は、まるで縋《すが》るように何度も彼の名前を呼んでいた。

淫《みだ》らな声を上げ、快感を強請《ねだ》る。初めて男を受け入れた下腹部は痛みを訴えたものの、何度も出し入れされ、奥を突かれて、痛み以外の感覚を拾った。

不意にお腹《なか》の辺りが熱くなる。

成り行きとはいえ、好きな人から一晩の温情を貰えた。たとえ偽《いつわ》りだとしても、好きだと言われ、触れられて。

泣きたくなるぐらいに、幸せだった。だから——今度こそ本当に、この恋を終わりに、しないといけない。

力なく、カホの瞳が伏せられた。

言葉の続きを探して開閉していたくちびるを強く噛み締め、込み上げてくる涙を必死に耐える。

すると、頬を滑《すべ》っていたカイルの手が離れていく。それを寂しく感じる間もなく、後頭部に腕が回り、その逞《たくま》しい胸もとへ掻き抱かれた。

彼が上半身に何も身に付けていないことに驚く。けれど、すぐに頭上から降ってきた声が、カホの意識を逸《そ》らした。

「君を困らせたかったわけじゃないんだ。本当に、名前を呼ばれたのが嬉しくて、……できればカホには家名ではなく、名前で呼んでほしい。せめてふたりきりのときだけでもいいから」

「……善処、します」

「うん、ゆっくりで良いから慣れてくれると嬉しいな。そのうち、毎日呼んでもらうようになると思うから」

「……はい？」

カホは思わず聞き返した。

――そのうち毎日呼んでもらうようになる？　それは一体どういう意味？

ぱちくりと瞬《まばた》きを繰り返し恐る恐る見上げると、目尻に口付けが落とされた。

ヴィルフリートからの頼まれ事の二の舞にならないように、きちんと、意図を尋ねなければ。

恐れながらも、カホは疑問を口にした。

「その、ひとつお伺いしても良いでしょうか」

「ああ、なんでも聞いてくれて構わないよ」

「毎日名前を呼んでもらうようになるというのは、どういうことですか？」

嬉しそうに口付けを降らせていたカイルの動きが止まった。どうしてか腰に回された腕の力が強まり、お互いの体が隙間などないぐらいにぴったりとくっつく。

「……夫婦なら名前を呼び合うのが普通だと思うんだけど、君の認識では違うのかな」

「い、いえ、その通りです」

「なら、俺とカホが夫婦になって名前を呼び合っても、なんらおかしいところはないよね」

「そうで……待ってください、誰と誰が夫婦になる、って」

「俺と、カホ――君のこと」

流れで頷きそうになったものの、すんでのところで答えのおかしさに気付いたカホは、当然のことを口にしているようなカイルの態度に、言葉を失った。

しかしすぐに持ち直し、頭を一生懸命回転させる。

どうして彼がそんなことを言い出したのか。考えてみれば、ひとつしかない。

「ええと……もしかして今回のことで責任を感じたりとか、していますか？」

「……っ」

カイルが息を呑んで、眉を顰《ひそ》める。

――ああ、やっぱり。

カホは落胆する気持ちを振り払うように、極力いつも通りの笑みを浮かべた。ただ、視線は少しばかり、伏せてしまったが。

「その、ご存じの通り、わたしは貴族でもなんでもなく、ただの平民です。結婚することになった際……初めてじゃなくても問題ないですし、今回のことは言ってしまえば事故で、ルーデンドルフ団長は、苦しむわたしを助けてくれただけだとわかっています。責任なんて感じなくていいですし、わたしも今日のことは、誰にも言いません。貴族が平民に対して自《みず》から責任を取るなんて言う話、聞いたことありません。ですから、気にしないでくださ――」

意を決して上げた視線が、濃紺《のうこん》と交わった。カイルの顔に浮かんでいた美しい笑みが深まっている。言葉尻が途切れたのは、その笑みになぜか恐怖を感じたからだ。

カホは今すぐにでもここから逃げ出したかった。けれど彼の腕にがっちりと閉じ込められていて、非力な彼女では為《な》す術《すべ》がない。

ひくり、とカホの頬が引きつった。

「――そう、君は、俺が責任感だけで結婚するような男だと、思っているのか」

「……っ」

「俺は君に好きだと、愛していると告げただろう。だが、君には、ベッドの中だけの戯《たわむ》れの言葉にしか聞こえなかった、というわけだ」

「そ、れは……」

いつもよりも、カイルの声が低い。口調すらも変わり、カホは動揺する。

「……っひ、……ぅん」

回されていた腕が、するりと腰を撫《な》でた。昨夜の情事を思い出すその手つきに、カホの背中が戦慄《わなな》く。我慢できず零れた悲鳴は、直後に重ねられたくちびるの中に消えていった。

後頭部に回された手に、カホはあっけなく拘束されてしまう。

脱力して開いたくちびるの間から、舌が入り込んできた。口内を我が物顔で荒らされ、引っ込んでしまった舌は、気付けば彼のそれと絡み合っている。

淫《みだ》らな水音が部屋中に反響して、カホの耳朶《じだ》を犯していった。

軽く音を立ててくちびるを吸われたあと、熱がゆっくりと離れていく。

体勢を変えて仰向けにされ、上から熱を帯《お》びた瞳でカイルに見つめられた。

「――カホ」

名前を呼ばれて、左手を取られる。優しく持ち上げられたその薬指に、カイルがそっとキスを落とした。

戸惑《とまど》うカホに、彼は真っ直ぐに視線をぶつける。

「好きなんだ。君を愛している。これからの人生を、俺はカホと歩みたい」

何よりも雄弁に愛を語る視線は強く、迷いがない。

いつも冷静なその目には、彼女に対する想いがありありと浮かんでいる。

同時に、彼が滅多に見せない緊張の色も、見え隠れしていた。

銀髪が揺れ、深い夜を連想させる瞳が自分を見つめている。

つい今し方言われた言葉を頭の中で繰り返し、必死にその意図を探《さぐ》ろうとした。

けれど答えは導き出せず、それどころか胸は高鳴り、頬は紅潮《こうちょう》して体が熱くなっていく始末だ。

「カ、カイルさん、わたしたちって、限られた時間でお会いして話をしていただけですし、お互いのことをもっと知る時間が必要だと思うんです。政略結婚ならともかく、そうではないので……すぐに結婚じゃなくて、まずは恋人同士として、仲を深めていったほうがいいんじゃないでしょうか。なんて、思ったり、思わなかったり……」

焦《あせ》るあまりに、言おうとしていたことと口にすべきではないことが混ざり、考えていたのとは違う言葉になってしまう。

吐き出した言葉は撤回できない。恐る恐るカイルに視線をやると、彼は驚いたようにカホを見つめたまま固まっていた。

当たり前だ。

彼ほどの優良物件ならば、求婚された女性は簡単に首を縦に振る。まずは恋人から始めましょうなんて提案したことが世の女性に知られたら、どんな目で見られることか。

——もしかしたら、セアラは爆笑するかもしれないけれど。

いっそ、突っぱねてくれれば、すっきりする。そう心中で思いながら、カホはカイルの返事を待った。

しかし出会ってから一途に彼女を想っていたカイルが、彼女の申し出を拒むはずがない。

驚きに彩《いろど》られていた表情が華やかに綻《ほころ》んだ。カホがその笑みに見惚《みと》れている間に、瞼《まぶた》にそっと口付けが落とされる。次いで頬に、そしてくちびるを掠《かす》め、口角に……

最後にこつんと額同士を軽く触れ合わせて、カイルはゆっくり、口を開いた。

「君がそれを望むのなら、どんな始まりでも構わない。君が隣にいてくれる、そんな未来を俺はずっと願っていたから」

赤く染まった顔の輪郭《りんかく》をそっと撫《な》でられ、どくん、どくん、と、カホの心臓が跳ねた。

逃がさないと言わんばかりに力強く繋がれた指先、頬に触れるその手。すべてが温かい。

濃紺《のうこん》の瞳には、喜びと甘い色が浮かんでいる。

優しく語り掛けるような愛《いと》おしい人の声が、じんわりと心に落ちていった。

「――カホが好きだよ。だから少しでも俺を好いてくれているなら、《まずは》恋人として、君の隣に立たせてほしい」

カホは、彼の手を取ってはいけないと、ずっと思っていた。

最初で最後かもしれないプロポーズは曖昧《あいまい》に濁《にご》さず、きっぱりと断るべきだ。それができなかった時点で、カホの答えは決まっていた。

――どうしてそこまで、わたしを想ってくれるの。

湧き上がった問いは、溢《あふ》れ出《で》た涙によって形にならず霧散《むさん》する。

カイルの指が、零れる涙を拭《ぬぐ》ってくれた。

「っわたし貴族じゃないし、カイルさんと住む世界が違います。特別可愛いわけでも、スタイルがいいわけでもなくて……あなたにそこまで望んでもらえるほど、いい女でも、ないの、に……」

「身分のことは、重々承知している。俺にとってカホは十分可愛いし、抱き心地もいいから不満はないかな」

さらりと躊躇《ちゅうちょ》なく告げられた言葉に、カホは絶句した。じわじわと体の熱が上がっていく。今なら体温で湯が沸かせそうだ。

身分も容姿も、彼には明らかに釣り合わない。そんなこと、カホが一番よくわかっていた。そしてそれ以上に、彼女にはカイルには告げられない《秘密》がある。

意識を飛ばしそうになりながら、カホは必死に言葉を紡《つむ》いだ。

「わ、わたし……いずれ故郷に帰らなければ、ならなくて」

「故郷？　……確か、ブラーゼの外《はず》れにある街だと聞いてるけど」

「その、わたし、この国の生まれではないんです。数年前に今の義父と義母に拾われましたが……本当の故郷は、もっと遠くで……」

　この世界の生まれではないこと。それがカホの心を苦しめていた。

　どうしてこの世界に来たのかは、未だにわかっていない。色々な本を読んでもヒントひとつ入手できず、事情を知るセアラにも手伝ってもらっているが、成果はない。

　だから、やってきたときと同様、なんの前触れもなく元の世界へ帰るという可能性もなくはないのだ。

　もしそうなったら、この気持ちは一体どうなってしまうのだろう？

　恋人になったあとで強制的に別れなければならないなら、このまま見ているだけのほうがいい。

「もしも故郷に帰ることになったときに、わたしは別れを告げることができないかもしれません。二度と、この国には来られないかもしれない。だから――」

「はじめから、そういう仲にはならないほうがいい、と？」

　躊躇《ためら》いがちに、カホは首を縦に振る。改めてカイルに口にされると、胸がナイフで裂かれたように痛んだ。

　一瞬口を噤《つぐ》んだカイルだが、しばらくして沈黙を破る。

「――そのときは、俺がカホに会いに行くよ。どれだけ遠くても、どれだけ時間が掛かっても、きっと会いに行く」

迷いのない言葉だった。

言われたカホが呆気に取られるくらいに真っ直ぐに、彼はそう口にした。

ほろり、と新たな涙がカホの頬を濡らす。

最近、泣いてばかりだ。そう思いながらも、溢《あふ》れる涙を止めることができなかった。

次から次へと涙が零れるのに、自然と頬が緩《ゆる》む。

きっと今の自分はひどい顔をしているだろう。

「……ちゃんと……会いに、来てくださいね」

言葉は、自然と口から溢《あふ》れた。

これ以上、カイルを愛《いと》おしいと思うこの気持ちを誤魔化すことはできない。

拘束されていない手をそっと彼の頬に伸ばすと、カイルの肩が僅《わず》かにぎこちなく揺れた。

「わたしも、カイルさんのことが、好きです。わたしで良ければ……恋人にしてください」

そう言った瞬間のカイルの表情を、カホは一生忘れないだろう。くしゃりと破顔した表情はまるで子どものようで——

絡まった指先が微《かす》かに震えていた。カホはぎゅっとその指先を強く繋ぎ返す。

「一生、幸せにするから」

「そ、れはまだ気が早いかなあって思うんですけど」

「……そうだね」

――今はまだ、それでいい。

カホは、まだ知らなかった。彼の頷きに生涯を誓う意味が込められていることを。

† † †

――獣人の中でもカイルのように人狼と呼ばれる種族の血を引く者は、特に愛情深く、自《みず》らの番《つが》いに並外《なみはず》れた執着心を持つ。

片想いであったならばともかく、両想いと知った自分がカホを逃がすことはない。

カイルはひっそりと微笑を零した。

するとカホが、不思議そうな表情になる。

「カイル、さん？」

「いや、なんでもないよ。カホ」

己の頬にあてがわれているカホの指先に手を重ね、今にも口付けそうな距離で彼は囁《ささや》く。

「口付けても、いいかな」

昨夜から散々していたけれど、恋人同士になって初めての口付けは、彼女からの許しが欲しい。

けれど、カホは恥ずかしそうに目線を逸《そ》らしてしまう。気恥ずかしさが勝るのだろう。そんな姿も愛《いと》おしくて、カイルは熱のこもった瞳で彼女を見つめ、返事を待った。

「……は、い」

しばらくして返ってきたのは、この距離じゃなければ聞《き》き逃《のが》してしまうほどに小さな声だ。

カホの瞳がカイルを見上げる。お陰で、しっかり目が合った。

そっとカホの瞳が伏せられる。

カイルは食《は》むように、彼女のくちびるを何度も啄《ついば》む。

「愛してる」

カホの耳もとに掠《かす》れた愛の囁《ささや》きを落とし、再びくちびるを重ねる。開いたくちびるの間から、舌を入り込ませた。

散々口内を荒らし回ったあと、リップ音を立てて解放する。カホの瞳は蕩《とろ》け、その胸は大きく上下していた。

　ふたりの間を、銀の糸が繋いでいる。

　昨夜、カイルはカホが眠っている間に彼女の身を清め、自分のシャツを着せてやった。その一枚だけを羽織《はお》ったままのカホの首筋に、赤い華を増やしていく。

　胸もとをかろうじて隠しているシャツのボタンへ指を掛けると、カホが慌《あわ》てた。

「カ、カイルさん、待って、待ってください……！　わたし、明日？　今日？　も、仕事なんですっ」

「仕事のことなら心配しないで良い。カホは動けなくなるだろうし、今日はこの部屋でゆっくり休めるように手配しておく」

「っどうい、うこ、……っぁ」

　シャツ越しに胸の先端を刺激すると、甘い声が漏れた。

「朝まではまだ時間がある。だから、それまで俺の腕の中にいて」

　夢ではないことをきちんと確認させてほしい、とカイルはひっそりと心の中で呟《つぶや》く。押し殺した不安を気付かれないように、優しく笑い掛ける。

　そして甘い声を零す愛《いと》おしい番《つが》いのくちびるに、言葉では足らないほどの愛を込めて、口付けを落とした。

第三章

優しい風が頬を撫《な》でる感覚に、カホはふるりと睫毛《まつげ》を震わせた。

ゆっくりと瞼《まぶた》を開いていく。

寝起きの頭はまだぼんやりとしたままだが、今が何時ごろなのか確認しようと、体が自然に動いた。

「……いっ！」

身動きをした瞬間に下半身に鈍い痛みが走る。次いでじわりじわりと体に広がったのは、違和感だった。

見慣れない光景に驚き、意識がはっきりしてくる。

カホがセアラとふたりで使っている部屋は、こんなに広くはない。枕元にローテーブルはないし、扉はふたつもなかった。

ここは一体誰の部屋なのか。

そしてどうして自分は、自分ではない人の部屋で眠っているのか。

その疑問は、蘇《よみがえ》ってきた記憶によってすぐに解決した。

昨夜、自分は何度も口付けられて、甘い言葉を囁《ささや》かれたのだ。

肌を滑《すべ》る指先は優しく、カホの体を快楽へ落とした。宥《なだ》めるように抱き締める腕の強さや落ちてくる汗の匂いに彼を感じた体が、一層強く反応する。

吐息交じりの声が、どこか嬉しそうにカホの名前を呼んで——

カホは真っ赤な顔のまま、思い出したことを忘れようと頭を左右に振った。

——違う、違うの。そうじゃなくて、わたしは起きて仕事に……

呼び起こされる熱を押し留《とど》めるために朝の予定を思い出そうとして、結果的にカホの頭に疑問符が浮かぶことになった。

——なんでこんなに明るいの……？　というか、そもそも今って何時……？

一度、目を覚ましたものの、そのときはまだ日がほとんど出ていなかった。

再びベッドの中で甘く翻弄《ほんろう》された疲れで落ちてくる瞼《まぶた》に逆らえず、そのまま眠ってしまったことは覚えている。

当然、そのあとの記憶はない。

嫌な予感に、カホは視線を窓へ向けた。開かれた窓からは風が入り込み、その先には快晴の色が広がっている。

室内は明かりを点《つ》けていないのに明るい。

カホの体から、一気に血の気が引いていく。

明るいのは太陽が昇っているため。この部屋の主がいないのは、仕事に行っているせいだ。

細かい時間まではわからないが、メイドとして城で働くカホが、ベッドで横になっていていい時間ではないことは明白だった。

寝坊の上の無断欠勤など、社会人として許されない。

カホはなんとか起き上がろうと身じろいでみたが、下半身が言うことを聞いてくれない。

それでも無理に上半身を起こし、ベッドの端に腰掛ける。

いつの間にかシャツは綺麗なものを着せられ、下着も新しいものを身に付けていた。

カホは、それが誰の仕業《しわざ》なのか考えることを放棄する。

考えたら最後、羞恥心《しゅうちしん》で穴があったら入りたくなるのは目に見えていた。

床に足をつきベッドから腰を上げる。しかし、慣れない筋肉を使ったせいで痛みを発する下肢に力が入らず、床に座り込んでしまった。

それとほぼ同じタイミングで、ふたつある内のひとつの扉が静かに開いた。

恐る恐る、視線を上げる。

ブーツの音を響かせて部屋に入ってきたのは、この部屋の持ち主――ではなく、彼によく似た美しく、凛々《りり》しい女性だった。銀髪のその彼女は、確かカイルの妹のはずだ。

床に座り込むカホを見つけると、彼女はその夜空に似た濃紺《のうこん》の瞳を僅《わず》かに見開いた。

そして一度止めた足を再び進め、カホの目の前に膝をつく。

顎《あご》の位置で切り揃えられた銀色が、柔らかに揺れた。

思わず見惚《みと》れているカホに、彼女は手のひらをそっと差し出す。

「ベッドから落ちた、わけではなさそうですね。お怪我はありませんか？」

「大丈夫、です」

「なら良かった。どうぞ、お手を」

「いえ、自分で立てま……っう」

伸ばされた手を取ることは憚《はばか》られて、カホは自分で立ち上がろうとした。けれど、相変わらず痛む下肢が言うことを聞いてくれるはずもなく、呻《うめ》き声を上げてしゃがみ込む。

意気込んだ手前、立てませんとは言えず、カホは顔を赤くした。

「失礼いたしますね、《義姉様《ねえさま》》」

「え？」

彼女はそう断りを入れて、カホの膝裏と背中に腕を差し込み、そのまま抱え上げてベッドの上へ運んでくれる。

「……すみません、ありがとうございます」

「いいえ。ただ私が貴女を抱き上げたことは兄様にはご内密に。我が兄は父に似て、《番《つが》い》のことになると、ひどく心が狭くなるようなので」

「え、あ、はい」

「それから食事はきちんと取られていますか？　余計なお世話かと思いますが、少し軽すぎでは」

「えっ？」

「朝食——には遅いですが、軽く食事を持ってきました。もうすぐ昼食になるので、少し待てば兄様も戻ってくるでしょう。一緒に取られますか？」

矢継ぎ早に言葉を重ねられ、カホの頭は処理が追い付かない。どうにか、いくつかの言葉を拾い集め、彼女の問いに言葉を返した。

「その……寝坊の上、遅刻だと思うんですが、部屋に戻って仕事には行きたいんです。どうすれば……」

「その件なら、今日は体調不良で欠勤するとお伝えしてあります。今日はこの部屋で休むことを推奨します。それでもこの部屋から出たい、というのなら止めませんが、兄様の部屋から体調不良で休んでいるはずの貴女が出てきたら、間違いなく噂になりますね」

「……この部屋で大人しくしてます」

「そうしていてください。少し窮屈《きゅうくつ》かとは思いますが、人気《ひとけ》がなくなったら寮までお送りしますので。必要なものがあれば用意いたします。――ですがまずは、服を着替えましょうか」

彼女から指摘を受けて、カホは自分の格好を思い出す。今身に付けているのは、借り物の男物のシャツに、下着だけだ。

地球にいたころであれば、自分の部屋でこんな格好をしていても、見られなければ良かった。けれどこの世界では、たとえ自宅でもこんな格好で過ごす人は滅多にいない。今のカホのように、濃厚な一夜を過ごした人くらいだ。

この状況に何も言ってこないということは、目の前の彼女は、自分がこんな薄着をしている理由に気付いているのだろう。そう思った瞬間、カホは一気に固まった。

その間に銀髪の女性は隣室へ一度戻り、着替えを取ってきてカホに差し出す。ぎこちない動きでカホはそれを受け取った。

「手伝いましょうか？」

「だ、大丈夫です」

「わかりました。では私は隣の執務室にいます。頃合いを見計らって声を掛けますので、支度が済んだらそのままお待ちください。わざわざ立って呼びに来る必要はありませんからね」

「……はい」

そう念を押すと、彼女はくるりと背中を向けて部屋を出ていった。わからないことは多々あったが、とりあえず急いで着替えようとカホは渡された服を広げる。

用意されていたのは、ワンピースだった。首もとを覆《おお》うことができ、手首足首までを隠す、必要最低限の露出しかないものだ。

しっとりとした大人の印象のそれは、外見と中身の年齢が一致していないカホにも抵抗なく着られる。だが、明らかにカホの私物ではない。

それに加え、どうやら新品らしい。

普段着ているものより格段に上品なその服を着るのは気が引け、カホは部屋中を見回した。けれどどこの部屋に来るときに着ていた仕事着は見当たらない。

頭を抱えつつも、着ていたシャツを脱ぎ、恐る恐るそのワンピースに袖を通した。

驚いたことにサイズはぴったりで、まるでカホの体に合わせて誂《あつら》えたようだ。

服を脱いだときに、体中に色んな痕が残っているのが目に入ったが、カホはそっと視線を外《はず》し、極力見なかったことにした。でないと、また思い出してしまいそうだ。

形ばかりになってしまうが着ていたものを畳み、髪を手櫛《てぐし》で整える。

そうして、どこか落ち着かない気持ちになりながら待っていると、少ししてノックの音と彼女の声が聞こえた。着替えが終わったことを伝えると、扉が静かに開く。

「とてもお似合いです」

「っあ、りがとうございます」

彼女の目もとが柔らかく緩《ゆる》み、口角が少しだけ上がる。兄に似たその笑みは、さっきまでの凛《りん》とした雰囲気とは反対に優しい。

その笑みに見惚《みと》れていたカホは、お礼を言うのが一拍遅れてしまう。どこか気恥ずかしい。

「ど、どうしてダリア、様は、わたしのことを《ねえさま》とお呼びになったんですか」

意を決して問い掛けると、彼女――ダリア・エドモン・ルーデンドルフは目をぱちくりと瞬《またた》かせた。

「カイル・エドモン・ルーデンドルフは、私の兄です。兄の妻になる方なら、義姉様《ねえさま》、でしょう?」

「……うん？」

思わず間の抜けた声を出してしまう。すぐに我に返って謝罪したけれど、混乱した頭はなかなか元に戻らなかった。

カホは必死に脳内を回転させて、言葉の意味を考える。

兄の妻になる人が、義理の姉、というのはわかる。でもどうしてその呼称をカホに使うのか。

昨夜のプロポーズなら、一応断ったはずだ。なのにどうして、ダリアはカホとカイルが夫婦になると思っているのだろう？

状況が呑み込みきれず、首を傾《かし》げた。

その混乱に気付いたのか、ダリアが腰を落としてカホと視線を合わせる。

「カイル兄様が一年前のある日、決まった周期で行く店を持ちました。そのとき、その店には、必ずひとりの女性がいる。一度や二度ならともかく、毎回そうであるなら、それは偶然ではなく必然です。すなわち兄様は貴女に会うために、時間を作っていた」

「……っ」

「ですから貴女のことは、以前から存じ上げていました」

静かに、ダリアが語る。

「カイル兄様があの年で婚約者もなく、今まで独り身だったのには理由があります。私たちの一族の者には、己の《半身》――《番《つが》い》と呼ばれる者が必ず存在します。ただ、兄様には、今の今まで現れなかった。私たちにはふたり兄がいますので、跡継ぎの心配はしなくても良いのですが、周りは兄様のことを放っておいてはくれませんでした。婚約の申し込みも、多数あったと聞いています」

当たり前だ、とカホは思う。彼ほどの男性が、目を付けられないはずがない。

「……でも兄様は一番に愛することができないなら相手を不幸にしてしまうと、すべてを断り、そのまま一生独り身で過ごすつもりだったようです。そんなことがありまして、カイル兄様が妻にしたい女性がいると言ったとき、私たちは安心したんです」

カイルも、成人して社交界に出られるようになったばかりのうちは《番《つが》い》を探していた。けれど、見つからないまま一年、二年と経ち、騎士団内での地位が上がるにつれて時間が取れなくなったこともあり、半《なか》ば諦めかけていたそうだ。

そうして騎士団団長として多忙な日々を過ごし、たまたま城下で向かったその先で、カイルはカホ――番《つが》いを見つけた。

そう話すダリアの表情はひどく穏やかで、喜びに溢《あふ》れている。その知らせが彼女にとってても嬉しいものだということが、一目でわかった。

「兄の婚約の話を貴女に伝えることで、背中を押したつもりが真逆のことになってしまって、一時はどうなることかと思いましたが」

「え……え？」

先ほどから爆弾発言を浴びせられてばかりだ。

「あ、あの話の出所、ダリア様だったんですか……⁉」

「はい。余計なお世話になってしまい、申し訳ありません」

兄にも怒られまして、とダリアは肩を竦《すく》める。

カホはより一層、混乱した。相手の家族に認められていることは幸せなことなのだろう。だが、それでは済まない大きな壁が、この世界にはある。

「ま、待ってください……！　わたしはただの平民で、貴族ではありません。誓いに縛られない恋人同士ならともかく、結婚は認められないはずです」

一夜の相手であったり、一時の恋だったり。そういうものであれば、貴族と平民という間柄であっても黙認されている。

けれど結婚となれば話は別だ。

恋愛結婚が主流な平民とは違い、貴族は基本的に家同士を繋げる目的で結婚相手を決める。

だから、たとえカホが異世界から来た人間でなかったとしても、カイルとは結婚できない。

絡まった思考をなんとか言葉にしていくと、だんだんと頭が冷えていった。

そもそも恋人になることだって、本来であれば断らなければならないことだ。

ただ、優しい眼差《まなざ》しも温《ぬく》もりも、甘い口付けも――家族以外で彼の一番近くにいられる権利を、今だけで良いから手にしたいと、血迷ってしまった。

なんて、浅ましい。彼の幸せを願うのならば、この想いごと切り捨てるべきだったのに。

こんな自分に、ダリアに義姉《あね》と呼ばれる資格はない。

膝の上で丸めた手のひらに、知らずのうちに力がこもる。カホはくちびるを噛み締めて、溢《あふ》れそうになる涙をぐっと呑み込んだ。

今にも涙腺が緩《ゆる》んできてしまいそうで、瞼《まぶた》をぎゅっと瞑《つむ》る。その上に落ちてきたのは、ダリアの静かで優しい声だった。

「確かに貴族同士、平民同士の結婚より難しいでしょう。ですが、決して不可能なわけではありません。多くはありませんが、前例もあります。それに――」

「……それに？」

「兄様が、義姉様《ねえさま》のことを手放すとは考えられません。獣人の雄は自《みずか》らの番《つが》いにひどく執着します。愛情表現は多々ありますが、身に噛み痕を残すのは最上の愛の証《あかし》なのです。……覚えがありますでしょう？」

思わず首もとに手をやったカホに、ダリアが肩を竦《すく》めて笑う。

頬が熱い。熱は上がるばかりで一向に冷めない。

ダリアが持ってきてくれた服が、首もとまで覆《おお》うタイプのもので良かった。ワンピースに隠れた白い肌には、数えられないほどの赤が散らばっている。

それだけではなく、首筋や肩、そして胸もとには噛み付かれたような痕が残っていた。

もちろん噛みちぎるような痛々しいものではなく、所謂《いわゆる》、甘噛みと呼ばれるものらしく、今はもうほとんど痛みはない。

けれどそれ以上に、カホには引っ掛かったことがあった。

「獣人の雄……？」

「――？　義姉様《ねえさま》はもしかしてご存じなかったのですか？　私たちは――」

ダリアが目を瞬《またた》かせ、一瞬驚いたような顔をする。

しかし彼女の言葉を遮《さえぎ》るように扉がノックされ、彼女は口を噤《つぐ》んだ。

「この話は、また後《のち》ほど」

そう言って立ち上がり、ブーツの音を響かせて扉へ移動する。そして、ゆっくりと扉を開いた。

「お疲れさまでした、兄様。今日はいつもより切り上げるのが早かったのでは？」

「……いつも通りだ」

「そういうことにしておきます。義姉様《ねえさま》は起きています。昼食は一緒に取られるのでしょう？　厨房《ちゅうぼう》にお願いすると怪しまれると思ったので、軽食ですが持ってきました。支度しますから、義姉様《ねえさま》と一緒にいてください」

そう言って、ダリアは部屋を出ていってしまう。入れ替わりに、カイルが中に入ってきた。

普段の団服よりも薄着だ。トラウザーズはいつもと同じだが、上着は着ておらず、シャツを着用しているだけの格好だった。

汗で髪を首筋に貼り付けたその姿が色っぽくて、思わずカホは見惚《みと》れる。

だが昨日の今日ではひどく気まずくて、そっと視線を外《はず》した。

扉を閉める音がして、足音が近付いてくる。

「カホ」

「は、い」

穏やかな声が近くから聞こえて、カホはつい肩を揺らしてしまった。

視線を恐る恐る声のほうに向けると、カイルが片膝を床につけ、蕩《とろ》けてしまいそうなくらいに優しい目でカホを見上げている。

「朝まで無理をさせてしまってごめん。眠れたかな？」

「大丈夫です。寝られ、ました」

「なら良かった。昼過ぎからは俺も隣の執務室にいられる。人払いをしておくから、宿舎に戻るまでもう少し休むといい。……正直なところ帰したくないけれど、それはまだ許されないだろう」

カイルの言葉に、ぼん、と効果音が付きそうなほどカホの顔が真っ赤に染まった。

「隣に座ってもいいかな？」

「……はい」

戸惑《とまど》いがちに承諾の返事をすると、カイルは立ち上がり、静かにカホの隣へ腰掛ける。

「ワンピース、とても似合ってる。やっぱり見立てた通りだ。落ち着いたデザインのものが、カホには映《は》える」

「これ、カイルさんが？」

「そうだよ。もしかして気に入らなかった？　なら別のものを」

「い、いいえ、大丈夫です！　このワンピース可愛いです、気に入ってます！」

カホが驚いたのは、選んでくれたのが他でもないカイルだったことだ。てっきりダリアが用意してくれたものか、もしくは適当に使用人が見繕《みつくろ》ったものだと思っていた。

照れ臭かったが何より嬉しくて、カホは「本当に？」と尋ねてくるカイルに躊躇《ちゅうちょ》なく、はい、と頷いた。

「カイルさんが選んでくれたことにびっくりして……男の人に服を選んでもらう経験なんてなかったので、嬉しいです。その、ありがとうございま……っ」

語尾は、口付けの中に消えていく。何度も何度も、触れるだけのそれが重なる。

ふわりと汗の匂いがした。

「カイル、さん？」

「カホに服をあげる男は、俺が最初で最後だよ。男が女に服を贈る理由、君は知ってた？」

濃紺《のうこん》の瞳がカホの焦《こ》げ茶《ちゃ》色の瞳を真っ直ぐに射抜く。

一瞬首を傾《かし》げた彼女は、すぐに答えを思い出した。

男が女に服を贈るのは脱がせるためだという。そんな俗説、この世界にもあったのか。それとも、それは不変的な事実だということなのかもしれない。

しどろもどろになって、視線が思わず泳ぐ。するとカイルはもう一度カホに口付けて、次いで耳もとにくちびるを寄せた。

「今日はカホの体のことを考えてもうしないけど、そんな可愛い顔をされたら、俺も我慢できなくなる」

「し、してません、可愛い顔なんて。そんなこと言うの、カイルさんだけです」

カホがふい、と顔を逸《そ》らすと、くすりと笑われた。すぐに宥《なだ》めるような口付けが落ちてくる。触れるだけのキスが、ひどく気持ち良かった。

無意識にカホはカイルのシャツをぎゅうと握る。

口付けが止んでも、カイルはカホを放してはくれなかった。どこかご機嫌そうな彼の、細身に見える容姿からは想像できないくらい力強い腕に抱かれながら、カホはその首もとに頬を寄せる。

扉が開いたのは、そんなときだ。

「……甘ったるい空気を作り出すのは構いませんが、時間と節度を考えていただけますか」

「別にいいだろう。ここは俺の仮眠室で、今は休憩中だ」

「知っていますか兄様、それを世間では職権濫用と言うんですよ。やっと捕まえた番《つが》いを放しがたい気持ちは理解できますが、休憩が終わったら仕事はちゃんとしてください、《ルーデンドルフ団長》」

部屋に入ってきたダリアの手には、バスケットがひとつある。彼女はベッド脇のローテーブルにそれを置くと、「執務室におりますので」と言い残し、去った。

静かに扉が閉まる音が響き、ふたりの間には静寂が広がる。

その静寂を先に破ったのは、カイルだ。

「カホ」

静かに名前を呼ばれ、彼の中に納まっていたカホは、肩を揺らして窺《うかが》うように視線を上げた。

「昼食にしよう。でもその前に、俺はシャワーを浴びてくる。カホはお腹《なか》が空《す》いているだろう？　先に食べていていいから」

「い、いいえ、まだお腹《なか》は減ってないです。だから――」

――一緒にご飯を食べてもいいですか？

喉まで出かかった言葉は音にならずに消えていく。今だけは身分を忘れて、積極的でいられれば、きっとその言葉だって言えたのに。

けれど、恋愛経験が乏《とぼ》しいカホには、ハードルが高すぎた。視線を落とすと同時に、くちびるを噛み締める。

「なら少し待っていてくれるかな。汗を流したらすぐに戻る。そうしたら一緒に昼食を食べよう」

そっと伸びてきた指先が、噛み締めたくちびるを撫《な》でた。まるでカホの心を読んだかのようだ。

整った彼の顔が近付き、ぺろりとくちびるを舐められる。一気にカホの頬が熱くなった。

「俺のこと、待っていてくれる？」

その問いに、彼女はただ、首を何度も上下に振った。

頬をひと撫《な》でして、カイルはダリアの消えたほうとは違う扉の向こうへ行く。

――あの扉ってシャワールームだったんだ……

冷めやらぬ頬の熱を手で扇いで冷ましながら、カホはカイルが潜《くぐ》った扉をじっと見つめた。

何日も執務室で寝泊まりしていると聞いていたが、納得だ。

この部屋には簡易とはいえカホが普段使っているものより良いベッドと、個別のシャワールームが完備されている。泊まりがけでも困りはしないだろう。

それにしても、昨日のカイルの顔色の悪さは明らかに寝不足によるものに見えたが、体調は大丈夫なのだろうか。

聞いてみようと思いつつ、カホはカイルが戻ってくるのを待つ。

開いている窓の先に広がる青をぼんやりと見つめていると、涼しい風が頬を撫《な》でた。

それがとても気持ち良い。穏やかさに眠気すら覚える。

小さな欠伸《あくび》をひとつ零したのとほぼ同じタイミングで、扉が開く音がした。

執務室に続く扉は閉まったままだ。となると、残す扉はひとつだけ。

どれくらい時間が経ったのかはわからないが、シャワーを浴びて出てくるには早い気がする。

カホは音がした扉のほうへ顔を向けた。途端に、顔を背《そむ》ける。

「どうしたの？」

カイルの訝《いぶか》しげな声が耳に届く。

どうしたも何もない。免疫のないカホには、この明るい中、下をきちんと穿いていたとしても、上半身裸の成人男性の体は直視できなかった。

けれど正直に理由を言うのは憚《はばか》られて、適当に誤魔化してシャツを着てもらう。そしてダリアが持ってきてくれた軽食をふたりで食べ始めた。

カイルは何かとカホの世話を焼きたがる。

隙間もないくらいべったりとくっついて、パンを食べさせようとすることに始まり、頬に付いたパンくずを口付けで取ったり、焼いた肉を薄く切ったものやサラダをフォークに刺して、俗に言う「あーん」をしてくれたり。終《しま》いには、カホの指を伝って垂れたフルーツの果汁を舐め取りまでした。

そのたびにカホは、声にならない悲鳴を上げて顔を赤くする。

昼休憩の終わりを告げる鐘が鳴るまでそれは続き、カイルは名残惜《なごりお》しいと言いたげに何度もキスをカホのくちびるの端に落とし、執務室へ消えていった。

置いていってくれた何冊かの本に目を通すものの、カホはすぐにベッドに倒れ込み、天井の木目を見つめる。

いつもの食事よりも疲れたような気がする。けれどその原因となる存在が今ここにいないことに寂しさが募《つの》った。カホは頭を振って目を閉じる。

聞こえてくるのは窓の外の音だけで、扉の先の声は聞こえない。だんだんと瞼《まぶた》が重くなってくる。

——この格好のまま寝たら、服が皺《しわ》になる、かも……

わかっているのに、体は重く、思うように動いてくれない。

カホの意識は、眠りの中にゆっくりと落ちていった。

次にカホが目を覚ますと、窓の外は暗く、夜の帳《とばり》が下り始めていた。

潜《もぐ》り込んだ記憶はないのに、きちんと布団を被って、ベッドに横たわっている。

ベッド脇のローテーブルの上に置かれた照明が、室内を照らしていた。その傍《そば》で、椅子に腰掛けたカイルが本を読んでいる。

カホの視線に気付くと、読んでいたページから視線を上げて微笑《ほほえ》んでくれた。

よく見ればカイルはいつもきっちり留まっているシャツの首もとを緩《ゆる》めている。ちらりと覗く喉元に色気を感じてしまい、カホはそっと視線を逸《そ》らす。

「？　カホ……？」

「……っ、なんでもないです。それよりもベッド、占領しちゃってごめんなさい」

「いや、ゆっくり休めたなら良かった。顔色も――うん、昨日よりは随分と良い」

伸ばされた指先が、頬に触れる。そしてカイルは安堵《あんど》したように再び微笑《ほほえ》んだ。

その言葉に、カホは当初の目的を思い出す。

昨夜この部屋に連れてこられたのは、彼の休息の見張りのためではなかったか。にもかかわらず、結局休んでいたのはカホだけで、カイルはいつもと変わらず仕事をしている。

視線を彼へと向ける。返してくれる笑みは変わらず優しく、ひどく甘い。

カホは恐る恐る、手を彼に伸ばした。指先が頬に触れる。ぴくりとカイルの肩が揺れたけれど、拒絶はされなかった。

そのまま、カホの指先は隈《くま》ができていたはずの目の下をなぞる。

「カイルさんは、休めましたか……？」

そう尋ねると、カイルが微《かす》かに目を見張った。

しかしすぐにその表情は穏やかなものになる。彼は頬に触れるカホの手に自《みずか》らの手を重ね合わせた。

「カホのお陰で、久しぶりにゆっくり休めた。部下たちにも心配されていたみたいだから、今日は屋敷に戻ろうと思う」

「本当に？」

「本当だよ。俺は君には、嘘をつかない」

こつん、と、額同士が合い、至近距離の囁《ささや》きが落ちる。見つめ合った瞳に嘘は見えない。

カホは安心して表情を緩《ゆる》ませた。

「ちゃんと休んでくださいね。カイルさんが体調を崩したら、わたしも心配します」

「気を付ける。……もしまた眠れなくなったときは、一緒に眠ってくれる？」

「え？　えっ、と……」

悪戯《いたずら》っぽく問い掛けられて、カホは言葉に詰まった。

冗談なのかもしれないのだ、笑い飛ばしてしまえばいい。

しかし、カホにはそれができなかった。笑みを浮かべる彼の目の中には、冗談には思えない光が混じっているから。

カホは少しの間迷って、それから小さく頷いた。

「……一緒に眠るくらいなら」

「ありがとう」

緊張で、か細くなった返事を、カイルはしっかりと拾ってくれる。

ひどく嬉しそうな顔をされて、カホの心臓が早鐘を打つ。

部屋に送る時間まではまだ少し余裕があるからと、用意してくれた簡単な夕食——果実水と、野菜と燻製肉《くんせいにく》を薄切りにしたものが挟まったパンを食べ、夜が更《ふ》けるのを待つ。

最後まで自分が送るとカイルは主張したが、今日はゆっくり休んでほしいと伝え、代わりに送ってくれるというダリアの優しさに甘えることにした。

カホはひとりで戻れると断ったのだが、どうしてもそれは許されなかったのだ。

痛みが少しだけ緩和された足でゆっくり立ち上がり、「よろしくお願いします」とダリアに頭を下げる。

「無事に部屋まで送り届けますので、ご安心ください」

そう言ってダリアは目を細め、僅《わず》かに微笑《ほほえ》んだ。

「ルーデンドル――」

カイルにもお礼を言おうと、彼の家名を口にした途端、遮《さえぎ》られる。

「カホ、名前を呼んで」

「――カイルさんには昨日今日とご迷惑をお掛けして、すみませんでした。ありがとうございます」

「いや、無理をさせてしまったのは、俺だから。……でも、君の本音が聞けたのは嬉しかった。こうして……触れられるように、なったのも」

赤く染まる頬に掛かる髪を手で払われ、そのままカイルに頬の輪郭《りんかく》を撫《な》でられる。

「次の休みは、ブルーノの店で会えるかな？」

「っはい、休みの調整ができたらいつもと同じくらいの時間に行く予定です」

「わかった、待ってる」

その言葉の直後、頬から彼の温《ぬく》もりが離れていく。

カホはそれを残念に感じながら、ダリアと話すカイルを見つめた。

「また次の休日に」

最後に不意打ちの口付けをひとつ受けて、カホは呆れた顔をしたダリアと団長室を出た。

明かりは灯《とも》っているが人の気配のしない廊下を、ふたりは音を立てないように歩く。詰所の中に人がいないことはダリアが確認してくれているので、あとは寮に帰るまで、人と会わないことを祈るしかない。

今のカホはカイルに贈られたものではない、質素なワンピースを着ていた。もしも誰かに会って突っ込まれても、使用人が間違えて迷い込んでしまったのだと言い訳ができる。

髪はひとつに纏《まと》めて、左側に垂らしてある。これを結んだのが楽しげに髪を弄《いじ》るカイルだったことは、胸の中に秘めておこうとカホは決めていた。

舞踏会が開かれていた昨夜とは違い、日が落ちた城の扉は施錠《せじょう》されている。そのため使用人の寮へ行くには昨日と違う道を辿《たど》らなければならなかった。

一度歩いた程度では道を覚えられないなと思いながら、カホはダリアのあとを追う。

「……あ！」

しばらくして、視界に見慣れた建物が目に入り、カホは小さく声を上げた。

どうやって中に入るのだろうと首を傾《かし》げていると、ダリアが寮の正面扉へ行く道ではなく、脇道へ進み始める。困惑するカホに、彼女は小さな声で囁《ささや》いた。

「目立つ行動はまだ避けたいので、鍵が開いていても正面の扉は使えません。強引ではありますが、裏の窓の鍵を開けてもらえるよう、彼女に協力していただいています」

「彼女……？」

「貴女と同じ部屋の彼女です。詳しい事情はお話ししませんでしたが、協力をお願いしたところ、快く受けてくださいました」

「セアラさんが？」

「はい。貴女が体調を崩して休む旨《むね》も、彼女がメイド頭に伝えてくれたのです」

セアラに迷惑を掛けてしまったことが、カホには心苦しい。けれど、きっと彼女のことだから「貸しひとつね？」と言って悪戯《いたずら》っぽい笑みを浮かべるだろう。

お礼を考えないと、と思っていると、「そういえば」とダリアが別の話を切り出した。

「先ほどお話しできなかった、我が家の事情ですが――」

「え？」

「私もカイル兄様も、姉様も兄様たちも、獣人の血を引いております。私たちの父が純血の人狼なのです。母は普通の人間ですし、どちらかといえば、私は人間の血のほうが濃いのですが……」

何げなく告げられた言葉に、カホの足が止まった。

――ダリアさんは、一体何を言いたいのだろうか？

「それでも人狼の習性や特徴は引き継いでいて……番《つが》いの件もそうですし、恋人に痕を付けたくなる欲望もあります。カイル兄様は父の血のほうを強く受けているのか、獣人の傾向が強いのです。完全な狼の姿に変化《へんげ》してしまうのも、その影響からでしょう」

じわりじわりと、嫌な予感が湧き上がってくる。カホの脳裏に、彼によく似た銀色の狼の姿が浮かんだ。

もしも頭に浮かんだ考えが正しいのだとすれば、自分は知らない間に想い人に気持ちを告げていたことになる。

思わず声が震えてしまった。

この予想が当たっていたなら、きっとしばらくは彼と冷静に顔を合わせられない。

「狼の姿になる、って……」

「ええ、満月の夜だけですが、銀毛の狼の姿で兄は過ごして……どうかされましたか？」

予想は裏切られることなく、事実として突き刺さった。

絶句して両手のひらで顔を覆《おお》ったカホに、ダリアが心配そうな声を掛けてくれる。

けれどカホはそれどころではなかった。

顔がひどく熱い。

とっくにカホは、本人に告白していたのだ。一生、告げるつもりのなかった、その想いを。

「ダリア様、その、狼の姿のときの記憶はどうなるんですか？」

最後の足掻きに、問い掛ける。

「どうなるというのは、元の姿に戻ったあと狼のときの記憶があるかどうか、という意味ですか？」

「……はい」

「体が人間から狼、狼から人間に変わるだけなので、記憶だけが別ということはありません。すべて、覚えているようですよ」

決定打だ。

もしもその瞬間、寮の裏口側にある備品部屋の窓が開かれなければ、カホはその場に崩れ落ちていただろう。

窓から顔を覗かせたのはセアラだ。

一日、顔を見ていなかっただけなのに、懐かしさと安堵《あんど》が込み上げ、カホは泣きそうになる。

呆れたような顔をしたセアラがカホを手招いた。

「おかえり、馬鹿カホ。事情はなんとなく聞いてるわ。お説教は部屋に戻ってからね。まずは中に入るのに、窓を越えてほしいんだけど……」

「抱えるのは私が。普通の女性がこの高さまで足を上げるのは辛《つら》いでしょう」

思案するセアラに、ダリアが申し出る。

そんなことはさせられないとカホは断ろうとしたけれど、ダリアに持ち上げてもらわなければ、いつまで経っても部屋に戻れない。葛藤《かっとう》の末、頭を下げた。

ダリアの腕がカホの膝裏と背中に差し込まれ、抱き上げられる。

「――どうか兄のこと、よろしくお願いします」

耳もとにそんな呟《つぶや》きが落ちた。

一瞬だけ、カイルと同じ色の瞳と目が合う。けれど、気のせいかと思うくらい自然に逸《そ》らされた。

カホはダリアの言葉に頷くことも首を横に振ることもできないまま、窓の桟《さん》にゆっくりと腰掛ける形で下ろされる。

「それでは私はこれで。今度は兄のいないところでお話ししましょう」

「あ、ありがとう、ございました。……あの、気を付けて帰ってくださいね」

カホの言葉に、ダリアの口角が少しだけ上がる。

カホは闇の中に消えていくダリアの姿が見えなくなるまで見送った。視界からダリアの姿がなくなると、セアラとカホは自室に戻る。

就寝時間が近いため、廊下の明かりは最低限に絞られ薄暗かった。

極力足音を立てないように進みながら、カホは一歩前を歩くセアラの背中を盗み見る。

怒っているのか、それとも呆れられているのか、セアラの背中からは何もわからない。

一体どこから説明したらいいのだろう？

ぐるぐると回る思考の中、カホは昨夜の夜からあったことを必死に思い出した。

部屋に帰らないどころか一日仕事を休んでしまい、そのことでセアラには迷惑を掛けている。事情を説明すべきだった。

ふたりは無言で廊下を歩き、やがて見慣れたプレートの掲げられた扉の前へ到着する。

一歩前を歩いていたセアラが扉を開けて明かりを点《つ》けたあと、先に入るようにカホを促《うなが》した。

彼女がどんな表情をしているのか、カホは怖くて見られない。

俯《うつむ》いたまま敷居を跨《また》ぎ、背後で扉が閉ざされる音を処刑宣告のように聞いていた。

「……カホ、こっち向いてちょうだい」

名前を呼ばれると、びくりと肩が震える。着ていた服の裾を知らず知らずのうちに強く握り締めた。

一体何を言われるのだろうか。無断外泊の上、色々と迷惑を掛けたので、何を言われても仕方がない。わかっているが、やはり怖かった。

こくりと唾を呑み込み、恐る恐る振り返る。足音が近付いてきて、視界にセアラの履いている靴のつま先が映った。

視線を上げなければ。頭ではそう考えるのに、なかなか体が動いてくれず、心の中に焦《あせ》りが広がる。

すると、不意にセアラの腕がこちらに伸びてきた。

「え？」

彼女の手は真っ直ぐにカホの顔へ向かい、両頬を包み、そのまま挟み込んだ。俯《うつむ》いていた顔を強制的に上げられて、カホの目とセアラの目が合う。

「せあらひゃん」

「百面相してないで。ほら、帰ってきたんだから言うことがあるでしょう？」

「ご、ごめんなひゃい」

「違う」

「ありがとうほしゃいま――」

「違う」

「ただいま、かえりまひた」

「よろしい。おかえり、カホ」

呆れたような、けれど安堵《あんど》しているみたいにも見える彼女に、どんな表情をしたらいいのかわからず、カホは困惑した。

「とりあえず座ったら？　体調あんまり良くないって聞いたけど、そっちは大丈夫なの？」

「だ、大丈夫」

「そう言ってカホは無理するんだから、駄目なときはちゃんと言うのよ。……話は少しだけ、聞いてるわ。ルーデンドルフ団長のところにいたんでしょう？」

自分のベッドに腰を下ろそうとしていたカホは、その動きをぴたりと止める。そしてゆっくりとセアラに視線を向けた。

彼女の顔に浮かんでいるのは、茶化すような表情ではない。セアラは真っ直ぐにカホを見つめている。

彼女がどこまで知っているかわからないが、少なくとも、カイルと一緒にいたことは伝えられているらしい。

カホはどう切り出そうか迷い、事実をシンプルに伝えることにした。

「はい」

その返事に安堵《あんど》したようで、セアラは、そう、と静かに息を吐く。

「じゃあカホは、今から嫁入り修業をしないと駄目ね。何せお相手はご貴族様なんだから」

「それはまだ、わからないと思うけど」

「は？　それ、本気で言ってるの？」

「セアラさん、顔怖い！　だって婚約者がいるんだと思ってたし、でも実際は違って、それどころか好きだって言われて、一応恋人同士ってことになるなんて。未だに夢みたいで……」

このまま眠って目覚めたら実は夢でした、と言われるほうが納得するくらいだ。

「カイルさんはセアラさんの言う通り貴族だし、平民のわたしとじゃ身分が釣り合わな――いだぁっ！」

「黙らっしゃい、このポンコツ。カホが平民だってことなんて、あっちはとうに知ってるの。それでもアンタに会いたいから、休みのたびに時間を作ってくれてたんじゃないの？　名前をあえて言わなかったのも、ルーデンドルフ侯爵家の息子で、騎士団の団長を務めてるって知られたくなかったからなんじゃない？　カホもそうでしょう。彼の名前を聞いたら気軽に話せなくなっちゃうから、自分だって名乗らなかった」

呆れたような顔をするセアラに、額をぺちんと叩かれて責められる。吐き出された言葉は、カホの胸にぐさりぐさりと刺さった。

セアラの言う通り、名前を確認する機会はいくらでもあった。それをしなかったのは、休日の密《ひそ》かな楽しみをなくしたくなかったからだ。

あの店でのカイルは、嬉しそうに微笑《ほほえ》んでくれ、読んだ本の感想を言い合うときには、声を弾《はず》ませる。一文を音読するときに少しだけトーンの下がる声や、文章を追う真剣な横顔が、カホに幸せをくれていた。

友人、と言ってしまうのは烏滸《おこ》がましいだろうか。ただの知人という関係でもいい。ただ、傍《そば》にいたかった。

「彼なら命令ひとつで、カホのことを思いのままにできたはず。恋人にだって、愛人にだって……それこそ、妻にだってできる。だけどそれをしなかったのは、アンタのことが好きで、きちんと向き合いたかったからじゃないの。強制して一緒にいさせるんじゃなくて、気持ちを確かめて両想いだってわかりあった上で、きちんと恋人になりたかったんでしょ」

言われてみればそうなのだ。

貴族であるカイルとただの平民であるカホの身分差は大きく、カイルがカホを強制的に従わせるのは難しくない。

だが彼は、ふたりで城下で会っていたときも、一夜をともに過ごしたときも、決して命令しなかった。精々が、お願いされただけだ。それも、カホが本気で拒絶すれば無理《むり》強《じ》いはしなかっただろう。

受け入れると決めたのは、他でもないカホ自身だ。

彼は貴族ではないからと距離を置こうとしたカホに、それは十分承知していると言っていた。

「獣人の中でも人狼の血を引く一族は、番《つが》いへの執着が飛び抜けてるって聞くけど……アンタ、とんでもない人に好かれたわね」

「あっ⁉」

「カホ？」

「つな、なんでもない」

セアラの言葉に、カホは重大な問題を思い出した。かろうじて返事をするが、セアラは納得していないとでも言いたげな表情で見てくる。

けれどセアラには話せない。もしかしたら相談に乗ってくれ、助言をくれるかもしれないが、言葉にしたらカホのほうが羞恥《しゅうち》で死にたくなってしまう。

頭の中に、ダリアから告げられた言葉が何度も繰り返し再生された。

――獣人。

――完全な狼の姿に変化《へんげ》する。

――満月の夜の銀毛の狼。

満月の夜にだけ会う狼――カイには、今まで片想いしていることは話していた。カイルが、カホは自分に想いを寄せていると気付くことは、そう難しくない。

つまりカホは、よりにもよって本人に気持ちを話していたことになる。

予想外の攻撃は、あまりにも強かった。

――でも待って。数日会うことはないし、それまでに気持ちを整理できれば、……大丈夫かもしれない。

とても名案に思えるが、問題を先延ばしにしているだけだった。

とはいえ、次にカイルと会えるのは、数日後の休日だ。

仕事中に彼に会うことは滅多にないし、あまり心配しなくてもいいと信じたい。

何せカイルの所属する騎士団とカホが仕事をする場所は離れていて、今までだって遠目から姿を見ることはあれど、近くを通ることはなかった。

いつも通りに過ごして、彼に会うまでに気持ちを整理しよう。

それにあの店には、店主とその妹もいる。ふたりきりでなければ、恥ずかしさも薄れるはずだ。

　そう心に決めていると、「カホ！」ともう一度名前を呼ばれた。はっと我に返り、慌《あわ》てて首を横に振る。

「本当になんでもないの。色々あって疲れちゃっただけ……その、セアラさんにも迷惑掛けてしまって、ごめんなさい」

「別に謝られるようなことは何もないわ。寧《むし》ろ謝るとしたら、あたしのほうよ。ルーデンドルフ団長の婚約の件、きちんと詳細まで確認してから言うべきだった。少しでも傷が浅いうちにと思って伝えたけど……拗《こじ》らせちゃったみたいね。本当に申し訳なかったと思ってる。ごめんなさい」

　長い睫毛《まつげ》を伏せて、セアラはそう言った。

「それはわたしが弱かっただけで、セアラさんのせいじゃない。だから、謝らないでください。それに、セアラさんに教えてもらわなかったら進展もなく本当に片想いのままで終わってたかもしれません」

　自分で口にして、絶対そうなっていただろうなとカホは肩を竦《すく》める。

　カイルが婚約するという話を聞いて彼女が選んだ行動は、黙って距離を置き、彼の幸せを祈りながら帰る方法を探す、ということだった。

だから、こんな展開になって一番驚いているのは、カホ自身だ。セアラがあのとき彼の婚約の話を教えてくれなければ、夢のような今はない。

「だから、お礼を言わせてください。——セアラさん、教えてくれて、ありがとうございます」

頭を下げると、セアラは驚いたように目を瞬《またた》かせる。そして一拍後、人差し指でカホの額を弾《はじ》いた。

額を手のひらで押さえながらセアラを見ると、彼女はすでにカホに背中を向けている。ブランケットを持ち上げ、カホを見ないまま、器用にもベッドに腰掛けている彼女に被せた。

「そろそろ寝る支度しないと、明日に響くわ。体調が悪いならなおさら早く寝たほうがいいわね」

「えっ、セアラさん待っ——」

「もしまだ体調がおかしくなるようなら起こしてちょうだい。おやすみカホ」

「お、おやすみなさい」

頭から被さったブランケットから抜け出そうともがいているうちに、セアラはさっさと電気を消して自分のベッドに潜《もぐ》り込んでしまった。

一瞬だけ見えた彼女の横顔が赤く染まっていたため、カホは何も言わずに寝間着に着替え、自分もベッドに横たわる。

しかし日中まで眠り、そのあとも昼寝をしてしまったカホは、なかなか寝付けずにいた。何度も寝返りを繰り返し、目を閉じては開くを繰り返す。

羊を数えてみたりしたものの一向に眠れず、やっとのことで意識が夢の中に落ちたのは、すでに窓の外が白み始めたころだった。

だがすぐに、セアラに揺り起こされ、目を覚ます。時計を見れば、針《はり》がいつも目覚める時間を指していた。

「もう一日休む？」

心配そうに尋ねてくれる彼女に首を横に振り、着替えのため服を脱ぐ。

しかしカホは今、自分の体にどれだけ痕が残っているのかを、すっかり忘れていた。

絶句したセアラの突き刺さるような視線に、慌《あわ》てて制服を着る。

そうして恐る恐る視線を向けると、セアラは先ほどまでの表情から一転して、楽しそうな笑みを浮かべていた。そしてわざとらしく首を傾《かし》げる。

「式には、あたしみたいな平民でも参加できるのかしら？」

カホは無言で傍《そば》にあったタオルを投げ付けた。簡単に避けられてしまったが。

そんな小さな騒動後、赤みのひかない顔でセアラとともに食堂に向かう。

昨日仕事を休んでしまった件に関しては、セアラが体調不良と皆に伝えてくれていた。加えて、ヴィルフリートに厨房《ちゅうぼう》から連れ出されたことを知っている同僚が、運悪く捕まったカホが体調を崩した騎士団員の面倒を徹夜で見ることになった、と話していたらしい。そのせいで体の調子が悪くなったのだと、信憑性《しんぴょうせい》が増していたのも救いだ。

その本当とも言えない話には心が痛むが、まさか真実を言えるはずもなく、曖昧《あいまい》に理由を濁《にご》したままカホが休んだことを詫《わ》びると、皆快く許してくれた。

朝食を済ませ、昨日の休みを挽回すべく、いつも以上に張り切って仕事をする。すると、あっという間に昼の鐘が鳴った。

昼食はいつも通りセアラと取るのだが、基本的には持ち場が違うため、食堂の前で待ち合わせをした。

今日のメニューはトマトソースのパスタだったけれど、やはり眠気のほうが勝っているのだろう。食欲は湧かず、いつもよりも少ない量の昼食をなんとか胃に入れた。

昼休憩を終えると、後半戦の仕事が待っている。向かったのは、長い廊下だ。時折同僚とすれ違うのは、この廊下は主に使用人が使う通路だからだった。

だからといって貴族がまったく使わないわけでもないので、念のためにこの通路も使用人の手でピカピカに磨き上げられる。

つい先日、使用人の通路でヴィルフリートと会ったことを思い出しながら、カホは硝子《ガラス》が嵌められている扉に手を伸ばした。

「……ふぁ……くぅ」

つい零れてしまった欠伸《あくび》を必死に噛み殺す。

とにかく体を動かそうと、両開きになっている扉の片方を押し開けて外に出た。

外側から布を滑《すべ》らせ、手の届かないところは借りていた脚立に上り、磨き上げる。

そうしてカホが必死に働いていると、背後から軽快な足音が聞こえてきた。その足音は一瞬止まり、すぐにまた動き出して、カホの後ろで再び止まる。

「カホお姉さん！」

「え？」

「こんにちは！　お仕事お疲れさまです！」

「こ、こんにち、は？」

「はい！」

名前を呼ばれたカホは、振り返る。一番に目に付いたのは、ひょこひょこと可愛らしく動く猫耳だ。

呼び掛けてきたのは、カホがよく通い、カイルと出会った書店の看板娘、ローザだった。

斜め掛けのバッグを肩に掛けた彼女は、にこにこと笑みを浮かべてカホを見つめている。

数秒の硬直のあと、カホはそっと疑問を口にした。

「ローザちゃん、どうしてここに？」

「兄のお使いです。どうしても急ぎだからって、出掛けている兄の代わりに私が」

人使いが荒いですよね、もう、と頬を膨《ふく》らませたローザは、一瞬後に眉をハの字にして、声のトーンを落とす。

「しばらく会えなくて、寂しかったです。また、来てくれますよね……？」

「それ、は……」

「最後に来た日の様子がおかしかったって兄に聞いて……でも詳しいことは教えてもらえなかったし……告白が成功したのかも秘密って言うし」

「……こくはく？」

ぼそりと付け加えられたローザの言葉に、疑問符が浮かぶ。

けれどローザは、慌《あわ》ててなんでもないです、と首を横に振った。カホはさらに気になったものの、話を無理やり戻され、聞きそびれてしまう。

「とにかく！　お姉さんが来なかった間も新刊たくさん入荷してるので、次の休みは是非！　絶対！　来てくださいね！」

「わ、わかった」

「待ってますね！　絶対ですよ！」

勢いよく迫られて、こくこくと頷く。

ローザはその返事に満足そうに笑うと、再度念を押し、時間を確認して声を上げた。

「あっ、早く行かないと怒られちゃう！　お姉さん、それじゃあまた！」

気を付けてと手を振ると、ローザも振り返してくれる。彼女の姿は、カホの後方にあった別の通路に消えていった。

ローザと話して、眠気が少し落ち着く。頭を左右に振って、カホは再び仕事に戻る。

今は、与えられた仕事をきちんとしなければ。そう考えながら、彼女は布を硝子《ガラス》の扉へ滑《すべ》らせた。


あの日以来、ローザと城内で会うことはなく、訓練や執務で忙しいだろうカイルとも会うどころか、すれ違うこともないまま休日は訪れた。

髪を下ろし、眼鏡を掛けて、カホはいつもより早い時間にブルーノの店の前に立つ。

昨夜から、刻一刻と迫ってくる約束の時間に何度も逃げ腰になったが、待っていると言ったカイルの言葉を思い出しては赤面し、絶対に来てくださいというローザの言葉に元気付けられながら、ここまでやってきた。

カホは深呼吸をして、扉の取っ手に手を掛ける。

「あ！　お姉さん！」

恐る恐るドアを開けたカホに一番に声を掛けたのは、ローザだ。奥にはブルーノとカイルもいる。

彼女は嬉しそうに耳を揺らし、本をその両腕に持ったまま、駆け寄ってきた。

「いらっしゃいませ！　今日はどんな本をご希望ですか？　それとも——カイル様なら、もういらしてますよ」

「ええと」

「あと、この間お城で会って思ったけど、眼鏡がなくても見えるなら掛けてないほうが好きです。ちゃんと顔、見えるから」

「ローザ」

「そうだ、わたし、これから用があったんだった！　それじゃカホお姉さん、ゆぅっくり、していってくださいね！」

ブルーノに名前を呼ばれたローザは、いかにもわざとらしくそう言って、カホが言葉を返す前に賑《にぎ》やかに店を出ていく。

カホが呆気に取られてドアを見つめていると、後ろから静かに名前を呼ばれた。

「――カホ」

びくりと肩が揺れる。

戸惑《とまど》いがちにゆっくりと視線を向けると、団服ではなく私服を身に付けたカイルが、甘く微笑《ほほえ》んでいた。

その笑みを見るだけで胸が高鳴り、この人と恋人になったのだという夢みたいな現実に頬が赤らむ。

けれど、知らないうちに想いを告げていたらしいことを思い出し、つい視線を逸《そ》らしてしまった。

そんなカホの反応に、カイルが違和感を感じないはずがない。

視線を逸《そ》らしていたカホは気付かなかったが、彼は一瞬目を見張る。けれどそれは一瞬のことで、すぐに表情を戻すと微笑《ほほえ》んだ。

「こんにちは。……今日は顔色も良さそうだけど、体調はどうかな？」

こつこつと足音が近付いてくる。カホが返事をするよりも早く、カイルの腕がカホの腰を掬《すく》った。

そのまま顔が近付いてきたと思ったら、額同士をくっつけられて体温を確かめられる。その距離に、額を勢い良くぶつけたくなるほど、カホは照れた。

羞恥《しゅうち》が、ますます湧き上がってくる。触れられている箇所が熱を帯《お》び、頬も赤く染まった。どくどくと心臓の音がうるさい。この音が彼に聞こえていませんようにと願うばかりだ。

思わず向けてしまった視線が、カイルのものと合った。ひどく愛《いと》おしそうなそれに、恥ずかしさと嬉しさを感じて戸惑《とまど》う。

「熱はないようだけど、少し顔が赤い。体調があまり良くなかったら、すぐに言ってほしい」

「っは、い」

「あと、眼鏡は没収。来るときは良いけど、俺と会うときは禁止だ」

「あっ」

伸びてきた手が目もとを隠す眼鏡を外《はず》してしまう。伊達《だて》なのでそれで視界が悪くなることはないが、少し心許《こころもと》ない。

レンズ越しではなく、直にカイルを見ることになってしまい、より一層恥ずかしくもあった。

「カホが来ない間に、いくつか面白そうな本を見つけたんだ。――実はこれから仕事が慌《あわ》ただしくなりそうで、少しの間会えないかもしれない。だから、その分今日はたくさん話がしたい。カホさえ良ければ、付き合ってほしい」

腰から腕が外《はず》される。少しだけ残念に思ったが、代わりに手を取られ、指先を絡められた。

カホは少し迷ったあと、覚悟を決めて、小さく頷いた。

「わたしも、聞きたいことがあるんです。だから、お時間いただいても、いいですか？」

最後に小さな声で「カイル、さん」と名前を呼ぶと、カイルは驚いたような顔をしたあと、とても嬉しそうに破顔した。喜んで、と頷く。

「話は丸く収まったか？」

不意に響いたのは、低く、艶《つや》のある声だ。聞こえてきたその言葉に、カホは思わず肩を揺らした。

この店の主――ブルーノが小難しそうな本を片手に近付いてくる。ゆらりゆらりと黒い尻尾が揺れていた。

一連のやり取りを見られていたと気付き、カホの頬が自然に熱くなる。口にした挨拶が動揺で震えた。

「ブ……ルーノさん、こんにちは」

「ああ。いつもの本ならいくつか入荷してるが、次のときが良いなら取り置きしておく」

「ありがとうございます。……いつも、すみません」

「いいや、――ああそれと、日暮れまで少し使いに出る。店は閉めていくが、棚のことはカイルがよく知ってるから、何かあればそいつに聞くと良い」

手もとの本に視線を走らせながらも、ブルーノはちらりとふたりに視線をやる。そして絡められた指先に目を止め、納得したような顔をした。

ふたりの横を通り過ぎると、扉近くの棚に載っていたトランクを持ち上げる。そして扉を施錠《せじょう》し裏口がある方向へ向かったあと、一度足を止めた。

「出ていくときは裏口を使ってくれ。二階のテーブルと椅子も勝手に使ってくれて構わない。書庫としてしか使ってないが、掃除はしているから使えないことはないだろう」

「ありがとう、使わせてもらうよ」

にこやかに微笑《ほほえ》むカイルと、いつも通り小難しそうな顔をしたブルーノの視線がぶつかる。だがそれは一瞬のことで、すぐにブルーノは視線を逸《そ》らして店の奥へ去っていった。

次いで、裏口から出ていく音がする。

カホはブルーノが消えていった通路をつい凝視しながら、内心冷や汗をかいていた。

まさか、ローザだけでなく、店主であるブルーノまで外出するなんて思ってもみなかったのだ。

　確かにあまり、どころか必要最低限しか、彼と話したことはない。だが、今はいてくれるだけでも心持ちが違うのに。

「……ブルーノに、何か用があった？」

「え？」

「熱心な目で奥を見ているから。……それとも、俺とふたりじゃ不満かな」

「そ、そういうんじゃないんです！　ただ、いつもいるから外出するなんて、びっくりして」

　落ちてきた声は、少し低い。それに驚いて、カホは思わずカイルを見上げた。

　微笑《ほほえ》んではいるけれど、感情の読めない濃紺《のうこん》がカホを真っ直ぐ射抜いている。

　目を逸《そ》らすことは躊躇《ためら》われて少しの間見つめ合っていると、不意に繋いでいる手を引かれ、気付けばカホはカイルの腕の中に抱き寄せられていた。

　彼の胸板に顔を埋《うず》める形になる。先日抱かれたときの腕の強さを意識してしまい、落ち着いてきていた顔の熱が、再びぶり返した。

「あ、あの？」

「……少しだけブルーノに嫉妬《しっと》した。俺とふたりきりが嫌なら、ローザを呼ぼうか。ああ言ってはいたけど彼女に予定はなかったはずだから、呼べばすぐ来てくれると思う」

繋がれたままの指先に力がこもる。ひと呼吸したカイルが、やんわりと腰を抱いていた腕の力を緩《ゆる》めていった。

余裕ができたのでカホが恐る恐る顔を上げると、自嘲《じちょう》のような笑みを浮かべるカイルと目が合う。

――ふたりきりが嫌なわけではないのだ。ただ、カイの件で頭の中の整理がついていなくて、今までどんなふうに話していたのか、わからなくなってしまっただけ。

カホはつい視線を下に向ける。

それを返事だと思ったのだろう。カイルはすぐにローザを呼ぶと言って、体を離そうとした。

繋がれた指先も解《ほど》かれそうになり、カホは逆の手をカイルのシャツに伸ばす。

すると面食らったような顔をされて、カホは少しだけ笑ってしまった。それでも彼が格好良いことには、変わりはないけれど……。

ひとつ息をして、詰まっていた言葉を吐き出す。

「違うんです。あの、……この間のこととか、まだ整理しきれてなくて、どんな顔で話していたかわからなくなってしまって……ふたりが嫌とかそういうことでは絶対ないです」

それどころか、きっと逆だ。

好きな人に会えるのが嬉しくないはずがない。

できれば彼に触れたいし、こうして抱き締めてもらいたい。口付けだって、したい。

「……ダリア様から、ルーデンドルフ侯爵家が獣人の家系で、カイルさんはお父様の血を強く継いでいるから、……満月の夜に狼になるって、聞いたんです」

「っそれ、は」

動揺したようなカイルの声に、本当だったのだと少しだけカホの胸の奥が痛む。

決してダリアの話を信じていなかったわけではないが、僅《わず》かな可能性に縋《すが》ってもいたのだ。でも、彼の反応が決定打になる。

逃げ出したくなる足をぐっと留《とど》め、息をひとつ吐き出したカホは、言葉を続けた。

「その、だから恥ずかしくなってしまって……まさか本人に婚約者の話とか、失恋したとか話してしまっていたなんて思わなかったから……思い出して、どんな顔をすればいいのかわからなくなってしまったんです。……ごめんなさい」

しん、とふたりの間に沈黙が広がる。

カイルの反応を窺《うかが》うのが怖くて、カホは俯《うつむ》くしかない。

――いっそ、逃げてしまおうかな？

そんな考えが頭に浮かび、掴んでいたシャツから指の力を抜こうとしたときだった。

微《かす》かに震えたカイルの大きな手が、カホの手を掴んだ。

「……謝るのは、俺のほうだ。初めての恋が破れるのが怖くて、想いを伝えることを先延ばしにしていた。その結果、カホを悲しませて困らせた。《カイ》のことだって、俺だと言う機会はあったんだ。でも君に知られて拒絶されたらと考えると、怖くて言い出せなかった。君のいた世界には、獣人がいないようだから」

声が出てこず、カホにできたのは首を横に振ることだけだ。

この世界にまだ馴染《なじ》めていないころだったら、いくら好意を抱いていても、獣人との未来なんてどうするべきか悩んだかもしれない。

けれど今は、改めて彼が獣人――人狼の血を引いて、狼の姿に変わるのだと聞いても、嫌悪感はなかった。あるのは、本人に気持ちを直接伝えてしまっていた、という気まずさだけだ。

そう伝えたいのに、言葉が上手く紡《つむ》げない。

もどかしさにぎゅっとくちびるを噛んでいると、繋いでいた手から温《ぬく》もりが消えた。

戸惑《とまど》いで視線を上げる前に、カイルがその場に片膝をつく。

シャツを掴んでいた手を取られると、濃紺《のうこん》の瞳が下からカホの目を見つめた。

切なげに笑みを浮かべた彼が、優しく掴んでいる手を裏返す。そして、カホの手のひらにそっとくちびるを落とした。

まるで何かを懇願《こんがん》するような、静かに触れるキスだった。

「――もし拒絶されたとしても、俺はカホ以外を欲しいとは思えない。一緒に幸せになりたいと願うのも、困難を一緒に乗り越えたいと求めるのも、君だけだから」

「……っ」

「――愛してるよ、カホ」

ひどく甘く微笑《ほほえ》んで、カイルが愛の言葉を囁《ささや》いた。簡単だけれど、心の内そのものの素直な言葉を。

くしゃりとカホの表情が歪《ゆが》む。ずるい、とその口もとが、生まれなかった音の形に動く。

じわりと熱くなった目尻から涙が溢《あふ》れ、ゆっくりと頬を伝っていった。

優しい彼の手をいつかは放さなければと思っていたのに、これじゃあ放すことなんてできない。元の世界に戻ることを考えると、ひどく胸が痛んで、苦しくなる。

――この人が本当に好き……

カイルにこんなにも愛されていることが嬉しくて仕方がなかった。心を満たしていくのは、幸福感だけだ。

次から次へと溢《あふ》れてくる涙を、そっと伸ばされたカイルの指先に拭《ぬぐ》われる。触れられた手は温かく、優しい。

しばらくして、カホは少しずつ落ち着いてきた。

頬に触れるカイルの手にそっと触れ、ゆっくり指先でなぞってから、掬《すく》い取るように自分の指を絡ませる。

それからカホも膝を折って、カイルと目線を合わせた。拭《ぬぐ》ってくれる指先がなくなり、雫《しずく》が床にひとつ落ちた。

目を閉じて、静かに額同士を合わせる。気恥ずかしさを感じながらも――カホはカイルの薄いくちびるに、そっと口付けた。

触れたのは本当に一瞬だけ。それがカホの精一杯だ。

けれど、想いはきちんと伝えなければ。

俯《うつむ》いて、カホは小さな声で呟《つぶや》いた。

「……わたしはこの店で会って、話して、こうして一緒に過ごしたカイルさんを好きになったんです。獣人の血を引いてても、狼に変化するとしても、わたしの気持ちは変わりません」

上げた視線の先に、驚きの色を浮かべた濃紺《のうこん》が映る。

しっかりと、今度は彼の目を見て、カホは微笑《ほほえ》んだ。

「あなたが好きです」

するりと簡単に口から出た言葉は、思った以上に部屋中に響く。恥ずかしくなって、カホは慌《あわ》てて言葉を付け加えた。

「だから、満月の夜はまた、カイに会わせてくださ……っひゃあっ！」

急に抱き寄せられて、思わず悲鳴が上がる。自分でもこんな可愛い声が出せたのかとカホは驚いた。

片手は繋がれて塞《ふさ》がれているから、片腕だけでカイルはカホの腰を抱く。けれど、一本でもその腕の力はとても強く、苦しいほどだった。

「ああ。それを君が望んでくれるのなら」

頷いた彼の言葉は少しだけ震《うず》えていた。カホは何も言わずにその背中に片腕を回す。

温かい胸もとにそっと顔を埋めると、抱き締める腕の力が一層強くなったような気がした。

† † †

雲ひとつない青空が広がる昼下がり。

カホは白い息を零しながら、枯れ葉まみれになった廊下を箒《ほうき》で掃《は》いていた。しかし隣接している中庭からは次から次へと葉っぱが入り込んでくる。

最近はすっかり冷え込み、水仕事だけでなく外での仕事もきつく感じる。風が入り込むと、思わず身震いしてしまう。

暖かい季節であれば可愛い花を咲かせる庭園も、今は物寂しい。

けれど今、カホの心を寂しいと感じさせているのは、しばらく会えていない想い人だった。

好きなのだと泣きながら二度目の告白をしたあと、寄り添い合いながらいつものように小説の感想を言ったり、新刊について話をしたりして別れたのが、およそ半月ほど前。

そのときに、カホが別れの言葉を記したカードを挟んだ本は推理小説だったのに、なぜかカイルの手に渡っていたのは恋愛小説であることも判明した。犯人はセアラだ。

そのことを後日セアラに尋ねると、悪戯《いたずら》っぽく「バレちゃった」と言われた。

色々話をして、最後にカイルは、少し慌《あわ》ただしくなるから会えない、とカホに告げた。

その言葉通り、以来、ブルーノの店を訪れても、彼に会えなかった。

仕事が立て込んでいるのはわかっているが、湧き上がる寂しさは誤魔化せない。

本の世界に没頭しようとしても、彼ならどんなふうにこの物語を感じるのだろうと思って、逆に恋しくなるばかりだ。自然とため息が多くなってしまう。

セアラにもそのことを指摘されたし、いつも通り無愛想なブルーノにも、二回目に店を訪れたときに言われた。ローザにも、心配そうな顔をされている。

さすがに半月も経てば減るだろうと考えていたが、ため息の数は増える一方だし、心の中に寂しさが渦巻《うずま》く。

そんなときに、小さな中庭に面するこの廊下の掃除を任された。

しゃがみ込んで、集めた落ち葉をちりとりに纏《まと》め、ふと視線を上げる。その先に映るのは、いつも狼に変化した彼と会っていたあの庭だった。

もちろん今は夜ではないし、夜になったところで今夜は満月ではない。

会えなくなってから僅《わず》かな望みを掛けて満月の夜にこの庭を訪れたが、彼には会えなかった。

会いたいなあ、と、無意識にぽつりと零れる。その切ない響きが、カホの心情を表していた。

またため息をついてしまった。我に返ったカホは庭から視線を外《はず》す。

箒《ほうき》で掃《は》くだけで仕事は終わりではない。この時期にはきつい水仕事も待っている。

水の冷たさを思い出したカホは一瞬表情を歪《ゆが》ませたが、気を取り直すように両手で頬を張った。

立ち上がろうとしたとき、微《かす》かな足音が耳に届く。カホは条件反射で視線をそちらに向けた。

視界に映ったのは、真っ黒いシャツに同じく黒いスラックスを身に付け、いつも通り無愛想な表情のブルーノだ。

予想外の人物の登場に、カホは思わず瞬《まばた》きをする。ここの床は足音がよく響くのだが、まったく気付かなかった。一方彼は、とっくにカホに気付いていたようで、静かに近付いてくる。

「ブルーノさん、こんにちは」

「ああ。元気か、と尋ねたいところだが、……その様子だと変わりはないようだな」

淡々とした口調で指摘され、まったくもってその通りなのでカホは何も言葉を返せない。視線を泳がせていると、ブルーノはさらに言葉を重ねた。

「付き合い立ての恋人同士なのだから、お互いに手紙のひとつやふたつ送り合えば良いだろう。何を遠慮しているのか知らんが、それこそ寂しいと一言伝えれば、あいつは駆け付けてくると思うが」

「忙しいのに、わたしの我儘《わがまま》で呼び立てるなんて、できません。会いに来てくれる時間があるなら、体を休めるために使ってほしいんです」

すれ違いから、カホが一方的に彼と距離を置いた期間もあった。会いたいなんて我儘《わがまま》を自分から言えるはずがない。

同じ城内で働いているといっても、カホは騎士団が今どんな仕事を抱えているのか詳しくは知らなかった。ただ、貴族絡みでちょっとした事件が起きているらしいことは聞いている。そのせいで、騎士団が慌《あわ》ただしく動いているようだ。

ブルーノはじっとカホを見て、それから、白い息を吐いた。視線が外《はず》れ、カホは内心安堵《あんど》する。

ブルーノに見られると、心の中まで見透《みす》かされているような感じがして、落ち着かないのだ。

「そういえば、ブルーノさんはどうしてお城に？」

彼が新たな話題を振ってくる前に、問い掛ける。

「騎士団の団長から頼まれたものを持っていくところだ」

ブルーノの手には、先日も見たトランクがある。

彼はちらりとカホの様子を窺《うかが》うと、言葉を続けた。

「急ぎでなければ代理を頼めたが、今回はそうはいかないらしい。――言伝《ことづて》ぐらいなら許されるだろうから、何かあれば伝えるが」

「え？」

カホは目を丸くする。そしてすぐにブルーノが何を言っているのか悟り、微《かす》かに顔を赤く染めた。

騎士団の団長――カイルに会うと聞いて、自分はそんなに羨《うらや》ましそうな顔をしたのだろうか。

気持ちが緩《ゆる》むと寂しいと零してしまいそうで躊躇《ちゅうちょ》したが、言葉を選びながら口を開いた。

「……でしたら、《お疲れさまです。体には気を付けて、お仕事頑張ってください》とお伝えいただけますか」

「それだけでいいのか？」

口を滑《すべ》らせないように当たり障《さわ》りのない言葉を選んだため、定型文になってしまった。

語彙力《ごいりょく》のない自分に泣きたくなる。

それでも寂しい気持ちを混ぜ込んでしまうよりはいいだろうと考えたのだが、どうやらブルーノには本音を見透《みす》かされているみたいだ。

疑問形で確認するその言葉は、まだ伝えるべき言葉があるはずだという確信に似た響きを孕《はら》んでいた。予想外の問い掛けに、カホは一瞬戸惑《とまど》う。

あの、と口ごもってから口を閉ざし、そしてゆっくりと、もう一度開いた。

「そ、それから、《次にお会いできる日を、楽しみにしています》と」

「……必ず伝えよう」

少しの間があってから、ブルーノがそう返事をした。お願いします、と頭を下げると、ああ、と頷く。

「仕事の邪魔をして申し訳なかった。私もそろそろ戻らなくては」

「いえ……ブルーノさんも、お仕事頑張ってください。お店へは、次のお休みにまた伺いますね」

「ああ。次の来店を、妹とともに待っている」

ほんの少し口角を上げて、ブルーノは笑みを浮かべる。カホは驚きに目を見張ったが、そんな彼女のことなどお構いなしに彼は去っていった。

カホが我に返ったときには、すでにブルーノの姿は遠い。

「ブルーノさんが笑った顔、初めて見た……」

彼の背中が視界からなくなったあとで、カホはぽつりと呟《つぶや》く。

数え切れないくらい彼の店に通っているが、妹であるローザと話しているときも、カイルと話しているときも、もちろんカホが話し掛けたときも、ブルーノの表情は険《けわ》しく、笑った顔なんて見たことがなかった。

しばらくその衝撃に固まっていたものの、やがて遠くから人の声が聞こえてきて、カホははっと我に返った。次いで、仕事中であることを思い出す。

時間を確認すると、予定よりは押しているけれど、まだ挽回できない時間ではなかった。急ぎ掃《は》き掃除を終わらせたカホは、袖を捲《まく》る。水の入った器《うつわ》に、乾いた布と一緒に手を潜《もぐ》らせた。

†　†　†

「団長の考えていた通り、あの男は媚薬《びやく》を混ぜた菓子を言葉巧《たく》みに上級貴族に売りつけて、法外な値段で取引していました」

「そうか」

部下の報告に、カイルは書類を捲《めく》る手を止める。

カホと両想いになった数日後、彼は国王に呼ばれ、ある事件の調査を任された。

王族の遠縁にあたる高位の貴族が、さる国と組んで謀反《むほん》を企《くわだ》てている恐れがある、きな臭いので調べるようにという命だ。

早速調べると、王家を転覆しようともくろんでいる節がある。

国王は正しかったわけだ。

だが、相手は頭だけは回るようで、なかなか尻尾を掴めない。

ある日、部下から調査対象者の出入り先を調べた報告書を受け取ったカイルは、そこに記載されていた店の名前に、あることを思い出した。

改めてそこを調べさせたところ、今日、部下がカイルの予想通りの答えをもたらしたのだ。

カイルの追っていた王家転覆計画と、カホが媚薬《びやく》を服用してしまった出来事は、繋がっていた。

カホが口にした媚薬《びやく》入りの焼き菓子を販売していた店のオーナーが、事件の首謀者にあたる人物だったのだ。

国王から命を受ける前に、カイルはカホが服用してしまった媚薬《びやく》のことを調べていた。被害者が最愛の人であったせいか、ひどく嫌な予感がしたのだ。

彼女が口にしたものをすべてリストアップして、調べた。チョコレートを作らせた店を何度も調査したが、どこにも問題はない。ということは、摂取した時間帯から考えた結果、媚薬《びやく》は遅効性のものだと判明する。最も怪しかったのは、同僚に貰ったという焼き菓子だ。

まずはその同僚が故意に媚薬《びやく》の混ざったものを食べさせた線を考えたが、その同僚がそんなことをする理由は、調べても見つからなかった。当然、媚薬《びやく》の入手方法についても出てこない。

次いで調べたのが、その同僚に聞いた焼き菓子を売っている店だ。

最近女性に人気で、その店で買った菓子を好きな相手に贈ったところ両思いになれた娘がいたとかで、《想いが通い合う焼き菓子》を販売している店、と言われているらしい。胡散臭《うさんくさ》いことこの上なかった。

カイルも街に行ったときに何度か店構えを見たが、普通の菓子屋で違和感はない。

だが、よくよく考えれば当たり前だ。

店頭にいる従業員はただの雇われで、裏で経営者がどんな悪事をしているのかなんて知らないのだから。

ごく普通の焼き菓子を売って資金を貯め、裏で媚薬《びやく》を混ぜ込んだ焼き菓子を作り、上級貴族中心に売りつける。それがどんな効果をもたらしたのか、部下が提出してくれた報告書を見ればわかった。さらなる資金を稼ぎ、その力で国を蝕《むしば》もうともしているのだ。

媚薬《びやく》入りの菓子を販売する相手は選んでいたようで、客から情報が漏れることはない。ただ、厨房《ちゅうぼう》はひとつらしいので、たまたま市販されるほうに薬が混じり、それを購入したのが件《くだん》のカホの同僚だったのだろう。カホは運悪くその媚薬《びやく》入りの焼き菓子を食べてしまったのだと考えられる。

カイルはくちびるを噛み締めた。そんな彼を前に、部下が声を潜《ひそ》める。

「少し不穏な話を耳にしました。我が国では禁止されているその媚薬《びやく》の密輸入をやめ、国内で製造すると」

カイルは表情を険《けわ》しくした。

この国の媚薬《びやく》には、薬屋へ行けば誰でも購入できるものと、今では取り扱いが禁止されているものとの、二種類が存在している。

前者は気持ちを昂《たか》ぶらせるために恋人同士や夫婦で用いる一般的なものだが、後者は強い中毒性がある、所謂《いわゆる》、犯罪絡みで使われるものだ。

主には、人身売買のため攫《さら》ってきた者に複数回服用させ、薬漬けにして都合の良い人形にする目的で使用されていた。服用した者はひどい渇望感《かつぼうかん》や抑え込むことの難しい性的衝動に駆られることになる。

一度程度ならば依存性はないものの、服用中は理性が曖昧《あいまい》になる。何度も服用すると使わずにいられなくなる上、止めても後遺症に悩まされるのだ。それで人生が変わってしまった者もいた。

「ただ現状で引っ張るのは難しいでしょう。状況証拠は見つかっていますが、物証が足りません」

「そうだな……」

騎士団には、隠密《おんみつ》部隊が存在する。裏世界の情報収集や暗殺などの暗い仕事を担《にな》う組織だが、優秀な者が揃っていた。

今、目の前にいる青年もまた隠密《おんみつ》部隊のひとりで、普段はただの騎士団員に交ざっているが、今回のような案件時には影として働いてくれている。その彼らに頑張ってもらっても、敵に致命傷を与える証拠は、見つけ出せないようだ。

部屋には静寂が広がった。そこに、扉を叩く音が響いた。

――そういえば、そろそろブルーノが来る時間か。

そう思ったが、聞こえてきたのは、ヴィルフリートの声だった。

「――カイル、入るぞ」

入室許可を出すと、扉が開かれ、ヴィルフリートとブルーノが入ってきた。珍しい組み合わせにカイルは一瞬驚く。

「報告は聞いた。……今回の件では、随分と無理をさせてしまった。今は少し休むといい」

ヴィルフリートに敬礼した青年に、カイルが声を掛けると、彼は礼を告げて静かに部屋を出ていった。

すぐにブルーノが扉をしっかりと閉める。早速カイルは口火を切った。

「例の男の件だ。……罪は明らか、状況証拠はあるのに、確実にしとめるための決定打がない。加えて、製造販売を禁止されている薬を国内で製造する計画まであるらしい。もういっそ兄上に嘘がつけなくなる薬でも作ってもらって尋問しようか……」

「あの人なら嬉々として作ってくれるだろうが、やめておけ。無理やりそう言わせるように仕組まれたと反論されたら、たまったもんじゃねえ」

ソファーにどっかりと腰を下ろしたヴィルフリートが、苦々しい顔で吐き捨てる。そうだなと頷き、カイルはブルーノのほうへ顔を向けた。

「わざわざここまで届けてくれてありがとう、ブルーノ」

「今回に限っては届け物のほうがついでだ、気にするな。――ほら、決定打が欲しかったんだろう？」

ブルーノは、トランクから本を二冊取り出してカイルの仕事机に積むと、その上に紙の束を重ねた。

カイルは驚き、すぐ書類に目を通す。

一瞬ブルーノを見、再び書類に視線を落として、必要な情報を拾った。読み終えて、それをヴィルフリートに渡す。

書類を見たヴィルフリートは面白そうな視線を一瞬ブルーノにやったが、何も言わずに赤い炎の上がる暖炉の中にそれを投げ入れた。

書類には、件《くだん》の男が、その協力者だろうと目星をつけている他国の人間と密会している、という情報が記載されていた。その他国の人間は重罪人で、国を追われこの国に潜《ひそ》んでいるという。おそらくこの男から媚薬《びやく》を買っているのだろう。

「この話は確かだな……？」

「私が嘘の情報をお前に伝えたことがあったか？」

カイルの問いに答える言葉が、ブルーノの自信を物語っていた。

「隠密《おんみつ》を動かす。奴は次の密会日まで泳がせるが、何か不審な素振りを見せたらすぐに連絡を」

「なら引き続き、精鋭を数人、交代で張り込ませる」

「ああ、頼む」

「魔術師団への協力要請はどうする？」

「ひとまず団長殿にだけ話すつもりだ。その上で、適任者をあちらで考えてくれるだろう」

「了解だ」

いつもと同じ口調のヴィルフリートに、カイルは淡々と命令を出す。

すれ違いざま、ブルーノへ礼を告げて、ヴィルフリートは急ぎ足で部屋を出ていった。

そのあとを追うように、ブルーノも踵《きびす》を返す。しかしカイルから呼び止められ、彼は動きを止めた。

「ブルーノ」

「言っておくが、私は隠密《おんみつ》の真似事をしただけだ。自分のできる範囲で仕事をして、無理をしたつもりは更々《さらさら》ない。それに今、重要視されるべきは、国内で悪事を働こうとしている豚をいち早く牢にぶち込むことだろう。優先順位を間違えるな、カイル・エドモン・ルーデンドルフ」

「……」

「ただでさえあれがうるさく騒ぐのに、お前まで口うるさくなったら敵《かな》わん」

今ごろ愛想良く店番をしているだろう妹のことを思い出したらしいブルーノが呟《つぶや》く。

そして、ついでのように言った。

「……ああそうだ、お前に伝言を預かっている」

「伝言？」

ブルーノが楽しげにくちびるを持ち上げる。

「来る途中で、あの娘に会った」

ブルーノの言葉を聞いた途端に、カイルは座っていた椅子から勢い良く立ち上がり、机に身を乗り出す。もしふたりの間が離れていなければ、ブルーノは胸ぐらを掴まれ詰め寄られていただろう。

「っ彼女は、なんて？」

「《お疲れさまです。体には気を付けて、お仕事頑張ってください》だそうだ」

「そう、か」

「それから、《次にお会いできる日を、楽しみにしています》と。……口にはしないが、お前と会えなくなってから随分と元気がないように見える。早くこの件を片付けて、会いに行ってやるといい」

「……ああ」

カイルが口もとを覆《おお》って小さく返事をすると、ブルーノは今度こそ背中を向けた。

† † †

はあ、と白い息を零しながら、カホは寒さで凍《こご》える廊下を進み、急ぎ食堂へと向かっていた。

午前中の仕事場所は食堂から少し離れており、昼休憩の鐘が鳴ってすぐに移動を開始したが、まだ着かない。カホは午後から珍しく半休だが、一緒に昼食を取るセアラはそうではない。

それほど食堂から遠くない場所での仕事だったセアラには、先に食堂へ行っていてほしいと伝えてあった。もちろん、先に食べていてというニュアンスを含めての言葉だったが、彼女のことだから食べずに待ってくれている可能性が高い。

そう考え、ひたすら足を動かす。

真っ白い雲の浮かぶ空は、気持ちいいぐらいのスカイブルーだ。季節柄肌寒くはあるが、降り注ぐ光は暖かい。

すると前方から聞き慣れた名前が聞こえてきて、カホは思わず耳を澄ました。こちらへ歩いてくるのは小綺麗なドレスを着た、四人の少女たちだ。

「やはりカイル様は素敵だわ。いつ見てもしなやかな剣捌《けんさば》き……日の光であの美しさなのだから、月光の下であの銀色の御髪《おぐし》が舞ったら……さぞや美しいのでしょうね」

そういえば、朝方セアラが今日は騎士団の模擬戦があると話していた。昼前には終わるということだったから、彼女たちはその帰りなのだろう。

端に寄って彼女たちが通り過ぎるのを待ちながら、カホはその会話に耳を傾けた。

「ええ。日の出ているところで見られるものとはまた違った美しさがあると……一度でいいから、わたくしも見てみたいわ」

「模擬戦のときの姿が、あんなにも麗《うるわ》しいのですもの。きっと月の下で見たら、さぞかし素敵なのでしょうね……」

うっとりとした様子で少女が呟《つぶや》く。そして悩ましい息を吐きながら、彼女たちは遠ざかっていった。

すっかりと距離ができたころには、団長から副団長に話題が移っている。ヴィルフリート様、と名前が微《かす》かに耳に届いた。

――若いっていいなあ。

少女たちに眩《まぶ》しさを感じながら、カホはほんの少しの胸の痛みに浅く息を吐く。

想いが通じ合っているとわかっていても、カイルとは住む世界が違うのだと、苦しくなることがまだあった。

もしもこの世界で、貴族に生まれていたならば——そう数え切れないほど考える。

けれどもしそうであったなら、彼とは出会わなかったかもしれない。仮に出会えていたとしても、今と同じ結果になったとも限らない。

今の関係で良かったのだと、カホは自分に言い聞かせた。

足を早め、セアラが待ってくれているであろう食堂へ急ぐ。

すると、後ろから近付いてくる足音が聞こえた。

目的地が同じなのだろうと気にせず廊下を歩いていると、「あの！」と男性の声がして、カホは振り返った。

呼び掛けてきたその人は、真っ直ぐにカホを見つめていたのに、視線が合うと同時に、顔を逸《そ》らす。

「その、俺のこと、わかりますか？」

色素の薄い薄茶色の髪に、深い緑色の瞳。今のカホより二つか三つ年上、というところだろうか。

カホが男性と知り合う機会はあまり多くない。その少ない人物の中から、ひとりだけ特徴に合う人物を思い出す。

「……あ」

街へ行く手続きをしてくれた門番の男性だ。

今日は仕事が休みなのだろうか。門で顔を合わせるときよりもラフな格好だったので、思い出すのに少し時間が掛かった。

「いつもお城を出るときにお世話になっています」

そう言って笑みを浮かべると、その人は逸《そ》らした顔をカホに向け、頬を僅《わず》かに赤く染めながら、嬉しそうに笑った。垂れ目がふにゃりと緩《ゆる》む。

カイルほどではないが、彼の容姿は整っている。ひっそりと想いを寄せている女性が多そうだなと感じながら、カホは首を傾《かし》げた。

しかし、自分になんの用だろうか。

彼は緊張を浮かべた顔をより赤く染めて、真っ直ぐカホを見つめている。

「休みのときに、街に行く貴女のことがずっと気になっていて……その、良ければ今度、食事にでも行きませんか、ふたりで」

予想外の熱烈な告白に、カホは驚きで目を見開いた。

『ずっと気になっていて』

『良ければ今度、食事にでも行きませんか』

『ふたりで』

頭の中で、告げられた言葉が繰り返される。何度繰り返しても、告げられた言葉の意味は、ひとつだけだ。

間違いなく、デートに誘われている。

そう理解すると、顔が一気に熱を持った。

「え、あの、その……っ」

恋愛経験が乏《とぼ》しいカホの脳内は、言葉を受け止めるので精一杯だ。容量の限度はとっくに超えている。ひどく混乱して、意味のある言葉は出てこない。

「いきなりで戸惑《とまど》いましたよね、すみません……！」

「い、いえ、こちらこそごめんなさい。こういうの、慣れていなく、て」

慌《あわ》てふためいて付け加えられた彼の言葉に、かろうじて返事をする。

「そうだったんですね。なら、ほとんど話もしたことのない俺にこんなこと言われたら、なおさらびっくりしますよね。その、返事は今じゃなくて構わないので」

彼はそう言って照れを含んだ顔で微笑《ほほえ》み、それでは、と言って去っていこうとした。

おそらく彼はいい青年なのだろう。誠実そうで、実直な雰囲気が感じとれる。

でも、彼には申し訳ないが、今、カホの心に住んでいるのはカイルだ。そう考えたら、無性に彼に会いたくなった。

「あのっ！」

背中を向けた青年を、呼び止める。彼はびくりと肩を震わせ、緊張した面持《おもも》ちで振り返った。

カホはしっかりと彼を見上げて、言葉を紡《つむ》ぐ。

「……お気持ちは、嬉しかったです。でも――」

セアラには知られてしまったが、自分から決まった相手がいると口にするのは、初めてだ。

少ない恋愛経験の中で付き合っている人がいたときも、結局誰かに話す前に別れてしまった。

少し浮かれている自分を心の中で叱咤《しった》して、カホは言葉の続きを口にする。

「お付き合いさせていただいている方が、いるんです。だから、男の方とふたりでお出掛けはできません。申し訳ありません」

告白は、とても勇気のいることだ。彼も勇気を出して声を掛けてくれたに違いない。

力の入った肩、握り締められた手のひら。それらを見ると、本当に心が痛む。

だからこそ曖昧《あいまい》に濁《にご》すのではなく、きちんと答えを返さなければいけないと思った。

それが彼の願う答えでなくとも。

カホの言葉に、青年は目を見開いた。その目には悲しみが浮かんでいる。

だが、一度だけ目を閉じると、彼は微笑《ほほえ》んだ。

「そうですか……。呼び止められたときに、なんとなく断られるだろうなと思ったんです。……その方は、とても素敵な方なんですね」

「え？」

「付き合っている人がいると言った貴女は、とても可愛らしい顔をしたから。貴女にそんな顔をさせるその人は、とても魅力的な方なんだろうと思ったんです」

カホの顔が朱色に染まる。

自分は一体どんな顔をしていたのだ。頬が緩《ゆる》んでいた自覚があるだけに、なおさら恥ずかしい。

「……わたしには勿体《もったい》ないぐらいの、とても素敵な人、です」

「そうですか。そんな顔で言われたら、俺には入り込む隙なんてありませんね。お時間いただいて、ありがとうございました」

「こちらのほうこそ、お気持ち、本当に嬉しかったです。ありがとうございます」

「いえ。それではまた、城門で」

どこかすっきりとした顔をした青年は、今度こそ背中を向けて去っていった。

カホは彼の背中を見送ったあと、ふと視線を寂しい庭へ走らせる。庭の先に、もうひとつ廊下が見えた。

「――会いたい、なあ」

溢《あふ》れた言葉が青空の下に溶ける。

カホは一瞬だけ目を伏せると、庭に背中を向けようとした。けれど、再び開いた視界の端に銀色が見えた気がして、そちらへ視線を向ける。

床を叩く靴音が、静かな廊下に響き渡った。

「カイ――ルーデンドルフ、団長……？」

カホは思わず目を見開く。

寒さを孕《はら》んだ風が、ひとつに束ねられたカイルの銀色の髪を攫《さら》っていく。

街に出ればただのカイルとカホでいられるけれど、城中では騎士団団長と使用人だ。

節度を保った態度を取ろうと、カホは脇に避けて頭を下げようとする。

だが、その動きを阻《はば》むカイルの手が伸びてきて、カホの手首を掴んだ。そのまま腕を引かれ、近くにあった部屋に連れ込まれる。

「カイルさん、どうし……んんっ!?」

かちゃりと音がして、部屋の鍵が掛けられる。

問い掛けようとした言葉を遮《さえぎ》って、くちびるが塞《ふさ》がれた。

† † †

カイルは壁にカホの体を押し付けて、彼女が何も言葉を発せないように口付けた。まだ慣れていない彼女が呼吸をする僅《わず》かな間だけを残し、そのあとはまた、執拗《しつよう》にくちびるを重ねる。

口付けに翻弄《ほんろう》されるカホが、自分の団服をぎゅうと握った。ああもう、本当に可愛い。皺《しわ》になってしまうだろうが、今の彼にとって、そんなことはどうでも良かった。

「あ……んんっ……」

久しぶりの口付けはひどく甘くて、枯渇《こかつ》していた心を満たしてくれる。けれど半月以上、箍《たが》を外《はず》すことを恐れ、顔を見ることすら避けていた体は彼女に餓《う》えていて、口付けだけでは足りない。

しかも、彼女が告白されるところを目にしてしまい、獣であるカイルが目を覚ました。それだけならまだ冷静でいられたかもしれないが、あんなふうに言われたせいで我慢ができなくなってしまっていた。

――騎士団員すべてが参加する模擬戦を終え、執務室への廊下を歩いていたカイルは、庭を挟んだ向かいにカホがいるのを見かけて思わず足を止めた。

最後に会ったのは半月前になる。言葉を交わせば、彼女を放しがたくなることはわかっていた。このまま気付かなかったふりをして立ち去るのが一番良い。

だが、今日見かけたカホは、ひとりではなかった。

彼女の目の前にいたのは男で、その上、聞こえてきた会話は、告白を兼ねた食事デートの誘いだった。カイルの足はすっかり動かなくなってしまう。

胸の中に湧き上がる黒い感情が嫉妬《しっと》だということには、すぐに気付いた。近くにあった柱に背を預けて、彼は大きく息を吐く。

彼女のことになると、ひどく心が狭くなる。

『……お気持ちは、嬉しかったです。でも……お付き合いさせていただいている方が、いるんです。だから、男の方とふたりでお出掛けはできません。申し訳ありません』

『……わたしには勿体《もったい》ないぐらいの、とても素敵な人、です』

そう告げる彼女の声は、少し弾《はず》んでいた。

――ああもう、こんなにも彼女が愛《いと》おしい。

今の自分は嬉しさのあまり、緩《ゆる》みきった表情をしているだろう。傍《そば》に人がいなくて良かったと、心の底から思う。

だが同時に、黒い影が囁《ささや》きを落とした。

きちんと捕まえておかないと、他の男に掠《かす》め取《と》られるぞ、と。

今回はいいが、次も彼女は自分を選んでくれるのか。

――もし彼女が元の世界に帰る方法を見つけたときは、どうするんだ？

いつも感じていた不安が、一気に押し寄せてくる。

我知らず、カイルはカホに向かって足を踏み出していた。

応接間として使われているこの部屋は、使われていないときも人の手が入っていて埃《ほこり》ひとつない。

その部屋の、大人が三人でも余裕で座れそうなソファーの上にカホを組み敷いて、カイルは何度も優しく口付けを落とした。

「俺も、会いたかった」

「……ん……か、いるさ……」

驚きで彩《いろど》られていた瞳が少しずつ蕩《とろ》けていく。彼女の頬に手のひらを添え、そっと撫《な》でると、うっとりと擦《す》り寄ってきた。その愛《いと》おしい仕草に、カイルの頬が緩《ゆる》む。

「カホ」

くちびるを重ね、舌を絡める。ちゅくちゅくと互いの唾液が交わる厭《いや》らしい水音が、部屋中に響いた。

さりげなく頬から首筋へ手のひらを移し、逆の手で、布で覆《おお》われた首もとをそっと撫《な》でる。首の後ろ側にある留め具に指先を掛けてホックを外《はず》し、ファスナーを下ろした。

口付けに夢中になっていたカホが、何をされるのか気付いたらしい。慌《あわ》ててカイルの胸を押して身を捩《よじ》り、逃げ出そうとする。

だが、カイルに逃がす気など毛頭ない。

身じろぎしたせいで中途半端な体勢になったカホの体をソファーにうつ伏せにして、そのまま背後から覆《おお》い被《かぶ》さった。

「っ……待って……仕事……それに今まだ、ひ、る……っあ」

「カホがあまりに可愛いことを言うから、我慢できなくなった」

腰をしっかりと抱き寄せて、露《あら》わになった首筋に赤い花を咲かせながら、甘い肌を堪《たん》能《のう》する。

そして背中から片手を忍び込ませ、下着をずり上げて胸の頂《いただ》きを擦《こす》り上げた。

「やぁ……んんっ」

カホが鼻に掛かった声を上げる。耳朶《じだ》に歯を立てると、びくりと体を揺らした。

「どこを食べてもカホは甘い味がする。……俺を惑《まど》わせる味だ」

耳もとで小さく笑うと、彼女は顔を赤くして首を左右に振る。否定されても、それはカイルにとって事実なのだから仕方がない。

「ん……ぁあ……」

控えめな胸の膨《ふく》らみを優しく揉みしだき、悩ましげな吐息をカホの口から零れさせる。カイルの手袋が擦《こす》れているのか、胸の先端はすでに硬くなっていた。

「ひ、あぁ！」

頂《いただ》きを摘《つま》み上《あ》げると、彼女は一層甘い声を上げて、カイルの耳を楽しませる。自分を見やる彼女の視線は恨めしげだ。その涙目がカイルを煽《あお》っていることに、彼女は気付いていない。

もう片方の手も、開いたファスナーの中へ差し入れる。そしてまだ触れていなかったもう片方の乳房を、指先で撫《な》で上げた。

愛撫していたほうに比べて、まだその頂《いただ》きは柔らかい。そこに触れないよう、周りをなぞるだけに留《とど》めながら、カイルはカホの首筋にくちびるを落とした。

「ん、んん……ゃ……あぁ」

「ああ、こちらも、硬くなってきた。擦《こす》れて気持ちいい？」

「ち、が……んん」

突起をさらに擦《こす》ると、カホは否定の声を上げる。だが、先ほどからカホの腰はいじらしく揺れていた。

必死に我慢しようとしているのが淫靡《いんび》で、カイルの理性はどんどん焼き切られていく。

「カホ、こっち向いて？」

彼女の仕事着に侵入させていた手を一度引き抜き、カイルはそう囁《ささや》く。そして、振り返ったカホの体をひっくり返すと、今度は正面から口付けた。

「あ……ぁあ……んんっ……」

蕩《とろ》けた焦《こ》げ茶色《ちゃ》の瞳が、カイルを見つめてくる。

彼は赤くなったくちびるに口付けながら、仕事着をはだけさせたカホの胸もとに手を伸ばし、再び膨《ふく》らみを愛撫する。頂《いただ》きを捏《こ》ねるように弄《いじ》ると、カホは体を震わせた。

「……あっ……え……?」

そのまま下肢に手をやろうとしたが、カイルはあることに気付いて、胸を愛撫していた手を引き抜いた。

突然やんだ愛撫に、カホが戸惑《とまど》ったような、ほっとしたような息を吐く。だがもう一方の腕を彼女の腰に回すと、カイルに逃がすつもりのないことに気付いたらしかった。

彼の空いているほうの手は、まだ手袋を填《は》めている。それを己の口で外《はず》すと、カイルはそれを団服のポケットへ仕舞った。

「今度はカホのこの可愛い口で外《はず》してもらおうかな」

どこかうっとりとした色を浮かべたカホの耳もとでそう囁《ささや》き、カイルはすでに捲《めく》れているカホの仕事着の裾から、もう一度手を差し入れた。

「ふぁ……っ」

震える太ももをひと撫《な》でしてから足の間に手を入れると、そこは下着の上からでもわかるぐらいに濡れていた。前後に指を滑《すべ》らせるだけで、くちゅり、と水音が鳴る。

「つや、だ……カイルさ、だめ……あ、ぁっ」

同時にもう一方の手で胸の頂《いただ》きを押し潰すと、快感がすぎるのか、声が上がる。

カホがカイルの動きを止めようと彼の手を掴もうとするが、力の抜けた腕では彼を阻《はば》むことはできない。

カイルは窘《たしな》めるようにカホの肌に口付けながら、下着の中へ手を忍ばせた。

綻《ほころ》び始めた花弁は溢《あふ》れた蜜を纏《まと》い、なぞられるたびにカイルの指先を濡らしている。

「ふぁ、っ……ぁあッ」

その指先で膨《ふく》らんだ花芽を擦《こす》ると、カホは甘い悲鳴を上げてソファーを掴む。

胸の突起を摘《つま》み上《あ》げる。攻めの手は緩《ゆる》めず、カイルは愛液にまみれた指で花芽を強く擦《こす》り上げた。

「ああ……あ、んっ……ふァ……んん――ッ」

上からも下からも刺激を与えられて、たまらずカホが達する。

「……は……ぁあ……ゃ……あっ！」

カイルは余韻で震えるカホの体をしっかりと抱き直すと、愛液が湧き出る蜜口へ指先をゆっくりと侵入させていった。

たっぷりと濡れているお陰か、すでに一度指より太いものを納めた経験があるからか、そこはカイルの指を難なく受け入れる。

「あっ……あっあ……やっ……！」

カホの様子を窺《うかが》いながら、指の本数を増やしていき、広げるように愛撫する。

これは少しでも彼女の苦痛を減らすためだ。正直自身は限界だけれど、己の欲のために彼女に痛みを強《し》いることはしたくない。

それでもきっと、慣れるまでは彼女に苦痛を与えることになるのだ。

そのことに不甲斐《ふがい》ない想いを抱きつつ、ほの暗い喜びを感じている自分にも気付いていた。

痛みを与えているのが他の誰でもない自分だということが、どうしようもなく嬉しい。

蜜口を指で攻め立てながら敏感な花芽を親指で押し潰すと、カホが二度目の絶頂に体を震わせた。

納めていた指を引き抜き、カイルはカホの服の裾をたくし上げる。

「ん……」

震える足を辿《たど》ると、秘めた場所を隠す下着に手を掛け、躊躇《ちゅうちょ》なく下ろす。そして、自身の穿いていたトラウザーズを寛《くつろ》げた。

「少し、苦しませてしまうかもしれない。我慢できなかったら、言ってほしい」

「は、い」

こくりと頷いたカホの首筋にそっと口付ける。

トラウザーズから取り出した雄芯は、隆々と天を衝《つ》いている。それを花弁に擦《こす》り付《つ》けて愛液で濡らすと、蜜口へそっとあてがった。

「んん……っ」

慣らしたとはいえ、やはりそこは狭い。けれどカホは、必死に受け入れようとしてくれる。それがひどく嬉しかった。

「ぁ……は……ぁあ……」

ついに最奥まで雄芯が収まり、ぴたりと腰が重なった。

涙に濡れ、情欲に浮かされた瞳が、カイルを見つめる。半開きになったくちびるが、より一層厭《いや》らしさを増していた。

「かいるさん」

舌足らずな口調で呼ばれた、そこが限界だった。

「え……あ……なんで、おっき――あ、んんッ」

細い腰を掴んで、一度雄芯を抜き、再び最奥へ穿《うが》つ。

「ん、は、ぁ……あ、ぁあッ……！」

カホがカイルの背に立てた爪は、揺さぶられるたびに力をなくし滑《すべ》り落《お》ちる。

「ぁ……ふぁっ……やぁあっ」

「カホ……っ……」

肌がぶつかる音と愛液が掻き混ぜられる水音、そしてカホの甘い声が部屋を支配する。

できればこのままずっと腕の中に閉じ込めておきたい。けれど彼女はきっと、それを良しとしないだろう。

「はぁ……あっあっ……ぁんんっ」

奥深くまで突き上げると、カホが腰を揺らして一際高い声を上げた。

そのまま激しく抜き差しを繰り返しながら、カイルは結合部へ手をやる。そして膨《ふく》らんで赤くなった花芽に指先を添えると、押し潰した。

「ひ……あっ……ぁああ……っ！」

「……は……ッ」

カホが達した直後、彼女の内壁がカイルを絶頂へ追い込もうと雄芯を締め付ける。

彼女に無理をさせていることはわかっていた。

それでもまだこの温《ぬく》もりを手放せず、カイルは再び腰を揺すった。

「やっ……ぁ、あっあ……っ」

達したばかりで熱い中に、雄芯が包み込まれる。柔らかな首筋にくちびるを寄せて吸い上げると、真っ赤な華が咲いた。

満足感で表情を緩《ゆる》めたカイルは、再び抽送を激しくする。

「っふぁ、あっ、ああ——ッ」

背中にしがみついていたカホの指先が、カイルの背中を引っ掻く。その瞬間、大きく彼女の体が震え、果てたのがわかる。

それに煽《あお》られ、カイルはカホの腹の奥へ白濁を吐き出した。

まだ余韻に浸《ひた》る中から雄芯を引き抜くと、カホが名残惜《なごりお》しそうに艶《なま》めかしい声を上げた。危うくもう一度挿入したくなるのを耐え、自身とカホの身なりを整える。

自分でやるからと逃げようとしたカホを膝の上に座らせて、自身とは真逆の美しい黒髪を手櫛《てぐし》で梳《す》き、乱れた髪を編み直した。

きっちり着直された仕事着の間から首筋に己の付けた赤い印が見えて、カイルは思わず微笑《ほほえ》む。

そして赤面して、ふてくされたように口を閉ざすカホを宥《なだ》めるように口付ける。

腕の中にある温《ぬく》もりに安堵感《あんどかん》と幸福を感じながら、口を滑《すべ》らせて午後から休みだと言ったカホの体を、カイルは自分の腕の中に閉じ込めた。

すっかり日の暮れた廊下を、カホはゆっくりと歩いていた。

午後の休みを堪能《たんのう》しようと部屋で読書に勤しんでいたが、ふとした瞬間に昼間の出来事が蘇《よみがえ》り、赤面して頭を左右に振って記憶を遠ざけようと試みる。

しかし下半身に残った違和感のせいで読書どころではなく、結局ぼうっとしていたら何もできず、日が暮れてしまっていた。

† † †

久しぶりに会ったカイルは、外で会うときとは違い、騎士団団長の姿でカホの前に現れた。模擬戦が終わったあとだからか、少し着崩れていて、普段は見えない首筋にどきりとする。

どこかいつもと様子が違う彼と目が合うと腕を引かれ、手近にあった部屋へ連れていかれた。

甘く口付けられ、優しい指先に触れられ――ひとつを思い出すと、連鎖的に頭に浮かんでしまう。

余裕のない表情が忘れられず、特に填《は》めている手袋を外《はず》す仕草はあまりに色っぽくて、凝視してしまった。

『今度はカホのこの可愛い口で外《はず》してもらおうかな』

彼が気付くぐらいに見つめていたのだろう。どこか楽しげな様子でそう言われて、羞《しゅう》恥心《ちしん》が湧き上がる。

素肌になった指先に触れられ翻弄《ほんろう》され、厭《いや》らしい声を上げて――途端に頬が熱くなって、カホは慌《あわ》てて首を横に振った。

――っ考えるのやめやめ！　うん、お腹空《なかす》いた。早く食堂行かないと。

羞恥心《しゅうちしん》を誤魔化すためと、気を取り直すために、あえてそう自分に言い聞かせる。

結局昼食は取れなかったが、思ったほど空腹ではない。どうやらセアラはカホがあまりに遅かったからギリギリでかき込んだらしく小言を言われたが、カホの雰囲気に何やら思い至ったようだ。楽しげに意味ありげな視線を寄越してきた。

今、セアラは他の持ち場へ手伝いに行くと言っていたので、夕食は一緒に取ることができない。早々に食べて今度こそ部屋で読書でもしようかなと思いながら、カホは食堂へ急いだ。

途中で、文官らしき青年に声を掛けられ、首を傾《かし》げる。すると彼は、登城したばかりで城内の構造がわからず、歩き回っているうちに迷子になってしまったのだと言った。

あまりにも困った顔をしているので、カホは彼の目的地まで案内することにした。

彼の行きたい場所は食堂とは反対なので、来た道を戻る。

「貴女が優しい人で良かったです」

赤く染まる廊下を歩きながら、彼がそう切り出してきた。——その声は、先ほどまでの情けないものとは違って、どこかほの暗く、低い。

「——こうして簡単に、捕まえることができたので」

「え……ッん!?」

突然、背後から拘束され、カホは口もとを布のようなもので塞《ふさ》がれた。

布から、何か薬品のような匂いがする。気付いたときにはすでに遅く、カホはその薬品を嗅《か》いでしまっていた。体から力が抜けていき、意識が薄れていく。

遠のく意識の隅で、青年の手の甲に派手な入れ墨が見えたような気がした。

† † †

——日が落ち始めたあたりから、カイルはどうにも落ち着かなかった。

満月が近いこともあるし、今日は色々とあったから気持ちが昂《たか》ぶっているのかと思ったが、それが獣の血が告げる危機感だったことに気付いたのは、日が沈んだあとのことだ。

珍しく焦《あせ》った顔をしたダリアが、ひとりの娘を連れて団長室を訪れた。

彼女はカイルの最愛と同じ故郷からやってきたという、カホのルームメイトだ。

険《けわ》しい顔で一礼をした娘は口を開いた。

「お忙しいところ申し訳ありません。どうしても助けをお借りしたくて、ダリア様に無理を言って時間を取っていただきました」

胸もとで握り締められた手が震えている。

――嫌な、予感がした。

「……カホが、帰ってこないんです」

彼女の口から出た言葉に、思わず腰が浮く。その衝撃で机が揺れた。

視界が真っ暗に塗り潰される。

「最後にカホを見たのは、私と同僚です。今日は仕事の兼ね合いで一緒に夕食を食べられないと伝えて別れて、そのあとから行方《ゆくえ》がわかりません」

娘の言葉にダリアが続く。

「心当たりのある場所は彼女たちと私たちで捜しましたが、手がかりはありませんでした。念のため例の書店の店主にも連絡を取りましたが、来ていないと」

「……故郷に帰ったのかとも思ったんです。でも、カホの他にもいなくなっている子がいて……もしかして何か事件に巻き込まれたんじゃないかって……だから……！」

冷静さを取り戻し始めたカイルの頭に、ある仮説が浮かび上がった。

そこで詳しく話を聞こうとしたところに、扉の開け放たれる音が響いた。ブーツの音を響かせて入ってきたのは、眉根を寄せて険《けわ》しい顔をしたヴィルフリートだ。

「カイル、ちょっときな臭い話を聞いた。嬢ちゃんが……っと、話し中だったのか、悪ィな」

そう言いながら、ヴィルフリートが部屋から出ていく気配はない。カイルは彼の言葉に引っ掛かるものを感じ、先に問い掛けた。

「カホに、何があった」

ヴィルフリートがカイルの前で《嬢ちゃん》と呼ぶのは、カホのことだけだ。

「ああ、今日の夕刻、嬢ちゃんが文官らしき服を着た若い男と歩いているところを見た団員がいる。そのときは単に声を掛けているだけだと思ったらしいが、首の後ろと手の甲に、入れ墨をしているのが見えたんだと。文官にしては、随分派手だと思わねえか」

「――ッセアラ嬢、カホの他にいなくなった娘の名を教えてほしい」

そう問うと、セアラは他にいなくなった娘の名を三人分あげた。ひとりはカホにあの日、媚薬《びやく》入りの焼き菓子を分けた娘、残りのふたりも媚薬《びやく》の混じった焼き菓子を購入してしまったと思われる娘だ。

どうやらあの男は優秀な部下を持っているらしい。あの店は予約制で名前を控えていたとはいえ、捜し当てるのは、随分手間が掛かるはずだ。

だが、媚薬《びやく》の入った焼き菓子は、あの男の命綱だ。そこまでするのも、おかしくはない。間違って出回った媚薬《びやく》入り菓子の在処《ありか》を調べ上げ、それを手にした人物を狙ってきたのだ。

ほぼ巻き込まれたに近い彼女たち――特にカホを、攫《さら》ったことは許せない。

少し予定が早まったが、とうに準備はできていた。

「ヴィル、少し日程が早まったが、ここで奴を潰す。――いいな」

「泳がせるのも飽きてたし、まあ潮時なんじゃねえの？　安心しろ、雑魚《ざこ》は全部引き受けてやる」

口角を上げて、ヴィルフリートが笑う。

カイルは、ダリアに支えられて涙を必死に堪《こら》えているセアラのほうを見た。彼女はくちびるを噛み締めている。

「必ず無事に連れ帰る。……彼女たちを危険な目に遭《あ》わせることになってしまって申し訳ない」

「……っ必ず無事に……お願い、します」

セアラがそう言って頭を下げる。カイルはしっかりと頷いて、寮に戻るふたりの姿を見送った。

剣を腰に差しながら、今からするべきことの優先順位を考える。

正直そんなことを考えずに、カホの捕らわれているだろう場所に真っ直ぐ駆けていきたいが、今回は彼女以外の人質も助け出し、罪人を捕らえる役目も担《にな》っている。

ひとり勝手な行動をとるわけにはいかない。与えられた任務を完遂《かんすい》するには、綿密な計画が必要だった。

「――以上だ。ヴィル、やれるな」

「ああ、任せろ」

カイルが指示をすべて出し終えると、ヴィルフリートは笑みを浮かべて承諾の返事をし、部屋から出ていった。

入れ替わりにやってきた《部下》に概要を話し、一足先に状況を探《さぐ》るよう伝える。

捕らえた娘を連れていった場所はおそらく、今はもう誰も住んでいない、王都の外《はず》れにある廃城だろう。

夜になるとすっかり寒さが増す今の時期、カホたちが凍《こご》えていないか心配だった。体調のことを考えても、一刻も早く助けるべきだ。

《部下》が消え、ひとりになると、一気に恐ろしさが湧き上がってくる。

彼女を失うかもしれないという恐怖はすでに一度経験しているが、今回はそれとは比にならない。

それを掻き消すように、カホに借りた、藍色《あいいろ》のブックカバーの掛けられた本の表紙をそっと撫《な》でた。

「……失わせなどしない」

カイルは、自分に言い聞かせるように声に出す。

目を閉じてひとつ、息を吐き出した。

「必ず助ける」

そう呟《つぶや》いて開いた男の目に浮かんでいたのは、強い決意だけだった。

† † †

肌を刺すような寒さに、カホの意識が浮上した。

近くで聞こえたくしゃみの音に瞼《まぶた》を開けると、見覚えのある少女が自分を見下ろしている。以前食欲がないときに焼き菓子を分けてくれた同僚だ。

彼女はカホが起きたことに気付くと、堪《こら》えきれないように泣き出した。

「カホ、良かった……っ」

手首を括《くく》られているせいで、彼女の涙を拭《ぬぐ》うことができない。足首も縄で縛られていた。ひとまず彼女を宥《なだ》め、泣きやんだのを確認してから、カホは状況を把握するべく辺りを見回す。

まずこの部屋にいるのは、カホを含めて四人。カホと涙を零した彼女と、身を寄せ合っているふたりの娘――ひとりはお団子頭の子で、ひとりはひとつ縛りの髪の子だ。

ここがどこか把握しようにも、すっかり日は沈み、明かりすらない室内は暗い。わかるのは、どうやらここがすでに使われていない建物の一室だということだけだった。

必要最低限の雨風を凌《しの》げる屋根はあるが、寒い今の季節に長時間いるには、確実に体調を崩しそうな建物だ。防寒具は、四人とも与えられていない。

他の三人に確認すると、カホと似たような形で攫《さら》われたことがわかった。格好と姿が様々な青年に声を掛けられ薬を嗅《か》がされて、気付いたらここにいたという。

彼女たちの話によると、扉には鍵が掛けられ、外には人が立っているそうだ。

出入りできるとすればかろうじて一カ所ある窓だが、この部屋は三階以上にあるらしく、窓から地面が遠くて無理そうだと、三人が教えてくれる。

自身の体を丸め、カホは必死に暖を取った。

ぽつぽつと会話をすることで、寒さと不安を紛《まぎ》らわせる。

そうして、どれくらいの時間が経っただろうか。

不意に扉の外が賑《にぎ》やかになる。不安に駆られ、四人で身を寄せ合った。効果があるかはわからないが、カホは他の三人を隠すように前に出る。

少しして扉が開けられ、入ってきたのは小太りの、豪奢《ごうしゃ》な服を着た男だった。男の持つ明かりが部屋を照らす。

後ろに、若い男がひとりいる。彼の手の甲には派手な入れ墨があった。おそらく彼が、カホたちを攫《さら》った男に違いない。

「ただの庶民の小娘ではないか。美しいわけでも、体型に魅力があるわけでもない。こんな子どもでは商品価値はないだろう」

小太りの男は身を寄せ合うカホたちを見るなり、そう吐き捨てた。近付けられた明かりがひどく眩《まぶ》しい。

だが、入れ墨の青年が耳打ちをすると、その目の色が一気に変わった。視線がカホに向き、品定めをするような目付きになるなり、にたりと厭《いや》らしい笑みを浮かべる。

「こんな小娘が、あの男の恋人！　これは良い、これは良いぞ。何か弱みでも握ったのか、それとも相当体の具合がいいのか……私としては後者のほうが楽しめるから嬉しいのだがなあ？」

舌なめずりをしながらカホの顎《あご》を掴み、男が凝視してくる。ぞくりと背筋が震えて、カホは思わず後ずさった。

「ああ、安心すると良い。楽しめたなら、そのあとは愛人として傍《そば》に置いてやる。楽しめなくても殺しはしない。四人一緒に国外の娼館で一生を過ごす幸福を与えてやろう」

「……っどうして、こんな……」

震えていたお団子頭の娘が、思わずといったように問い掛ける。

「お前たちが食べた私の店の焼き菓子は、表に出してはいけないものだった。普段であれば流通しないはずのそれを、たまたまお前たちは購入した。言うなれば、運が悪かったということだ。食べたあとに、体が熱くなったりはしなかったか？　男が欲しくなったりは？　遅効性だが、効果は強いものだからなあ。ああ、その顔、思い当たる節《ふし》がありそうだ」

厭《いや》らしく笑う男に、鳥肌が立つ。

「もっともそれだけなら、話は簡単に済んだのだが、面倒な男がそのことを知ってしまった。その上、もうけた金を、この国を乗っ取るための資金にしていることも知られたから、手っ取り早く証拠になる人間を処分してしまおうと考えたわけだ」

ひゅ、と誰かが喉を鳴らす。

この国を乗っ取る、と男は言った。――カイルがここのところ忙しくしていたのは、おそらくこのせいだ。

「そのぐらいにされたほうがよろしいかと。……それ以上知られたら、娼館どころではなくなります」

調子に乗った男はなおも口を開こうとしたけれど、入れ墨の男に遮《さえぎ》られて、どこか不満げに口を閉ざした。

「まあいい。お前たちは商品だ。その肌に傷でも付けば商品価値が下がる。余計なことを考えず、大人しくしているんだな」

そう言い捨て、男はでっぷりとした腹を揺らして、部屋を出ていった。

彼らがいなくなって、部屋からは再び明かりがなくなる。辺りには再び暗闇が広がった。

「……っひ、や、やだ……娼館に売られるなんて、やだよ……！」

痛々しい泣き声が部屋中に響く。抱き締めて大丈夫だと言ってあげたいのに、腕が動かせない。他のふたりもカホも、くちびるを噛み締めることしかできなかった。

あの男の口振りだと、カイルに知られてしまったせいでカホたちを国外に出すようだ。

それなら、カホがカイルに助けを求めなければ、こうはならなかったのだろうか？

いや、あの夜、カホがカイルに助けを求めなくても、カイルは同じ答えに行き着いたはずだ。

――カイル、さん……

恐ろしさを紛《まぎ》らわすために口にした名前は音にならず、白い息になって消えていく。

くちゅん、と誰かが小さくくしゃみをした。

――最悪の状況を考える前に、今を生き抜けるかが問題なのだ。

嗚咽《おえつ》は、気付けば聞こえなくなっている。

暖を取るために寄り添い合い、四人はこの場から逃げ出す方法を練り始めたのだった。


どれくらい経っただろう。

時々うとうとする娘が出始めたころ、窓の外がにわかに騒々しくなった。日はまだ昇っていないはずなのに、明かりが見える。

不意に慌《あわ》ただしく、扉が開け放たれた。そこにいたのは、恐怖に凍り付くあの小太りの男だ。

「クソクソ、クソ……！　私はこんなところで倒れていい器《うつわ》ではない。この国の新たな王になる男だぞ……あいつらなんぞに捕まってたまるか！」

「ひ……！」

彼は血走った目でそう言いながら、大股でカホたちのほうへ近付いてくる。そして、さっと胸もとから小振りのナイフを取り出し、彼女たちの目の前に翳《かざ》した。

小振りでも人を殺《あや》めるに十分なものだ。

だが、その刃が人を刺すことはなく、切り落とされたのはカホの足首を縛る縄だった。

「立て！　お前は人質だ……！　お前と一緒にいれば、あの男はそう簡単に私を殺しはすまい！」

にぃ、と不気味な笑みを浮かべると、男は持ったナイフをカホに向け、その腕を引いた。ずっと縛られていたせいで、足もとがふらつく。

「っさっさとしろ！」

苛《いら》ついた声で男が怒鳴った。

そうこうしている間にも、窓の外は賑《にぎ》やかさを増していく。どこかの扉が蹴破られたのか、威勢のいい掛け声と悲鳴、木が壊れる音がした。

「……っ」

「大人しくしていろよ。余計な手間を掛けさせたら、この首掻き切ってやる……！」

背中にぴたりとくっついた男が、ナイフをカホの首に回す。

そしてそのまま歩き出した。カホを盾にするように廊下を進み、階段を下りていく。

――こわ、い。

心臓が早鐘を打っている。目の前に見える銀色の刃は、人を殺《あや》めるためのもの。怖くて、仕方がなかった。

足は震え、一歩踏み出すので精一杯だ。今にも崩れ落ちそうになるのを、カホは必死に耐えていた。

「っ嬢ちゃん……！」

「来るな！　来るな！　来たらこの娘を殺すぞ！」

下りた階段の先にヴィルフリートの姿が見えた。向かってくる敵を足蹴にしながら、剣を振るっている。けれど、カホが人質になっているので、手出しができない。

それでも幸いだったのは、周囲が血塗れではなかったことだろうか。命令が出ているのか、彼らの足もとで伸びている敵は皆、命を奪われてはいなかった。

けれど、仲間の数が減っているということが、男に恐怖をもたらしたらしい。

「……っい、た」

当てられていたナイフに力がこもり、カホの首筋を傷付けた。ちり、とした痛みが皮膚を刺す。生理的な涙が、頬を伝った。

そして赤色が皮膚を伝い、仕事着を濡らす。

意図しない傷に男は一瞬狼狽《うろた》えたが、カホを盾にすることはやめず、壊された扉から外へ出た。

「誰も私に手出しはできまい！　さあ、私の前にひれ伏せ……ヒィ！」

大口を叩きながら、手出しのできない騎士団員たちを見下した男は、しかし建物の外へ出た瞬間、待ち構えていた騎士の姿に、悲鳴を漏らした。

ヴィルフリートのものと比べると、彼の持っている刃は細くてしなやかだ。それを巧《たく》みに操《あやつ》り、向かってくる者に振るう姿は、ひどく美しかった。

彼の足もとにまたひとつ、意識を失った男の体が崩れ落ちる。

闇夜の色をした彼の――カイルの瞳がカホたちのほうを向いた。その瞳は一瞬安堵《あんど》の色を浮かべたが、カホの首筋に当てられたナイフと流れる血、零れた涙を目にすると、すぐさま怒りに変わった。

「俺は、命令には忠実でありたいと思っている。王命ならば、なおさらだ。……だが――」

「ち、近付くな！　来るな……！」

カイルが男との距離を縮めながら、静かに口を開く。

「今回の件に関しては、もしものときにはお前を殺してもやむなし、と許可を得ている。お前が今、その腕に抱いている娘が俺のなんなのか、知ってて攫《さら》ったのだろう？」

「こ、恋人だろう!?　わざわざ庶民を選ぶなど、ルーデンドルフの三男坊は父親に似て出世欲がないのだな！　それともそんなに体の具合がいいのか？　こんな貧相な体でも、興奮はす――」

「黙れ」

たった一言でカイルの怒りがよくわかった。

自分に向けられた言葉ではないのに、思わずびくりとカホの肩が揺れる。

男は、指先を震わせて、持っていたナイフを取り落とした。

カイルがまた一歩、足を進める。

男は体を震わせると、盾にしていたカホの体を突き飛ばした。

「っカホ！」

反応しきれず、地面との接触を覚悟したカホを抱き留めたのは、怒気を収め、剣を地面に刺して手を伸ばしてくれたカイルだった。無事を確認すると、手首を拘束していた

縄を外《はず》してくれる。

「……ぁ」

先ほどまで彼の雰囲気に恐ろしさを感じていたのに、彼の温《ぬく》もりを感じて一番に感じたのは、安堵《あんど》だった。

腰を抱き留める腕は僅《わず》かに震えている。

だがすぐに抱擁は解かれ、カイルが着ていた騎士団の上着を羽織《はお》らされた。

優しく微笑《ほほえ》み、カホから視線を逸《そ》らしたカイルは、元の冷ややかな表情に戻っている。

「動いたら、殺す」

逃亡しようとした男に、寒々とした声でカイルは警告する。その言葉で、男は腰を抜かしたらしかった。声にならない悲鳴を上げて、その場に崩れ落ちる。

地面から剣を抜いて、カイルが男のほうへ歩いていった。

「お前は彼女を、俺の恋人だと言った。それは確かに事実だが――」

振り上げられた銀色の剣が月の光に照らされる。

「――俺にとって彼女は、唯一の《番《つが》い》だ」

獣人の血を引く者は、番《つが》いに強く執着する。

この国では誰もが知っているそのことを、男が知らないはずがなかった。

青を通り越して真っ白になったその顔を、男は横に振る。

「っつ、番《つが》いだなんて、知らなか……っ」

「なら今覚えただろう？　俺は番《つが》いを害した者を許さない。頭に焼き付けて、あの世で彼女に傷を付けたことを、一生懺悔《ざんげ》し続けろ」

「カイルさんっ」

振り上げられた刃は振り下ろされ――男の目前に突き刺さった。カホが名前を呼んだ瞬間、カイルが剣の軌道を変えたのだ。

男は恐怖のあまり意識を失う。

「ヴィル、捕らえて牢へ」

刃を地面から抜きながら、カイルは傍観に徹していたヴィルフリートに指示を出す。ヴィルフリートは了解と言うように手を上げて、隣に立っていた見慣れない外衣を羽《は》織《お》った男に話し掛けた。

男は左右で色の違う瞳をしている。ひらひらと手を振られたので、カホが軽く振り返すと、見覚えのある笑みを向けられた。

そしてすぐに踵《きびす》を返す。あとから聞いた話によると、彼はカイルの二番目の兄だそうだ。

首筋の傷の応急手当もされ、カホは支給された防寒具を羽織《はお》り、渡された温かいココアを飲みながら、じっと事件の収束を見つめていた。

元凶の男は手錠を填《は》められ、檻《おり》に入れられる。騎士団員によって意識を落とされた男の仲間たちも、拘束されて収監された。

遅れて、ヴィルフリートが手錠を填《は》めた入れ墨の男を伴ってやってくる。入れ墨の男もまた、檻《おり》に入れられ、目隠しの布をされた。

それら一連の指示をしているのはカイルで、初めて目にする彼の仕事ぶりにカホは見《み》惚《と》れてしまう。あまりに熱心に見つめていたせいか、カイルの視線がカホのほうを向いた。

けれどすぐに逸《そ》らされてしまう。カホの胸がちくりと痛んだ。

それを気にする間もなく、若い娘の声が上がった。

「良かったぁ……！」

カホとともに攫《さら》われた娘たちも救出されたのだ。彼女たちも、拘束されていた縄を解《ほど》かれている。ぐずぐずと泣き出した少女たちを、カホは今度こそ抱き締めて、宥《なだ》めることができた。

カホは首に傷ができてしまったが、他の娘たちに外傷はない。しかし万が一のために一度医師の診察を受けたほうが良いとのことで、四人とも一足先に馬車で戻ることになった。

護衛はヴィルフリートが務めてくれるらしい。

カホは馬車に乗る前にちらりとカイルのほうを見たけれど、視線が交わることはなかった。


城へ着くと、空は白み始めていた。四人は医務室へ案内され、診察を受ける。

加害者が男だったからか、診察に当たってくれたのは女性医師だ。応急処置はしてもらえたからと、カホは他の三人の診察を優先してもらった。

順調に三人の診察が終わり、カホも首の傷をきちんと治療し直してもらう。傷自体は浅いので、薬を塗って包帯を巻いていれば綺麗に塞《ふさ》がるとのことだ。

最後に、今日の仕事は四人とも、大事を取って休むようにと告げられる。

ほっと胸を撫《な》で下ろし、他の三人同様、寮へ帰ろうとしたカホを、治療に当たってくれた女医が呼び止めた。少しここで待っていて、と言われ、ベッドに腰掛ける。そして女医と入れ替わりにやってきたのはカイルだった。

「カホ」

どこか緊張を孕《はら》んだ声で呼び掛けられる。視線を上げると、どうしたらいいかわからないというような色を浮かべた濃紺《のうこん》の瞳と目が合った。

カイルはカホの傍《そば》まで近付いてくると、手を伸ばす。しかし動きを止め、その手を下げてしまった。

彼が戸惑《とまど》う原因を、カホはわかっている。先ほど男に向けて発した声に、彼女が怯《おび》えてしまったせいだ。

けれど、あのときは怖かったが、今はもう恐ろしくはない。

カホは立ち上がり、腕をカイルに伸ばした。抱きついてしがみつくと、彼が肩を揺らす。背中に回した手で、ぎゅうとシャツを握り締める。

「……こわかった、です」

首に当てられたナイフに裂かれて死んでいたかもしれないと考えると、体が震えて仕方なかった。

今までどれだけ平和な世界にいたのかを思い知り、血が流れると、背筋が凍った。死ぬかもしれないと、本気で思ったのだ。

蘇《よみがえ》る恐怖が涙腺を弱くする。ぼろぼろと溢《あふ》れてくる涙は、止められなかった。

「かいる、さ……っ」

戸惑《とまど》っていた腕が、しっかりとカホを抱き締めた。抱き込むように背中に腕が回る。

「怖い思いをさせて、ごめん」

掻き抱くように回された腕の温かさに安堵《あんど》する。まだ自分は生きていると実感できた。

包み込む温《ぬく》もりに恐れと緊張が解けてきたころ、僅《わず》かに腕の力が弱められて、顔を覗き込まれる。カホは口付けられるかと身構えたが、彼のくちびるは額に落とされただけだった。

少しだけ落胆したことは、カイルに見抜かれてしまったらしい。手袋の填《は》められていない指先が、じらすようにゆっくりとくちびるをなぞった。

「……カホ、ここに——口付けていい？」

楽しげに問い掛けられて、カホは顔を赤く染める。羞恥心《しゅうちしん》と戦いながら頷くと、返ってきたのは嬉しそうな微笑《ほほえ》みだった。

頬を撫《な》でて、カイルが顔を近付けてくる。

目を伏せると、柔らかいものがくちびるに触れた。ちゅ、ちゅ、と啄《ついば》むように口付けられる。

「甘いな」

「さっきココア……貰った、から」

「ああ。……これなら俺でも、口にできる」

「ん、む……」

くちびるを、再び塞《ふさ》がれた。優しく、何度も口付けが落ちてくる。

——きもち、い……

触れるその温《ぬく》もりが、心地良かった。

こつんと額同士を触れ合わせてじゃれ合っていると、空気を読まないカホのお腹《なか》が悲鳴を上げる。いつかと同じ状況に、カホの頬が熱を帯《お》びた。彼女は逃げ込むようにカイルの胸もとに顔を埋《うず》める。

「まずは食事を取ることが先だな」

そう言って、カイルは穏やかに笑いながらカホの髪をそっと撫《な》でる。

——失わずに済んだ半身を愛《いと》おしそうに抱き締める男の姿を知るのは、昇り始めた朝日だけだった。


日常に戻り始めたカホのもとに、団服を身に纏《まと》ったカイルが現れたのは、彼女が攫《さら》われて三日が経った夕暮れのことだった。

表情はどこか重たげだが、色気の混じるカイルの姿に同僚たちが黄色い声を上げる。

彼が先日被害に遭《あ》った娘——すなわちカホに用があるのだと言うと、彼女たちはカホに羨《うらや》ましげな視線を送ってきた。

だがその眼差《まなざ》しはすぐに同情に変わる。カイルが先日の事件の事情を聞くために来たのだと、わかっているからだ。

終業の鐘は鳴っているので、持ち場の仕事が終わっていれば上がることができる。

幸いと言うべきなのか仕事が終わっていたカホは、カイルの申し出に頷いた。

その瞬間、カイルの瞳が暗さを帯《お》びたような気がした。けれど、すぐに笑みを浮かべたので、カホは首を傾《かし》げる。

道中、何度か刺すような視線を感じたものの、正当な理由があって呼ばれたのだ。後ろめたく思う必要はない。彼のあとを追って、騎士団の詰所に足を踏み入れる。

先日の事件の後始末のためか、団員がばたばたと走り回っていて、皆忙しそうだった。

カイルが通ると、彼らは道を譲り、挨拶をする。そしてカホに気付き、怪訝《けげん》な顔をした。

カホは、足を速めるカイルに着いていくのに精一杯で、愛想笑いをする間もない。心の中で謝罪を繰り返しながら、階段を上り、廊下を進んだ。

一番奥の、一度だけ入ったことのある執務室に案内される。

相変わらず机の上には書類が山積みになっていて、彼が忙しい人間なのだと思い知った。

カホは思わず軽く書類を睨《にら》む。だがカイルは、その視線を別の意味で捉《とら》えたらしい。

「散らかっていてごめん」

そう言って、恥ずかしそうに肩を竦《すく》める。

「い、いいえ、そうではなくて……忙しいんだなと思って……眠れてますか？」

「……思っていたよりは、眠れている」

返事には間があった。本当はどれくらい寝ているのか尋ねたくなったけれど、忙しい彼の時間を無駄に使わせるわけにはいかないので、カホは自分の気持ちを呑み込む。

「先日の件ですよね。何をお話しすれば、よろしいでしょうか」

例の焼き菓子の店は閉店となり、拘束された貴族の男も爵位を剥奪《はくだつ》されたと聞いている。それ以外にも、彼に荷担《かたん》していたと思われる者は騎士団によって捕まえられ、事件は収束しそうだ。

だが尋問はまだ行われている最中で、カホも一度、聴取されたときに、また呼ぶことがあるかもしれないと伝えられていた。

何か新しい証言が出て、そのことについて聞きたいのかとカホが尋ねると、カイルは表情を強《こわ》ばらせて、首を横に振った。

「いや……先日の件であることは確かだが、話を聞きたいわけじゃない。……見てほしいものがあるんだ」

そう言って執務机の上にあったものを手に取り、カホに差し出す。

赤銅色《しゃくどういろ》の表紙が付いたノートだ。表に文字が白字で書かれている。中の紙も真っ白ではなく、やや茶色がかっていた。

ひっくり返してみると、裏表紙の下部には、何かが書かれ消されたような跡がある。

「カホたちが連れていかれた屋敷を調べていて、この手記を見つけた。もしかしたら、カホの故郷に関係のあるものではないかと思って、預かってきた」

怪訝《けげん》な表情をするカホに、カイルの声が降ってくる。

カホは表紙を捲《めく》る。そして、そこに記《しる》された文字に視線が釘付けになった。

どくりと心臓が大きく跳ねて、ノートを持つ手が震える。危うくそれを落としそうになって、すんでのところで堪《こら》え、持ち直した。

文字のインクは滲《にじ》み、一見すると意味のない記号が並んでいるようにも見える。だが、カホにとってはこの世界で使うどの文字よりも、よっぽど慣れ親しんだ言語だった。

《これをてにした、くにをおなじくするあなたへ》

その一文は、久しぶりに目にする母国語で書かれていた。

カホの知る字体よりも、やや崩れている。書いた人の癖ということも考えられるが、自分よりもっと前の時代を生きていた人の筆跡らしい。

「……に、ほんご、だ」

滲《にじ》んだ文字を、ゆっくりとカホの指先がなぞる。

吐き出した言葉が、震えた。

「これ書いたのって……」

「あの屋敷には昔、王家の血を引いた魔術師と、その奥方が住んでいた。その奥方が残したものだと思う。魔術師の屋敷らしく、厳重に魔術を掛けて保管されていた」

「……っ」

自分よりも先に、この世界に来ていた人がいた。そして、これがここに残されているということは、このノートの主は、この世界で生きることを選んだということだろうか。

「解読を試《こころ》みたけれど、この国のものではない言語が複数使われていて、すぐには無理だった。だから、どんなことが記述してあるのかは俺たちにはわからない」

そこで言葉を一度切ると、カイルは瞳を伏せて、静かに言葉を続けた。

「――だが、これを書いた人がカホと同郷の出身の可能性を考えた。彼女はこの国で死んでいる。帰る方法を知っていてこの国で生きることを選んだのか、それとも見つからずにこの世界で生きることになったのか。もしかしたら、それを知る手がかりぐらいにはなるんじゃないか?」

カホは瞳を揺らして、カイルを見つめた。どうして、と問い掛ける前に、カイルが「《カイ》には秘密を話してくれていたから」と切なげに微笑《ほほえ》む。

「あんなことがあったすぐあとだ。渡すかどうかも迷った。なんの関係もないかもしれないし、カホにとって、望まない答えが書いてある可能性もある。後悔することもあるかもしれない。けれど過去に同じ境遇の人がいたかもしれないということは、伝えておくべきだと思ったんだ」

カホの心臓がどくりと大きく跳ねた。ただでさえ乱れている思考を落ち着かせるために、浅く息を吸って、そして吐き出す。

間違いなく、これを書いた人は日本人だ。帰る方法がここに書かれている可能性は、十分にある。

「それに、国に仕《つか》えている立場からすれば、可能なら解読してほしいと思っている。魔術師は大きな力を持っていた。国にとっても重大なことが書かれている可能性がある」

カホの答えは決まっていた。苦渋の表情をするカイルに、彼女はそっと微笑《ほほえ》む。

「確かにこれを書いた人は、私と同じ国の方のようです。だから、読ませていただきます。だって、読んでも読まなくても、きっと後悔すると思うんです。知らなければ良かったって思うだろうし、知っておけば良かったたって絶対に思うから」

正直、目を通すことがひどく恐ろしかった。あんなにも手がかりを求めて奔走《ほんそう》していたのに、いざ可能性を手にすると怖じ気付いている。

それほど重さを感じていなかったノートが、一気に重みを増した。

「カホ」

不安ばかりが渦巻《うずま》いて、息苦しさすら感じ始めたとき、優しいカイルの声が降ってきた。そっと頭を撫《な》でられ、額同士を重ねられる。至近距離で見つめられて、胸がどきどきした。

「ひとりで抱えなくて良い。――俺が、傍《そば》にいるから」

「カイルさ、ん」

その言葉に息苦しさが消えていく。カホは腕の中にしっかりと、ノートを抱き込んだ。

――この人がいてくれるから、大丈夫。

「……ありがと、ございます」

込み上げてくる感情を必死に堪《こら》えて零した言葉は、震えている。

カホが口にできたのはそれが精一杯で。ソファーに腰を下ろし、深呼吸をひとつする。

そしてカホはゆっくりとノートのページに指を掛けた。

ノートはやはり、とある日本人女性の手記だった。

この手記の主は、美しい字を書く人だ。流れるように記載された文字はとても綺麗で、古い字体を使っている箇所はあるものの、非常に読みやすい。

だが一部、感情のままに書いたページの文字は乱れていて、その落差に彼女の気持ちが手に取るようにわかってしまった。

彼女は、それこそ気が遠くなるほど帰る方法を探して、試していた。その結果つきつけられたのが、元の世界には帰れないという現実だ。

生と死の狭間《はざま》を彷徨《さまよ》うような事件に巻き込まれたこともあったらしい。それでも結局、目が覚めたときにいたのは、この世界だった。

読み進めるほど、涙を我慢できなくなる。けれど、抱き締めてくれる腕の温かさと涙を拭《ぬぐ》う指先の優しさが、カホを支えてくれた。

手記の主は受け入れがたい現実と直面して精神的に不安定になり、人と会わない生活を続けていたようだ。だが、実験に付き合ってくれていた魔術師の青年に告白され、葛《かっ》藤《とう》しつつも彼を受け入れたと書いてあった。

《どうかこの日記を読んだあなたにも、この世界での幸せが訪れますように》

最後のページの日付は、前のページのものから随分と進んでいた。そこには、魔術師の彼と結婚して幸せになったこと、夫への愛の言葉、そして日記を読むかもしれない自分と同じ境遇の人物へのメッセージで締《し》め括《くく》られている。

それを読み終え現実に帰ってきたカホの耳に、いつの間にか降っていた雨の音が届く。
ノートを閉じて、ずっと支えてくれていたカイルを見上げる。大丈夫です、とそう伝えたかった。

けれどカホが口を開くより先に、腰を抱いていた腕に引き寄せられ、抱き締められる。
言葉は声にならずに消えていった。

カホ、と、名を呼ぶ声はどことなく怒気を孕《はら》んでいて、思わず背中が震える。急いで取《と》り繕《つくろ》おうとするが、またしても先にカイルが口を開いた。

「今、大丈夫って、言うつもりだっただろう?」

「……っ」

「そうやって無理して我慢する必要はないんだ。無理やり作った顔を見ているほうが、俺には応《こた》える」

「カイルさ――」

「腹の中に溜めてるものを、全部吐き出していい。この部屋にいるのは俺とカホだけだし、聞いてるのは俺だけだ」

言い聞かせるような優しい声が、胸の中に落ちていく。

ぎゅうとくちびるを噛み締めて、逞《たくま》しい胸に頭を預けたままのカホは、口を開く。音にした言葉は、ひどく震えていた。

「……わたし、帰れないみたいです。そんな気は、してたんです。だけど本心では、絶対に帰る方法がある、帰れるんだってずっと、諦めきれなくて」

手記を最後まで読み終えて一番に浮かんだのは、やっぱりなあ、という感想だ。

薄々帰れないことに気付いてはいた。けれどそれを直視することが怖くて、目を背《そむ》けていたのだ。

「帰れ、ないんですね、わたし」

ぽつり、と声に出すと、思考が平常に戻り始めた。

——戻れないということは、もう会えない人がいるということだ。

育ててくれた両親、生意気だけど可愛い弟。このまま結婚できなかったらふたりで寄り添って生きていこうかなんて話をした友人や、時々一緒に食事をする幼馴染《おさななじ》みに、大学卒業からずっと世話になった会社の上司と同僚。

顔はもう朧《おぼろ》げになってしまっている人もいるけれど、二十数年間で関わってきた人間は、決して少なくはなかった。

ボーナスが入ったら好きなブランドの腕時計を買おうと思っていたし、欲しい本もあった。好きな俳優が主演の映画も、結局見られなかった。

強く志願してやりたかった仕事ではなかったが、それでも一生懸命頑張ってきた。

「おかしいですよね。帰る方法を探してたときは、こんなことなかったのに……今さら……帰れないってわかったら、色んなこと、思い出すんです」

「うん」

「それにわたし……まだ、親孝行、できて、なかった……っ」

両親は、仕事ばかりして恋人のひとりも連れてこない娘を心配していたと思う。連絡を取ると、それとなく恋人の有無を聞かれるようになったのは、いつからだっただろうか。

カホは尋ねられるたびに適当に話を切り上げて、一度も両親の望んだ答えを返すことはできなかった。

もう二度と元の世界に帰れないと知った今、見せられたかもしれない花嫁姿も、見せることができないと実感する。

産んでくれて、育ててくれてありがとう、と、改めて伝えることも、もうできないのだ。

ぽつりぽつりと掠《かす》れた言葉が零れ落ち、大粒の涙が頬を伝って落ちていく。

ごめんなさいと、何度も何度も呟《つぶや》くカホを、カイルがずっと抱き締めてくれていた。

「……会うたび見苦しいところばかり見せて、ごめんなさい」

しばらくして、やっとのことで落ち着いてきたカホは、そう口にする。目尻を伝い落ちた涙を服の裾で拭《ぬぐ》おうとすると、その前に伸ばされた指が掬《すく》い取った。

「それくらい俺に気を許してくれてるってことだろう?」

カホの頭のてっぺんに口付けて、カイルが嬉しそうに笑う。

いつの間にか片手は指を絡ませるように繋がれている。大きなその温《ぬく》もりに、カホはひどく安心した。

泣いたお陰で、少しだけ気分が楽になった気がする。

「しばらくの間は家族のこととか、思い出して落ち込むこともあると思うんですけど、元の世界には帰れないし、この世界で前向きに生きていくことを考えないと、駄目ですね」

城で働く理由はなくなったが、給金はそれなりだし、休みも貰えている。衣食住には困らないし、このまま使用人を続けるのも悪くない。

もしくは、あの小さな街へ戻り、近辺で仕事を探すという方法もある。とはいっても田舎だ。王都に比べたら仕事の種類は選べない。給金も幾分か安くなってしまうだろう。

ただ、助けてくれた老夫婦に恩を返すには、遠くより近くのほうが何かと動きやすいはずだ。

つらつらと、これからのことについて考えを巡らせる。

だが、頭上から掛けられた言葉に、思考が止まった。

「それなら、これからは俺の隣で生きてほしい」

慌《あわ》てて頭を上げると、真っ直ぐな眼差《まなざ》しと目が合った。

カイルの表情は、一見すると普段と同じく涼しげだ。けれどカホには、彼も緊張しているのだとわかった。

「カホを血の繋がった家族のもとに帰してやることは、俺にもできない。だけど新しく家族を作ることなら、してあげられる。……いや、俺がカホの家族に、なりたいんだ」

絡んでいた指先の力が抜ける。手を取られ、持ち上げられた。あの日と同じように、カイルはカホの左手の薬指にそっと、口付ける。

「この指にはめる指輪は、俺に贈らせて」

その言葉の意味を正しく理解するのに、時間が掛かった。驚きに、カホは目を見張る。

左手に添えられた指先の力が、ほんの少しだけ、強くなった。

「愛してる。……俺と結婚してほしい」

カホは一瞬、言葉を忘れた。

彼の言葉が胸の中に落ちていく。同時に湧き上がってきたのは、驚きと喜びだ。

けれど、それらの感情と一緒に積もっていくのは、紛《まぎ》れもない後ろめたさだった。

カホにはもうひとつ、彼に伝えていないことがある。

視線を彷徨《さまよ》わせて、それから一旦目を伏せる。

きゅっとくちびるを一度噛み締めると、カホは覚悟を決めて口を開いた。

「カイルさん、わたし、お伝えできていなかったことが、あるんです」

この世界での女性の婚期は早い。

今のカホぐらいの年齢では、すでに嫁《とつ》いでいる人がほとんどだ。

カホの顔に自嘲《じちょう》が浮かんだ。

「実はこの世界に来たときに、元の年齢よりも体が若返ったんです。そのあとは普通に年を取ってるんですけど、元の世界での年齢は、多分カイルさんとほとんど違わなくて……その、ごめんなさい」

気まずくて、自然と語尾が小さくなってしまった。広がる静寂に居たたまれなくなる。

「……返事を悩んでいたのは、そのことがあったから？」

「は、い」

「なら、観念して俺の言葉に頷いて？」

「え？」

「たとえカホが若返らないままこの国へやってきて、同じように俺の前に現れたとしても、きっと惹《ひ》かれていた。結果は変わらないよ」

カイルはさらりとそう、言ってのける。

「俺はてっきり、もっと根本的な問題を口にされるのかと思って身構えていたんだ……実は元の世界に結婚の約束をしていた相手がいるとか」

「っないです！　わたしが好きなのはカイルさんだけで……ッ」

勢い余ってカホは叫ぶ。

言ったあとで我に返った。頬がひどく熱い。

「うん、わかってる。君は、そんな不誠実なことはしない」

どこか楽しげにそう言って、カイルは自分の額をカホのそれにくっつけた。

「この気持ちを自覚したときから、想いの大きさは変わっても、一緒にいたいという気持ちは変わらない。一生番《つが》いたいと思ったのも、欲しいと思ったのも、カホだけだ」

濃紺色《のうこんしょく》の眼差《まなざ》しは、力強くカホを射抜いた。

彼の瞳に映った自分の顔がふにゃりと歪《ゆが》んだのが、カホにもわかる。泣くまいと、必死に堪《こら》えた。

「……わたしも、カイルさんとずっと一緒にいたいです、……ッ」

想いを言葉にした直後、伸びてきた腕がカホの体を包む。首に掛かる白銀がくすぐったい。

けれど、苦しいぐらいに抱き締めてくるその体を拒絶することは、考えられなかった。

彼の声が僅《わず》かに震えている。

「必ず、幸せにする」

「わたしだけ幸せじゃ、駄目です。ふたりで幸せになるんですから」

「俺はカホが傍《そば》にいてくれれば、幸せなんだ」

「……いるだけで、いいんですか？　わたしは、その……触りたいし、キスしたいって、思うんですけど」

その言葉に、カイルが頭を上げる。驚いたようにじっとカホを見つめた。

じわりと、彼の頬が赤らんでいく。口もとに手をやったカイルが、ぼそりと呟《つぶや》いた。

「……参ったな、可愛すぎる」

端整な顔が近付いてきて、カホの無防備なくちびるを掠《かす》めた。

「さっきの言葉、訂正する。傍《そば》にいてくれるだけで十分幸せだけど、こうして触れたり、口付けたりしたい」

視線が合うと、夜空と同じ色の瞳が甘く見つめ返してくる。抗《あらが》う間もなく、二度、三度とくちびるが重ねられて、カホはそっと瞼《まぶた》を閉じた。

頬を撫《な》でる手が温かくて、安心する。

はじめは優しく触れるだけだった口付けが、激しいものへ変わっていく。反射的に逃げようとすると、腰をしっかりと抱かれた。逃げ出すことは叶わない。

僅《わず》かに開いたくちびるの間から、カイルの舌が入り込む。舌を搦《から》め捕《と》られて、カホはびくりと肩を揺らした。

雨が窓を叩く音に、淫靡《いんび》な口付けの水音が混じる。

カホの背中を、甘い痺《しび》れが走った。

「おいで」

填《は》めていた手袋を外《はず》し、膝を叩いてカイルが促《うなが》す。

頭がぼんやりしていて、言葉の意味を深くまで考えられない。なすがままに、カホは腕を伸ばす。向き合う形で彼の足を跨《また》ぎ、カイルの首に腕を回した。

背中を片腕で抱かれ、もう片方の手で後頭部を支えられる。

「あ……」

カホがカイルの目の中に劣情の色を見つけた瞬間、再び口付けられた。

貪《むさぼ》るように、荒々しく口内を探《さぐ》られる。湧き上がる欲のままに舌を差し出すと、躊躇《ちゅうちょ》なく搦《から》め捕《と》られ、唾液が混じり合う。

背後に回っている両手が動いた気がしたけれど、口付けに翻弄《ほんろう》されているカホに、そちらを気にする余裕はない。気付いたときにはすでに遅く、仕事着のホックを外《はず》され、ファスナーを下ろされていた。

「っカイルさ、ん、ちょっと待っ……ゃ、あ」

我に返って抵抗したものの、首筋に口付けられると、カホの口からは甘い声が零れる。すぐに彼女の胸もとが露《あら》わにされた。

カイルが震える膨《ふく》らみにくちびるを寄せて、白い肌を吸い上げる。綺麗に痕が付いたことに満足げに口角を上げると、片方の胸を手のひらで包み込んだ。

「あっ……んっ……んん……」

先端を撫《な》でるようにして刺激を与えられ、またしても声を出してしまう。じらすようなその愛撫を物足りないと感じ、カホの心に羞恥心《しゅうちしん》が湧き上がった。

身を捩《よじ》ると、触れられていなかったほうの膨《ふく》らみの先端を食《は》まれる。

「逃がさない」

「ふ、ぁ……あ……ぁあっ」

吸い付かれ、軽く歯を立てられる。

揉みしだかれていたもう片方の胸の先端も、ゆるゆると刺激を与えられ、すでに硬くなっていた。

親指で捏《こ》ねられ、押し潰されて、カホは身震いする。

触れられたい。でも、触れられたくない。

相反する気持ちが頭の中に渦巻《うずま》いて、目尻に涙が浮かぶ。

「カホ」

不意に名前を呼ばれ、宥《なだ》めるように口付けられた。

「ちゃんと掴まっていて」

その言葉にこくりと頷くと、いい子、と囁《ささや》かれて腰を抱いていた腕が外《はず》される。そしてその手は、はだけた仕事着の裾から中へ入り込んできた。

太股を撫《な》でた指先が、下着越しに秘部をなぞる。

「……濡れてる」

自分ではとうに気付いていたが、楽しそうにそう指摘されると恥ずかしい。目を閉じて視界を閉ざしたけれど、代わりに聴覚が敏感になり、より羞恥《しゅうち》が煽《あお》られた。

下着を剝《は》ぎ取《と》られ、覆《おお》い隠《かく》すものがなくなったその場所をカイルの指が撫《な》でた。露《あら》わになった花弁をなぞり、花芽を擦《こす》られる。

「ふ、あぁ……」

溢《あふ》れた蜜を纏《まと》った指でその場所を撫《な》でられると、太股が震えた。お腹《なか》の奥がずくりと疼《うず》く。

「ひっ……ぁあ……っ」

擦《こす》るだけだった指先が、今度は花芽を強く押し潰した。

軽く達してしまい、カイルにもたれかかる。溢《あふ》れた愛液が、彼のトラウザーズを濡らした。

息を整えるより先に蜜口を撫《な》でられ、くちゅ、と音を立てて差し入れられる。

そこから伝う痺《しび》れに腰が揺れた。

達したばかりで敏感な体は、少しの刺激も快楽に変換する。

「あ、ぁん……んん……っ」

一本だった指が二本に増やされ、内壁を再び攻められた。

痛みはない。まだ違和感はあるけれど、それ以上に、内側から気持ち良さが湧き上がる。

勇気を出して、カホは自ら口付けをした。見開かれたカイルの瞳に、厭《いや》らしい顔をした自分が映っている。

すぐに主導権はカイルに移り、口付けは食べられそうなほど熱のこもったものに変わった。

やがてくちびるが離れ、下腹部から指が引き抜かれる。

金属音が聞こえた。カイルがベルトを外《はず》そうとしている音だ。カホはカイルが動きやすいよう、ソファーに膝を立てて腰を持ち上げた。

「腰、落として」

衣擦《きぬず》れの音が聞こえたあとに体を引き寄せられ、言われるがままに腰を落とす。

「ん、んん……」

熱く猛《たけ》ったものに、愛液で濡れた花弁を擦《こす》られた。やがて蜜口に押し付けられたそれが、指で慣らされた場所を割り拓いていく。

「っあ、ぁあ……っ」

圧倒的な重量感に、カホは悲鳴を上げる。待ち望んでいたものが埋《うず》められていく感覚に、強請《ねだ》るように腰が揺れた。

カホが上に乗るという体勢のせいで、いつもよりも奥深くに熱を感じる。苦しいのは確かだけれど、それだけではなかった。

啄《ついば》むような口付けが落ちてきて、カホも応じるようにくちびるを差し出す。

「――カホ」

熱い吐息を零しながら名前を呼ばれ、顔を上げると、余裕のない表情をしたカイルと目が合った。

自分に欲情してくれているのがわかり、カホの下腹部が疼《うず》く。小さく頷くと、カイルの頬が僅《わず》かに緩《ゆる》んだ。

「ひっ……あっ、ぁあっ」

しっかりと臀部《でんぶ》を掴まれて、下から突き上げられる。

背中を駆け上がる快楽に恐ろしさを感じて、無意識に逃げようとしたけれど、がっちりと腰を掴まれていて、それは叶わなかった。

蜜口を雄芯で擦《こす》る水音に煽《あお》られて、厭《いや》らしい気持ちが増してくる。反《そ》らした胸の頂《いただ》きに吸い付かれ、カホの視界が真っ白く弾《はじ》けた。

「つゃ、一緒にむね、すっちゃ……ぁああ――ッ」

びくびくと四肢を震わせ、中に収まる雄芯を締め付ける。

カイルのそれはまだ硬く熱いままで、達したばかりのカホの中を再びゆっくりと突き上げてきた。ゆるゆると揺さぶられて、カホの体は快楽に満たされる。

「かいるさ、だ、め……また、達《い》っちゃ、う……ふ、ぁあ」

「いいよ、何度でも達《い》って。カホの厭《いや》らしくて可愛い顔、俺に見せて」

耳もとで囁《ささや》かれる淫靡《いんび》な言葉に顔が熱くなる。

くちびるを塞《ふさ》がれ、追い詰めるように雄芯で奥を突かれると、僅《わず》かに残っていた理性が霧散《むさん》していった。戯《たわむ》れのように胸の頂《いただ》きを食《は》まれ、甘い声が零れ続ける。

揺さぶられて、触れられて。熱が増した。

「あ、ぁあ……っ……や……かいるさん……っ」

カホは首を左右に振って嫌々をする。けれどカイルが放してくれるはずもなく、それどころかより一層激しくなった抽送に最奥を突かれ、熱が一気に弾《はじ》けた。

再度達したカホの中は、カイルの雄芯をきつく締め付ける。すぐに噛み殺した呻《うめ》き声が聞こえ、最奥に白濁が注ぎ込まれた。

荒い呼吸を繰り返していると、ふと上げた視線が、カイルと合う。そのまま顔が近付いてきて、啄《ついば》むように口付けられた。

「愛してるよ、カホ」

ひどく嬉しそうな甘い声が、愛を囁《ささや》く。

温かい腕に抱かれたカホは小さく頷き、そっとその胸もとに頬を寄せたのだった。

日付が変わり、空が明るくなる直前、身支度を整えたカホはカイルに連れられ、医務室に案内された。この時間、使用人の寮は施錠《せじょう》されてしまって、入れない。

カイルと一緒であれば門番が通してくれるだろうが、目立つ行動はなるべく控えたかった。その結果、騎士団が管理を任されている医務室で、門が開く時間を待つことになったのだ。

ただし、カイルも一緒に、だが。

部屋に戻るようになんとか説き伏せようと頑張ったのだけれど、カホがカイルに勝てるはずがない。はじめは団長の執務室で休めばいいと主張していたのを、医務室に妥協してくれたのだから諦めるしかないと、腹を括《くく》った。

世話を焼かれながら浴室で汗を洗い流したお陰で、体はさっぱりしている。カイルが膝を貸してくれたので、仮眠程度ではあるけれど眠ることもできた。

「――近々、必ず迎えに行く」

別れ際、カイルはそう言って、カホの指先に口付けた。

誓うようなその仕草に、カホの頬に朱が走る。戸惑《とまど》いがちに頷くと、彼の表情が緩《ゆる》んで、カホの胸が小さく高鳴った。

普段見せてくれる柔らかな笑みも好きだけれど、気を許してくれているからこその無防備な笑顔に、好きの気持ちがまたひとつ増える。

戻った寮の門はすでに開いていて、誰にも咎《とが》められずに済んだ。

さすがにセアラには茶化されたけれど……。

「今までは門限なんて破ったことがなかったのに、恋人ができた途端に外泊ばっかりの不良娘になっちゃって……」

そんなふうに言っていたのに、カイルから渡された手記の内容を伝えると、セアラは今にも泣きそうな表情になる。

慌《あわ》てたカホは、彼に求婚されたことを報告した。

すると、勢いよく抱きつかれ、満面の笑みで「幸せになってね」と言われる。

その言葉に、今度はカホのほうが泣きそうになってしまった。


帰れないとわかっても、日常はいつも通りに過ぎていく――はずだった。

午前中の仕事を終わらせて、どことなくいつもより賑《にぎ》やかな食堂にカホは向かう。食事のトレイを受け取り、席を取ってくれていたセアラの横に腰を下ろした。

まだ湯気を立てているオムレツにフォークを刺したとき、興奮した様子の同僚がカホの前に食事の載ったトレイを置く。そして、頬を紅潮《こうちょう》させて、こう言ったのだ。

「ルーデンドルフ団長が婚約するって話、聞いた⁉」

カホは、オムレツを口に入れる直前で良かったと、心の底から思ったのだった。

第四章

今までに浮いた話がなかった騎士団団長の婚約話は、その日のうちに城中に広まっていた。

どこへ行ってもその噂で持ちきりで、相手は深窓の令嬢だとも、隣国の姫君だとも、大貴族の庶子だとも囁《ささや》かれている。

貴族の令嬢の中には、その話を聞いて倒れかけた娘まで出たと聞いた。

そんな噂を耳にするたび、どう反応をすればいいのか、カホは悩んだ。

この期《ご》に及んで、彼と婚約したのが自分ではないと思えるほど鈍くはない。

ただ、貴族にして騎士団団長であり、容姿端麗《ようしたんれい》で女性の憧れを集めるカイルの婚約相手が、庶民の娘――城中で働く使用人の自分だと気付かれることが、恐ろしかった。

女の嫉妬《しっと》は怖い。

そう思って身構えていたのだが、一日、二日、三日経っても何も起きず、十日が過ぎても、カホの身が危険に晒《さら》されることはなかった。

疑問に思いはしたが、カホは日々の慌《あわ》ただしさにすっかり流されてしまった。

というのも、カホが食堂でカイルの婚約の話を聞いた次の日の夜に、セアラ経由でメッセージカードを貰ったのだ。差出人は、渦中《かちゅう》の人にして恋人である、カイルだ。

セアラ曰《いわ》く《落としていない》落とし物と一緒に本人から直々《じきじき》に預かったとのことで、名前こそ書いていないが、それは確かに以前目にしたことのある彼の字である。

内容は噂の件と、セアラにこの手紙を託すということ、そして、次の休みは今後について話をしたいのでいつもより早めにブルーノの店で会いたい、というものだ。

カードに書かれていたことを教えると、セアラはあら、と声を上げ、何やら机に向かう。その後特に何か言うことはなかった。

カホは疑問に思ったが、特に質問はしなかった。そのまま十日が経過する。

休日に、いつもより早めに門を出ると、そこにはローザが立っていた。

彼女は、カイルから今日はカホが早めに来ると聞いたという。近くで用を済ませたあと、行く先が一緒なので待っていてくれたそうだ。

ふたりでブルーノの店へ向かう。そこでカイルが待っていた。

挨拶を口にした直後、彼は時間も惜しいと言わんばかりにカホを二階の書庫へ連れていく。そこにいたのは、珍しく休みが被り、けれど朝方早々に部屋を出ていったはずのセアラだ。

驚きで目を見開いたカホの服を、セアラはローザとともに躊躇《ちゅうちょ》なく脱がし、見たこともないようなドレスを着せる。そしてきちんと化粧を施《ほどこ》し、髪に香油を塗り込んで纏《まと》め上げた。

着飾ったカホの姿を見てセアラは満足げに微笑《ほほえ》むと、事情を把握させないまま階下へ連れていく。

「行ってらっしゃい」

笑顔でそう言って、カホの背中を押した。

カホの体は、目の前にいたカイルの腕の中に飛び込む形になる。

彼は何やら口を開こうとしたが、ブルーノに急《せ》かされ、我に返ったらしい。カホの手を引き、入り組んだ廊下を進んだ。そして着いた裏口の傍《そば》には、一台の馬車が止まっている。

こうなるとますますカホには状況がわからない。

そのままカイルに馬車に乗せられる。

辿《たど》り着《つ》いた大きな屋敷がルーデンドルフ家の邸宅だと知ったのは、出迎えてくれた優しげな男性とキリッとした眼差《まなざ》しの女性を、カイルが父と母だと紹介してくれたからだ。

それだけで、カホはいっぱいいっぱいになる。

その上、案内されてリビングでお茶を振る舞われていると、肉体系な美丈夫と美しい女性がやってきた。カイルの兄とその妻、つまり義姉《あね》だと判明し、ますますカホは寿命を縮めた。

幸いだったのは、彼ら以外のカイルの家族が出払っていたことだろうか。

魔術師団にいる二番目の兄は仕事で研究室にこもっているため来られず、姉は隣国に嫁《とつ》いでいていなかった。ダリアは仕事のため、戻ってくるのが夕方以降になってしまうとのことだ。

何もわからず、心の準備ができていないが、これはカイルの家族との顔合わせらしい。カホは正直、愛想笑いすらできているかも怪しいほど動揺していた。

加えて、さらなる来客がやってきた。

——どこかで聞いたことのある声だ。

扉のほうへ視線をやると、そこにいたのは倒れていたカホを拾い、助けてくれた老夫婦の姿だった。見慣れないが、この場に相応《ふさわ》しい、盛装を身に付けている。

驚きで目を見開いたカホに伝えられたのは、老父はかつてこの国の騎士団に籍を置き、未だに語り継がれるほどの強さを誇った戦士だということだ。

情報過多でカホはついていけない。そんな彼女をおいて、話は勝手に進んでいく。老夫婦が席に着き、世間話もそこそこに、カホとカイルの婚約、そして結婚の話題になった。カイルの家族は彼が前もって話していたので、カホのことを知っていたという。その上で、ふたりの結婚を喜んでくれている。老夫婦もカイルとの事情はすべてセアラから聞いていると言い、「貴女が幸せならば嬉しい」と喜んでくれた。

カホが気にしていた身分差は、なんと老夫に伯爵位が与えられていることが判明し、あっけなく解決する。つまり伯爵夫婦の養子に入れば、カホは伯爵令嬢となるので文句は出ない。

話は次々に進み、カホはカイルとの結婚のために、城勤めを辞めることになる。結婚式まではこの邸宅で、花嫁修業をして過ごすのだ。

そして結婚式当日の今日。準備を終えたカホは、控え室で声が掛かるのを待っていた。今日は見事な晴天で、絶好の式典日和《びより》だ。

教会までの移動は馬車だった。

道中、カホは人の視線をひしひしと感じるが、何事もなく教会に着く。

婚約期間中、貴族のお嬢様方に何度か嫌みを言われたものの、適当に流していたので、満足したのか最近、絡まれることは少なくなっていた。

「それにしても、婚約期間三ヶ月で結婚って、やっぱり早すぎじゃないの……?」

衝撃の顔合わせから三ヶ月。今日までに過ぎていった日々を思い出し、カホはそう突っ込む。

元の世界で聞いた友人の話では、通常、婚約して結婚式までは早くても半年、一般的には一年ほどの期間を取るそうだ。セアラにも尋ねたところ、この世界でも通常はそれぐらいだという。

しかし獣人の場合は、番《つが》いに出会ってすぐに結婚届を提出することが多いらしい。

カイルは準備が整い次第、届けを出し、結婚式を行うつもりだったようだ。

だが、カホが貴族の娘としての礼儀作法を身に付けるには時間が必要だった。お陰で三ヶ月の猶予が与えられた。

「早めるのは構いませんが、きちんとした礼儀作法を知らなければ、恥をかくのはお前ではなく彼女のほうなのですよ」

そうぴしゃりと言ってくれた彼の母親には感謝している。

レッスンはその母親が付きっきりでしてくれたが、とても厳しかったのは言うまでもない。新入社員時代に世話になったお局様《つぼねさま》よりも恐ろしかった。

やっとのことで及第点を貰えたのは、つい最近のことだ。

そしてカホは今、教会の中に作られた控室にいる。

つ、と視線を上げると、真っ白いドレスに身を包んだ自分が、鏡の中から見返していた。緊張で心臓が飛び出てしまいそうだ。

花嫁修業中に慣らされたとはいえ、コルセットをこれでもかと締められている。ささやかだった胸の谷間が強調されたことに感動する余裕もない。

参列者は、お互いの親しい人だけだが、ここまで緊張することが今までにあっただろうか。就活中の面接とはまた違う息苦しさを感じ、肩に力が入ってしまう。このあとの段取りを思い出して、眩暈《めまい》がした。

先ほどまで、カイルの屋敷で侍女頭をしているという恰幅《かっぷく》のいい女性が嬉しそうに着替えを手伝ってくれていたが、準備が整ったことを伝えると言って部屋を出ていった。

セアラも着替えを手伝ってくれたのだが、今は席を外《はず》している。

未練はないと、カホのあとを追って城勤めを辞め、ルーデンドルフ家の侍女になったときは、カホは心の底から驚いた。結婚式が終わり次第、ついてきてくれるらしい。

カホは深呼吸を繰り返し、少しだけ気持ちを落ち着けた。

やがて恰幅《かっぷく》のいい侍女頭が戻ってきて、にっこり笑いながら「参りましょうか」と言う。ヴェールを下ろし、優しい色の切り花が揃ったブーケを持たせてくれる。

「扉の前までは、私がご案内いたしますね」

そう言って手を差し出してくれたので、恐る恐る手を乗せる。

社会人だったころは毎日履いていたヒールの高い靴も、こちらに来てからはすっかりご無沙汰だ。だが足は覚えているもので、控え室を出て教会内部へ続く扉の前へ到着するまでも、左右の扉が開いて祭壇の前で待つ彼のところへ行くときも、足が縺《もつ》れたり躓《つまず》いたりして転ぶことはなかった。

――今日のカイルは、いつにも増して格好良い。

婚約してからやっと見慣れるようになった団服も素敵だけれど、白を基調とした正装は、彼の容姿を一層引き立てている。

そんなことを考えていると、ヴェール越しにカイルと目が合った。彼はしばらくカホの姿を凝視していたが、すぐに照れたように微笑《ほほえ》む。カホが返せたのは、ぎこちない笑みだけだ。

左右に並んだ席には、お互いの親族のみが並ぶ。

カイル側は彼の両親、長兄夫婦とその子どもたち、わざわざ隣国から今日のために来てくれた姉に、魔術師団に缶詰になることが多い次兄、それから妹のダリア。

カホ側は、今や義理の両親となった老夫婦。

この場にはいないセアラは、どこかで見守ってくれているだろうか。

初老の司祭が、式を進行させていく。

誓いの言葉を交わし合い、指輪の交換をした。

銀色の、シンプルなリングをお互いにはめていく。はじめはこの世界の通例《ならわし》通り、互いの瞳の色の石をはめたリングを作る予定だったが、カホが待ったをかけた。カイルの瞳の色は好きだけれど、自分の瞳の色はありきたりすぎる。

話し合いを重ねた結果、「石の色だけでもデザインが違ってしまうのは嫌だな」というカホの言葉にカイルが折れ、内側に互いの名前を入れることで決着した。

カホの左手薬指に、カイルとお揃いの色が輝く。

湧き上がってくる喜びに、涙腺が緩《ゆる》む。そして同時に、今日という日を、両親と弟に見てほしかったなと胸が少しだけ痛んだ。

「――それでは、誓いの口付けを」

ヴェールを上げられ、視界が鮮明になった。頬にそっと、彼の手が添えられる。

「カホ」

口付けの直前、カイルの薄いくちびるがカホの名前を呼ぶ。首を傾《かし》げる間もなく、端整な顔が近付く。

「愛してる」

ひどく優しい声でそう囁《ささや》き、不意打ちとも言えるタイミングでカイルはカホに口付けた。一瞬だけ触れて、離れていく。

くちびるから頬、顔中へ、熱が伝染していった。

司祭が何か話しているが、その言葉は耳に入ってこない。

彼と繋いだ手にそっと力を込める。

「っえ!?」

すると、ひどくご機嫌なカイルに横抱きにされ、行きはひとりだったヴァージンロードをその状態で戻ることになった。自然と彼の首に腕が回る。

あら、だとか、ああ、だとか、さすが俺の子、だとか、そんな言葉で会場中がざわめく。

戸惑《とまど》いがちに彼に視線をやると、それに気付いたカイルと目が合う。濃紺色《のうこんしょく》の瞳が、いつにも増して愛《いと》おしさをたたえ、カホを見つめていた。

「ドレス、似合ってる。思った通り……いや、それ以上かな」

「あ、ありがとう、ございます」

改めて彼の口から褒められると、気恥ずかしい。

気付けば目前には扉が迫っている。その前で、カイルの足が止まった。

「——俺を好きになってくれて、ありがとう」

カホのくちびるにもう一度口付けると、カイルはそう言って微笑《ほほえ》んだ。


その夜。ルーデンドルフ家の屋敷からカイルが所有する別邸に移ったカホは、緊張の面持《おもも》ちでベッドに腰掛けていた。

式自体は滞《とどこお》りなく済んだが、カイルに抱かれて教会の外に出た瞬間、そこにいたのは数多くの人だった。ほとんどは新郎新婦をひやかしに来たギャラリーだろうが、明らかに貴族の令嬢だとわかる娘が交じっていたのだ。

所々に騎士団の団服を着た男性の姿があったのは、小規模の式とはいえ、騎士団団長の結婚式で何かあったらまずいと配置されていたらしい。

何もなければ動く必要はなかったが、式が進むにつれて貴族の令嬢らしき娘が増えてきたため、表に出てきたようだ。

だが、お姫様抱っこで現れた上、恥ずかしそうに身を捩《よじ》る花嫁をこれでもかと甘やかす花婿の姿に、誰もが毒気を抜かれたらしい。

何事も起こらずカイルの屋敷へ向かうことができた。

お互いの親族のみで食事会をし、食後の杯を交わしたあとに解散になる。

別れ際、「頑張るのよ」と両手を握り締めてカイルの実姉と義姉《あね》に言われた。その理由がわかったのは、寝室に隣接している浴室で体中をぴかぴかに磨き上げられたあと、用意された《それ》を見たときだ。

「本日はこちらをお召しになるよう、言い付かっております」

そう言われてしまうと、カホが首を横に振ることはできない。

幸いだったのは、《それ》の上に着るよう準備されていたのが、透《す》け感の少ないネグリジェだったことだろうか。明るい部屋では色の差で見えるだろうが、明かりが絞られていれば、ほぼわからない。

渋々それらを身に付けて、カホは浴室を出たのだ。

そして、部屋の明かりを落とした。三人ぐらいは眠れそうなベッドの横にあるランプのみを灯《とも》したが、緊張が増しただけでそわそわと落ち着かない。

今日が初夜という形にはなるが、すでに何度かカイルに抱かれている。とはいえ、そのときとは何もかも状況が違う。

「式が終わるまでは、口付けだけで我慢する。だけどそのあとは――覚悟しておいて」

三ヶ月前。花嫁修業のためにルーデンドルフ家の世話になることが決まった日に言われた言葉を思い出して、頬が熱くなる。

その言葉通り、以来、カイルは口付け以上のことをしてはこなかった。カホの傍《そば》に彼の家族が常にいたということもあるだろうが、今日まで同じ部屋で眠ったことすらない。

満月の夜に狼姿の彼と会うことは何度かあったが、そのときにもいくらか戯《たわむ》れたあと、口もとを舐めるだけで暗闇の中へ消えてしまっていた。

前は、本当にただ会えれば嬉しかった。抱き締められて、口付けられて、好きだと言ってもらい、それで幸せだった。

なのに今はカイルのことを考えると、体が熱を帯《お》びてくる。

あの手に触れられたいと、考えてしまっている。

こんなに淫《みだ》らではなかったはずなのに。

カホは頭を振って、必死に思考を逸《そ》らそうとした。いっそ、何かをしていれば気も紛《まぎ》れるだろうかと立ち上がると、ベランダに面した大きな窓から、綺麗な月が見える。

「う、わぁ……」

思わず窓に駆け寄りカーテンを捲《めく》る。満月ではないけれど、煌々《こうこう》とした月が夜空に浮かんでいた。とても綺麗で、思わず見惚《みと》れてしまう。

どれくらいそうしていたのか、背後から聞こえた扉が開けられる音に、カホは我に返った。

振り返ると、扉に手を掛けたまま、カホを見つめているカイルの姿がある。

とくん、と胸が大きな音を立てた。

「カ、カイルさん、お疲れさ……っ」

最後まで言えずに、カホの言葉は途切れる。焦《あせ》った様子で近付いてきたカイルに、強く抱き寄せられたのだ。

「……月に――」

「え？」

「月に、攫《さら》われてしまうかと、思った」

何を言っているのだろうかと顔を横に向ける。けれど、覗き込んでくる瞳には焦燥《しょうそう》の色が浮かんでいて、茶化すことはできなかった。

「今日結婚式を挙げて夫婦になったのに、早々に月に浮気なんてしません。それに月だって、攫《さら》うならわたしじゃない娘を選びますから」

「俺が月なら他の誰でもなく、カホを攫《さら》うよ。――そして俺の番《つが》いだと、自慢するんだ」

取られた手首に口付けられる。濃紺色《のうこんしょく》の瞳には、今や隠しきれない熱が灯《とも》っていた。

ゾクリとカホの背筋が震える。それは恐怖ではなく、これから訪れることに対する期待だ。

月の光に照らされた美しい顔が近付いてくる。そっと瞼《まぶた》を閉じると、くちびるが重なった。ちゅ、ちゅ、と触れるだけだった口付けが、次第に荒々しくなっていく。

「ん……んっ……」

僅《わず》かに開いたくちびるの間から侵入してきたカイルの舌が、我が物顔でカホの口内を蹂躙《じゅうりん》する。粘膜を舐められ、体が思わず跳ねた。

唾液を交換するかのように舌を絡められ、吸い上げられる。

久しぶりの深い口付けに翻弄《ほんろう》され、カホは何も考えられなくなった。自分で立っていたはずの足には力が入らなくなっていて、腰に回るカイルの腕がなければ崩れ落ちていただろう。

「……ぁっ」

くちびるが離れ、吐息が下りてゆく。首筋に熱を感じたかと思うと、ちくりとした痛みが走った。二度、三度とそれは繰り返される。そのたびにカホは、悩ましげな吐息を漏らした。

「っは……ぁ……かい、る、さ……」

恐る恐る目を開くと、欲情を潜《ひそ》ませた瞳と目が合った。カホが手を伸ばして頬に触れると、その瞳が甘く蕩《とろ》ける。

強請《ねだ》るようにくちびるを寄せれば、再び優しい口付けが落ちてきた。

「……カホ」

吐息混じりの声が、色っぽい。

誘うようにカイルの頬を撫《な》でていた指先を、そっと首筋に伸ばす。男らしい喉もとが、こくりと鳴った。

「これからよろしくお願いします、ね。あなた」

そう言って微笑《ほほえ》み掛けると、カイルが一瞬固まる。

けれどすぐに本日二度目の横抱きでカホを抱え、ベッドまで運んでいった。

† † †

そっとベッドにカホを下ろしてやる。真っ白いシーツに、漆黒が散らばった。

「……明かり、消してほしいで、す」

ちらりと彼女がベッド横のランプを見て、口にする。

その反対側には大きな窓があるので、おそらく月の光だけでも彼女の美しい肢体はよく見えるだろう。——それに人狼の血を引くカイルは、夜目がきくのだ。

要望通りにランプの明かりを落とし、彼女の上に覆《おお》い被《かぶ》さる。今度は正面から口付けながら、カイルはカホの腕をそっと自分の首に絡ませた。

「……んっ……ん、ふぁ……」

不慣れながらも必死に口付けに応《こた》えようとしてくれる彼女の姿は、情欲をそそる。室内に響く濡れた吐息が、体の芯に灯《とも》る熱をより一層強くしていった。

けれど、いくら久しぶりに触れる愛しい番《つが》いの体とはいえ、焦《あせ》って彼女に苦痛を与えたくはない。

ぺろりと彼女の熟《う》れたくちびるを舐めて、尋ねた。

「姉上がカホに贈り物を渡したから、ふたりきりになったら見せてもらうといい、と言っていたんだけど、何を渡されたの」

「え？　……あっ」

帰り際に告げられた姉の言葉を伝えると、カホは一瞬考え込んだあと、理性を取り戻した。

途端に視線を泳がせ、「あー」だの、「えー」だの、返事にならない言葉を呟《つぶや》く。

「や、そんな……カイルさんが興味を持つようなもの、では……」

「それは見てみないことには。何か怪しいものでも渡された？」

あのときの姉の表情は、明らかに何か企《たくら》んでいるものだった。心配になったカイルが重ねて尋ねると、カホは首を左右に振って否定する。

だが、それでもまだ戸惑《とまど》っているのか、艶《つや》めく赤いくちびるは開かない。

「――カホ」

声をいつもより低くして、彼女の名前を呼ぶ。カホはびくりとその身を震わせたが、視線がこちらを向くことはなかった。

「俺には言えないようなものを、貰ったの？」

「つや、ぁ……」

囁《ささや》きを落としながら耳殻に歯を立てると、カホの口から悩ましげな吐息が零れる。

もっとも、教えられないようなものを渡したのなら、姉がカイル本人に言うはずがない。

――頑張るのよ、と言われていたことと、関係があるのだろうか？

耳の形に添って、舌を這わせる。身じろぎをしようとする体を押さえ付けて、逃げ場をなくした。

「ひっ……ぁ、あ……っ言う、言う、からぁ……っ」

観念したカホに涙目でそう訴え掛けられ、カイルは拘束の力を緩《ゆる》める。

呼吸を整えながら、彼女は一度迷ったようにくちびるを開閉させると、「い、一回起き上がってもいいですか」と聞いた。

予想外のお願いにカイルは一瞬目を細めたが、頷いて、カホの腕を引きその体を腕の中に閉じ込める。

「……それで？」

言葉の続きを促《うなが》すと、カホはびくりと肩を揺らした。恐る恐るというふうに彼を見上げてくる。

ついにカホは観念して、贈り物の正体を口にした。

「下着を……プレゼントされたんです」

恥ずかしそうに顔を伏せる。

カイルの姉が贈ったのは、隣国で流行《はや》っている形のランジェリーだった。

元々はいくつも海を挟んだ先の国での主流だったらしいが、その国の商人が他国で商《あきな》いをする際にこのランジェリーを持ち込み、これは良いと、貴族の令嬢を中心に人気が出ているのだという。

入浴を終えたあと、カホは初めてそれを目にしたそうだ。

カホの世界では、ブラジャーとショーツと言うらしい。ネグリジェの下から見え隠れするそれに、カイルは喉を鳴らした。

「っや、やっぱり着替えてきても、いいですか……？」

「駄目」

逃げ腰のカホに、カイルは素早く返事をする。

「よく見せて」

耳もとで低く、甘く囁《ささや》いた。カホの背中が震えるのを感じ、体の芯に熱が灯《とも》る。

彼女は震えた手でネグリジェに指を掛けた。ぎこちなく、ゆっくり脱いでいく。上下揃いのデザインのそれには、黒地にレースがふんだんにあしらわれていた。

カホの素肌を目にした瞬間、カイルは彼女をシーツの上に押し倒した。

「え？」

カホは唖然《あぜん》として声を上げる。

熱を帯《お》びた焦《こ》げ茶《ちゃ》の瞳と目が合った。カイルは余裕をなくし、熱い吐息を彼女の首筋に落とした。

「姉上の企《たくら》みには毎回頭を悩ませていたけれど、今回は礼を言っておこうかな」

「カイル、さ……ん」

「似合ってるし、綺麗だよ」

「ん……ッ」

「それにすごく……そそられる」

白い肌に、黒のコントラストがよく映《は》えている。

狙ったような厭《いや》らしいものではなく、レースが施《ほどこ》されたそれは、どちらかといえば可愛いデザインだ。だが色気は存分に感じさせる。

——本当に、姉の慧眼《けいがん》は恐ろしい。

カイルは無防備な胸もとを吸い上げ、その素肌に赤い華を散らした。

いくらでも印を付けたくなるのは、獣人の習性だ。番《つが》いにきちんと自分のものである証拠を刻み付けて、自分以外の雄には触れさせないようにする。

前回付けた痕は、当然ながらすべて消えてしまった。けれど今後は一夜限りではなく、これから毎夜、この腕の中に抱くことが許される。消える前に、新しいものを付ければ良い。

「ぁ、や……っまっ……」

「待てない」

覆《おお》い被《かぶ》さる体を押し退けようと、カホの腕が伸びてくる。その腕をベッドに縫い付けて、甘い吐息を漏らすくちびるに、深く口付けをした。

夜はまだ、これからなのだ。

カホの胸もとを覆《おお》っている布の下部に指を引っ掛けると、カイルはそのままずり上げる。

恥ずかしがりながら見慣れぬ下着を身に付けて誘惑してくれる姿は非常にそそるが、早く妻となった彼女を感じたいという気持ちのほうが強かった。

「ふ、ぁ……ん、んん……」

決して大きいとは言えない膨《ふく》らみは、それでもカイルの喉を鳴らすには十分だった。伸ばした手のひらで、そっとその膨《ふく》らみを覆《おお》う。壊れものを扱うかのような優しい手付きで、ゆっくりと揉み始めた。

やわやわと揉みしだくたびに、カホの口から悩ましげな吐息が零れる。

「ぁ、ゃっ……！」

「カホのここ、もうこんなに硬くなってる。口付けだけで感じた？」

「っい、わないで……っ」

胸の先の突起は、すでに色づいている。そこを摘《つま》み上《あ》げると、カホは堪《こら》えきれないというふうに淫《みだ》らな吐息を漏らした。愛撫を続ければ、カホは身を捩《よじ》って快楽から逃げ出そうとする。もちろん逃がすはずはなく、シーツに皺《しわ》ができるだけだ。

もう片方の膨《ふく》らみにも触れたいが、カイルの片手はカホの手を拘束するのに使われていて、離せない。おそらく今離したら、彼女は声を出すまいとその手を口もとに持っていくのがわかっている。

「……ゃあぁっ」

考える間もなくカイルは上下する胸もとへ顔を埋《うず》め、その薄いくちびるで、もう片方の胸の先にしゃぶりついた。唾液を塗りたくり、突起に舌を這わせる。

さらなる刺激を与えるように先端に吸い付くと、大きくカホの体が跳ねた。

必死に声を堪《こら》えようとくちびるを噛むので、カイルは胸への愛撫を一度やめ、彼女のくちびるに指先を這わせた。傷の有無を確かめる。

幸い、そこまで強く噛み締めていないようで、皮が剥《む》けたり、血が出たりはしていなかった。

「カホ、くちびるを噛まないで」

「っは、ぃ……」

「声を我慢することも、許さない。……ちゃんと聞かせて？」

僅《わず》かに理性の残る瞳を覗き込みながら、カイルは囁《ささや》く。

羞恥心《しゅうちしん》から、声を我慢しようとしているのはわかっていた。

その仕草にも、少なからず欲情する。

けれど天秤に掛ければ、彼女のその艶《あで》やかな声を、自分の愛撫に感じてくれているその声を、聞きたいという欲望に傾いた。

カイルのお願いに、カホの瞳が揺れる。少しの沈黙の後《のち》、彼女は小さく頷いた。下唇を噛み締めようとしていたのを我慢して、降ってくるくちびるを甘受してくれる。

「ぁ、あ……っ」

ベッドに縫い付けていた両手の拘束を外《はず》し、カイルは胸の膨《ふく》らみへの愛撫を再開させた。頂《いただ》きを指の腹で擦《こす》り上げたり、真っ赤な舌で転がすように刺激したりしてやる。そのたびカホは甘く啼いた。

彼女の手が、ぎゅうと強くシーツを掴む。

「あっ、ん、ん……」

カイルは自分の印を付けることも忘れない。

胸もと、腹部、腰と、口付けの位置が下りていく。ショーツと呼ばれる下着と素肌の境目辺りに口付けると、カホはびくりと体を揺らした。

しかしまだ、下腹部を覆《おお》うそれに手を掛けることはせず、カイルは無防備に晒《さら》された太ももに手のひらを這わせる。しっとりと、吸い付くような肌だ。

真っ白なその素足に、啄《ついば》むように口付ける。ふるりとふるえた肌に、そっと視線を上げると、真っ赤に頬を染めたカホの熱っぽい瞳と目が合った。

ドクン、と心臓が激しく跳ねる。

カイルはカホの膝に口付けを落とした。けれど、片足を持ち上げようとすると、慌《あわ》てた様子の彼女に抵抗されてしまう。

「ま、待ってカイ、ルさ……！」

「待たないって、さっき言った」

「それとこれとは、話がちが……だ、め……っ」

荒くれ者を相手取ることもあるカイルにとって、カホの抵抗は赤子同然だ。彼女の抵抗など歯牙にもかけず、カイルは躊躇《ちゅうちょ》なく、カホの足を持ち上げる。

柔らかい内ももを撫《な》で、そこにも赤い華を咲かせると、下腹部を覆《おお》う布の、色が濃くなっている部分を人差し指と中指で優しく触れた。

くちゅり、と厭《いや》らしい水音が響く。

「や、……みな、いで……」

「どうして？　俺に触られて、カホがこんなに感じてくれてる。男冥利《おとこみょうり》に尽きるよ」

「あ、んん……っ」

月の光が入り込んでいるお陰で、色が変わっているのがよくわかる。

蜜の溢《あふ》れるその場所を、カイルは布一枚を挟んで刺激する。さらなる蜜が溢《あふ》れ、布を濡らした。

カホの腰がもどかしげに揺れる。

カイルはカホの内股に顔を埋《うず》め、リップ音を立てて、口付けた。

次いで舌を這わせる。カホの口から止めどなく艶《なま》めかしい喘《あえ》ぎが溢《あふ》れ出《で》ていく。

「……ひ、ぁあっ」

持ち上げた片足の内ももに、カイルは歯を立てる。優しく甘噛みすると、カホが愉悦の声を上げた。

「っふ……あっ、ぁん……っ」

布越しに割れ目を撫《な》でる。

次いで敏感な花芽をつつくと、カホは身悶《みもだ》えた。

「……少し脱がすのが勿体《もったい》ない、な」

「え？　あ……あ、ぁっ……」

布を横にずらし割れ目を直接なぞると、新たに溢《あふ》れた蜜がカイルの指先に絡む。

「ん、んん……っ」

潤《うるお》ったそこはカイルの指を一本、呑み込む。

浅いところを擦《こす》り、深いところまで出し入れを繰り返すたびに、蜜口が淫靡《いんび》な音を立てた。

縋《すが》るような視線を向けられて、甘い吐息を零すくちびるに口付けると、無防備な笑みと蕩《とろ》けたような瞳が返ってくる。

彼女の理性が順調に擦《す》り切れてきていることに気付きながら、カイルは蜜口へ侵入させる指を二本、三本と増やしていった。

呑み込まれた指先に、溢《あふ》れる蜜が絡む。

そろそろかと、カイルはカホの身に付けている下着に手を掛けた。名残惜《なごりお》しく感じながらも上下ともに剥《は》ぎ取《と》ってしまう。

そして足の間に顔を埋《うず》めると、しとどに濡れるその場所に舌を伸ばした。

「あ、あっ」

唾液と蜜を啜《すす》る水音が、部屋中に反響している。

花芽を吸い上げ、カホの腰を揺れさせる。何度か軽く達したのか、彼女の体は強請《ねだ》るように動いた。

「――カホ」

こちらを見つめる瞳が震えている。

「かい、る、さ、……も、くるし、ぃ」

一度体を起こし、カイルは身に付けていた衣服を脱ぎ捨てた。

露《あら》わになっていくその肉体から、カホがそっと視線を外《はず》す。けれどちらりと視線を戻し、月の光に照らされている彼の体に刻まれた、大小様々な傷痕を見つめる。

カホの指先が、腹部にあった傷をなぞる。カイルは肩を揺らし、苦しげな息を零した。

「もう、痛くない、の？」

「ほとんど、古い傷なんだ。最近は残るような怪我はしてないよ」

そう答えて、彼女の膝裏を掴む。先ほど噛み痕を残した場所にもう一度吸い付いた。

「……ふ、ぁ……ん……っカ、カイル、さんっ」

「傷の話は、またあとで。……俺も、そろそろ限界、なんだ」

カイルは割れ目に硬く熱い雄芯を触れさせる。

カホが小さく頷くのを確認し、頬をひと撫《な》でしたあと、雄芯をゆっくりと埋《うず》めていく。

「ん……ひ、ぁあ……っ」

腰を押し付け、なんとか最後まで彼女の中に収めた。荒く呼吸を繰り返すカホの頬に掛かった髪を払ってやる。そして額同士をくっつけた。

「カホ、苦しくはない?」

問い掛けると、彼女はゆるゆると首を横に振った。涙に濡れた瞳がゆっくりと開き、カイルを見つめる。

「ん、だいじょ、ぶ。……くる、しくないって言ったら、嘘になる、けど……」

カホが手を伸ばしてくる。ぎこちなく微笑《ほほえ》んで、カイルの頬にそっと手のひらを当てた。

「それ以上に、しあわせだから……苦しいのも、嬉し……ぁ、ぁあっ」

「……カホには男を煽《あお》ったらどうなるのか、教える必要があるかな……ッ」

「ゃあっ……あっあぁっ」

男を知らないからこその無意識が、罪深い。カイルの理性が完全に焼き切れた。

カホの細い腰を掴んで、突き上げる。

彼女の口から一層高い声が上がって、カイルは思わず口角を上げた。

「あっ……ん、んん……っ」

「ああ、こっちもきちんと、触ってあげないと」

「やっ……」

揺さぶるたびにカホの胸もとで震える突起を、カイルは指先で弾《はじ》いた。

ひくりと彼女の体が揺れる。カホが感じてくれているのがわかると、カイルは躊躇《ちゅうちょ》なく攻め立てた。

「あっ……あぁ……っ」

奥を突き上げると、縋《すが》り付いている腕の力が強くなる。

「ひ、ぁあ……や……っ」

「嫌だと言うわりに、ここは俺を締め付けて放さないようだが」

「ち、が……っあ、んんっ」

口では否定しながらも、カホの正直な体は雄芯を締め付けた。

雄芯で蜜口を掻き混ぜると、堪《こら》えることを禁じた嬌声《きょうせい》が部屋中に反響する。

「ぁ、あっ、やっ……そこ、だめ、だめな、のぉ……っ」

最奥を穿《うが》ち、カホに悲鳴のような声を上げさせた。

湧き上がる悦楽から逃《のが》れようと彼女は身を捩《よじ》るが、自分の作り上げた檻《おり》から逃すつもりはない。

「あっ、ああっ」

遠慮なく突き上げ続ける。

もうすぐ達しそうだと感じたカイルは、激しかった律動をやめ、浅いところをゆっくりと擦《こす》る動きに変えた。

緩《ゆる》やかな動きで雄芯を出入りさせる。

彼は口角を持ち上げた。ちろりと、くちびるを舐める。

汗がぽたりと、白い肌に落ちた。

「っふ、ぁ、あ……ゃ、なん、で、……」

「そこまで駄目と言われたら、無理強《むりじ》いするわけにはいかないからね。カホに苦痛を強《し》いることはしたくない」

「……んんっ」

払った髪の下の耳朶《じだ》に舌を這わすと、カホの体がびくりと震える。カイルは喉で笑い、浅いところを擦《こす》り上げた。

「っカイル、さん、の、いじわる……ぁっ」

「意地悪するのは、カホにだけだよ。それに無意識に煽《あお》ってくる悪い子には、お仕置きが必要だろう?」

カイルは艶《なま》めかしく笑って、耳殻に歯を立てた。気付けばカホの両足は、カイルの腰に絡み付いている。

「っごめん、なさ……っも、浅いのいやぁ……っ奥、ほし……の……っ」

拙《つたな》くくちびるを重ねながら、彼女がカイルに強請《ねだ》るひどく甘ったるい声に、くらくらする。

「っいい子、だ」

「ひ、ああっ」

カイルは一度腰を引き、一気に奥まで挿入する。カホの喉から悲鳴が迸《ほとばし》った。

カイルはカホの腰をがっちりと押さえる。

「うん、んっ、ぁあ、ぁんっ」

「は……っすご、いな、すぐに持っていかれそう、だ」

「あっ、ぁ……イルさ……っカイル、さ、んっ」

カホの口から、甘い悲鳴が止めどなく溢《あふ》れた。

名前を呼ばれたカイルがくちびるを寄せると、カホはその口付けを嬉しそうに受け入れる。蕩《とろ》けた瞳はただひとり、カイルだけを見つめている。

湧き上がったのは、愉悦だ。

「……っごめん、もう放せない。――俺の心を、永遠にあげる。だから」

――カホの心も、俺にちょうだい。

そう口にしたいのを奥歯を噛み締めて堪《こら》え、カホを追い詰めるように、カイルは律動を激しくした。最奥を抉《えぐ》るように突き上げる。カホが嫌々と首を横に振っても、容赦《ようしゃ》なく追い詰めた。

「ぁ、あ、ぁぁああ……っ！」

「……っく」

カホはカイルの背中に爪を立てながら達した。びくん、とその体が大きく震える。内壁が蠢《うごめ》き、カイルの雄芯を締め付けた。その誘惑に従って腰を押し付け、最奥へ注ぎ込むようにカイルも白濁を吐き出す。

余韻から抜け出せず、ぼんやりとした瞳で自分を見上げるカホの首筋に顔を埋《うず》め、カイルはそっと口付けた。

「ぁ……ぁあ……」

悩ましげな吐息が、カホの口から零れた。

やがて彼女の瞳は理性を取り戻してきたようだ。頭を抱えている。

その腰を、カイルは大きな手のひらで撫《な》でた。

「あ、んん……っカ、カイル、さん？」

カイルはくちびるの端を吊り上げて笑い、強度を取り戻した雄芯で再び最奥を突き上げた。

そのまま腕を引いて、彼女の体を引っ張り起こす。そして、ベッドに座った自分の膝の上に座らせた。

「……ひぁっ、あっ」

より深くまで雄芯が入り込むのか、カホは身震いをして、より頬を赤く染めた。

「カホ」

低い声で、名前を呼ぶと、カホの中が強く締め付けてくる。

「——覚悟しておいてと、言っただろう。今夜は、一度じゃ満足できない」

「ぁっ、ああっ」

ゆるりと腰を動かし、一度は落ち着いた熱を灯《とも》してやる。するとカホは、腕を回して
カイルにしがみついた。

腰をしっかりと抱き、逃げ場をなくしてしまう。

「あっ、ぁ、んっ、っんん」

先ほどよりも強く奥を突き上げながら、カホのくちびるに己のそれを寄せる。そして
呼吸を奪うように深く重ねた。

月に照らされて乱れる彼女の姿は、何物にも代えがたいほどに美しい。

控えめなふたつの膨《ふく》らみがふるりと震えた。誘われるがままにその先端にくちびるを
寄せると、カホはより一層甘い声を上げる。

動いてみせて、と強請《ねだ》れば、真っ赤な顔をしながらも腰を揺らして淫《みだ》らに踊ってくれた。

「カ、カイル、さ……っぁあんッ」

何度目かわからない絶頂を与えるために、カイルはカホの腰を掴み、下から勢い良く突き上げる。

生理的な涙がカホの頬を伝う。それを己の舌で拭《ぬぐ》いながらも、カイルが攻めの手を緩めることはなかった。

――窓から差し込む月の光は、まだまだ太陽の明るさに代わりそうにはない。

それから何度も愛を囁《ささや》き、カホを絶頂へ追いやり――

結局、カホが眠りに落ちるのを許したのは、月が隠れ、太陽が顔を出し始めたころだった。

†　†　†

結婚式を挙げてから、およそひと月半後。

式翌日からカイルが取るはずだった十日間の休暇は、彼自身が動かなければならない案件ができてしまったため半日になり、日を改められることになった。

その後も執務が重なったこともあり、カイルは多忙な日々を送る。

カホも礼儀作法のレッスンだったり、改めてこの国の勉強をしたりで、慌《あわ》ただしく日々を過ごした。

夫のいない間に家を守るのは、妻の仕事だ。

休日もあったが、お互いの予定が合わなかったり、予定が入ってしまったり。たまに、ふたり揃って過ごせる休日ができたかと思いきや、触れられなかった分を補うようにカイルに抱き潰されて、外出どころではなかった。

そして先日やっと一段落したらしく、カイルは取れなかった休暇を取ったのだ。

そんな休暇二日目の昼下がり。暖かな太陽の光が降り注ぐ庭のベンチにて、カホは読みかけの本を手に、上がる熱を下げるのに必死になっていた。

すぐ隣には夫であるカイルが座り、一分の隙間もなく密着している。

ベンチに座る前から腰に回されていた腕は、離れることを許さないと言わんばかりにしっかりとカホを拘束している。

そしてカイルもまた、何やら小難しい文字の踊る本を膝に置き、それに目を通していた。

政治の本でも読んでいるのだろうか。カホには中身がわからなかったが、ページを捲《めく》る速度は規則的だ。

それとは反対に、カホがページを捲《めく》る音は途絶えて久しい。

半分ほど読み進め、一息ついて隣を見たときの彼の近さに、再び文字に集中することが困難になってしまったのだ。

ただでさえ、カイルの容姿は整っている。少しずつ慣れてきてはいるけれど、やはりこうして至近距離に彼の顔があると、一歩後ずさりたくなってくる。

文字を追う彼の横顔は真剣で、思わず見惚《みと》れてしまった。

彼の匂いと爽《さわ》やかなフレグランスが鼻を擽《くすぐ》り、胸がきゅんとする。

「……そんなに見られると、口付けを強請《ねだ》られてるんじゃないかって、勘違いしそうだ」

不意に楽しそうな低い声が鼓膜を震わせる。

カホがはっと我に返ると、文字を追っていたはずの濃紺《のうこん》に見つめられていた。カホは慌《あわ》てて首を横に振る。

「ちが……っ！　真剣な顔してるカイルさんはいつも以上に格好良いなって思っただけで」

口にして、墓穴を掘ったことに気付く。

「……なんでもないです」

カホは持っていた本で顔を隠した。

恥ずかしい。恥ずかしくて、居たたまれない。

ただでさえ一緒に過ごす時間は甘やかされ、周りからの揶揄《やゆ》の視線に晒《さら》され続けて恥ずかしさが限界だ。これ以上どうしろというのか。

これが彼らの番《つが》いへの愛情表現の標準だというのだから、今までどれだけ我慢してくれていたのだろう。

獣人の血を持つ者と結婚した先輩である彼の母親には、「羞恥心《しゅうちしん》を捨て、開き直るのが大切です」と言われている。しかしカホは、おひとり様期間を謳歌《おうか》しすぎた。

――いっそもう、この場から逃げ出してしまいたい。不意打ちを狙えば腕の力が緩《ゆる》んで……できなくはない、はずだ。

そんなふうにカホが考え始めたとき、伸ばされた手が彼女の顔を隠していた本を取り上げた。

顔を上げると、カイルと目が合う。

「あまり可愛いことを言われると、本当に、したくなる」

そう言ってカホから取り上げた本を自身の膝に置くと、彼は空いた手を彼女に伸ばす。頬に触れ、そして親指で、優しくカホのくちびるを撫《な》でた。

触れた手のひらの温かさに、カホは無意識に頬を擦《す》り寄せてしまう。

すぐにそのことに気付き、慌《あわ》てて離れようとしたが、カイルがそれを許さなかった。

「気分が変わった。今すぐ、口付けたい」

その言葉に、カホは目を見張った。

カイルは無理やり口付けるようなことはせず、視線を泳がせて言葉を探すカホの答えを待っている。

「……明日、一緒に街に行ってくれるなら」

口にした願いは予想外だったらしく、カイルは一瞬目を丸くする。けれどすぐに頬を緩《ゆる》ませると、頷く代わりにカホのくちびるに口付けた。

触れるだけのそれは、すぐに離れる。

カホがそっと見上げると、夜空と同じ色の瞳が愛《いと》おしげに彼女を見つめていた。

「カイルさん」

名前を呼んで、そっと腕をカイルの首に伸ばす。

そして満面の笑みを浮かべ、ずっと伝えたかった言葉を、口にした。

「――わたしのこと、好きになってくれてありがとうございます」

今度はカホのほうから口付ける。

少しでもこの気持ちが伝わりますように、と願いながら。

可愛い不意打ちをされて硬直していたカイルが我に返り、お返しとばかりにカホに深い口付けを仕掛けてくるのは、それから数秒後のことだった。

書き下ろし番外編

かわいいあなた、お手柔らかに

ふわりと、カホの意識が眠りから浮上すると、体を温かいものに包まれていた。それがとても心地が良く、思わず擦《す》り寄る。

直後、クス、と微《かす》かに忍び笑いが聞こえて、カホは完全には覚醒《かくせい》していない状態で顔を上げた。ぼやけた視界に夜空と同じ濃紺色《のうこんしょく》が飛び込んでくる。

「おはよう、カホ」

その声と額に落ちてきた口付けに、カホの意識がはっきりする。視界に映った色は夫の目の色で、体を包んでいた温かいものは、彼の腕だった。

結婚してから余程のことがない限りは彼の腕に抱かれて眠り、目を覚ます。けれど未だに起きて最初に彼の端整な顔を見ると、どきどきしてしまう。

「っおはよ、ございます、カイルさん」

彼を直視できなくて、胸もとに赤くなっているだろう顔を埋《うず》めながら挨拶を返す。

昇り始めた日の光が窓から差し込む。

いつもと同じ穏やかな一日が、始まろうとしていた。

いつもより少し目覚めが早かったこともあり、しばらくベッドの中で甘い時間を過ごしたあと、ふたりは起床し、支度を済ませて朝食を取った。

なるべく早く帰ってくるように努める、というカイルの言葉に無理をしないでくださいね、とカホは返して、玄関まで見送りに出る。

「行ってくる」

「はい、行ってらっしゃい。――ん」

出掛ける前にハグをされて、くちびるにキスが落ちてくる。いつものルーティーン。

ほんのりと頬を赤くしながら言葉を返すカホを、愛《いと》しいと言わんばかりの甘い笑みでカイルが見つめるのもいつものことだ。そしてその様子を、使用人たちが微笑《ほほえ》ましく見つめるのも。

名残惜《なごりお》しげに抱擁を解くと、カイルは屋敷を出ていった。

その姿を見送ったカホは彼の妻としての役割を果たすべく、踵《きびす》を返した。

結婚して、一年。

貴族の嗜《たしな》みを叩き込むところから始まったカホは、まだまだカイルの妻として一人前とは言えないが、助けてくれる人たちが多いお陰で、なんとか日々の仕事をこなすことができていた。

カイルやセアラ、屋敷で働いてくれている人たちやカイルの両親をはじめとした彼の家族には、感謝の気持ちでいっぱいだ。

今日も日中の仕事を終わらせて、アフタヌーンにセアラの淹れた紅茶を飲んでいたカホは、窓の外から聞こえた馬の嘶《いなな》きと人の声に動きを止める。

「……何かあったのかしら」

傍《そば》に控えているセアラが窓に近付いてそう呟《つぶや》く。

仕《つか》えられる者と仕《つか》える者になっても、カホとセアラの関係は変わらない。さすがに人の目のあるところでは互いに気を付けるが、こうしてふたりでいる間は友人で、口調だって改まったものは使わない。

「少し様子を見てくるわ。ちらりと見えたけど、騎士団の人みたいだから、旦那様関連のことかもしれないし」

「え……」

セアラからもたらされた情報に、一瞬眩暈《めまい》がした。カイルに何かあったのかもしれないと思ったのだ。

「そんな不安そうな顔しないの。もう、カホはすぐ悪いほうに考えるんだから。ミルクティーでも飲んで、落ち着いてちょうだい」

そんなカホの背中をさすって、セアラは紅茶を淹れ直し、ミルクを注いだカップを手渡してくる。温かい湯気が立ち昇るそれをカホは受け取り、そっと一口飲んだ。

動揺していた気持ちが僅《わず》かだが薄らぐ。

そこへ、少し乱暴な足音と静かな足音が響いた。ふたつの声も聞こえてきて、ひとつは低い男の声だ。セアラが一瞬嫌そうな顔をしたので、ぴんとくる。

「……ヘルツォーク、副団長？」

「ええそうね、そうだわ。あの不愉快な声は、あの男ね」

カイルの右腕とも言える騎士団の副団長として名を連《つら》ねる男、ヴィルフリート・ヴァン・ヘルツォーク。

獅子の血を引く彼はセアラのことをいたく気に入っており、ことあるごとにちょっかいを出しているらしい。それゆえか、セアラは彼のことがひどく苦手のようだ。

眉根に皺《しわ》を寄せ、可愛い顔を歪《ゆが》ませるセアラにカホは苦笑する。

同時に聞こえてきたヴィルフリートよりは高い、けれど耳に馴染《なじ》む人の声に、カホは思わずソファーから立ち上がった。

扉が叩かれ、カホの代わりにセアラが返事をしてくれる。やや乱暴に開かれた扉の先にいたのは、いつも通り団服をはだけさせたヴィルフリートと、頭までをすっぽり隠す外套《がいとう》を着た人物だった。

予想通りの人と、予想外の人の登場にカホは困惑する。

カホを庇《かば》うようにセアラが立つ。その姿を見つけたヴィルフリートは嬉しそうに笑った。

「今日も凛々《りり》しくて、オレの女神は格好良いな」

「いらっしゃいませ。ご用件はなんでしょうか、ヘルツォーク様。旦那様に何かございましたか」

あくまでも来客用の対応をするセアラの声の温度の低さに、カホは少し笑ってしまう。

その言葉に本来の目的を思い出したのか、ヴィルフリートはカホのほうに視線を落とした。

「いらっしゃいませ、ヘルツォーク様」

「よ、嬢ちゃんも元気そうで何よりだ」

「恐れ入ります。それで、ええと……」

どう切り出すべきか迷って、カホは言葉を濁《にご》す。ちらりと視線を向けた先には、ヴィルフリートと一緒にやってきた外套を着たもうひとりの人物。

先ほどヴィルフリートの声とともに聞こえてきたのは、カイルの声だった。だから部屋に入ってきたふたりが話していたのであれば、外套を着ているこの人は夫のはずだ。

だがなぜ、こんな格好をしているのだろうか。

「ほら言っただろ。嬢ちゃん困った顔してんぞ、カイル」

「……カホ」

ヴィルフリートに促《うなが》され、外套を着た人物の口から発せられた声にカホは安堵《あんど》する。

その声は間違いなく、愛する夫のものだった。

「何か、あったんですか？　こんな時間に戻られるなんて。それにカイルさんはどうしてマントを……」

「ちょっと事件が起きてな。カイルはそれに巻き込まれて、人の目を引いちまって仕事にならないから、半休になった」

「えっ」

「ああ、っつっても別に怪我したわけじゃねえから安心してくれ。ちょっとばかり可愛らしくはなったかもしれねえけど、なあ？」

「ヴィル、用は済んだだろう。俺はきちんと屋敷に戻ってきたから、もう帰ってくれて構わないが？」

　やや温度の低い声で、カイルはヴィルフリートに顔を向ける。ヴィルフリートは飄々《ひょうひょう》とした笑みを浮かべて、そんなカイルを見ている。

　状況が掴めず、動けなかったカホだが、やや室温の下がった部屋に、話題を変えたほうが良いと判断し、カイルに話し掛けた。

「カイル、さん」

「ただいま、カホ。こんな格好ですまない」

　手を伸ばしたら、温かい手が触れた。フードから見えた顔は間違いなく愛する人で、カホは安堵《あんど》する。

「おかえりなさい。何があったんですか……？」

「いや、大したことじゃないんだ。少し間違いがあって、その影響が残ったままで」

「間違い？」

　首を傾《かし》げたら、カイルは苦笑しながら空いている手をフードに掛け、頭を隠しているそれを後ろに払う。

　露《あら》わになったのはカイルの整った顔立ちと麗《うるわ》しい銀色の髪、そして髪の上に生えた、ふたつの銀毛の獣耳だった。

「……え？」

ぱちくり、とカホは目を瞬《またた》かせる。

傍《かたわ》らでヴィルフリートの対応をしながら、こちらも気にしてくれていたセアラが「は？」と驚いたような声を上げたのが聞こえた。

カホの反応に肩を竦《すく》めながら、カイルは外套を脱ぐ。着ていたのは見慣れた騎士団の団服だが、彼の背後……正確に言えば臀部《でんぶ》からぴょこんと飛び出ているものにカホは目を見張った。

臀部《でんぶ》に、ふさふさとした尻尾が揺れている。頭上に生えた獣耳と合わせて、それは彼が満月の日の狼姿のときに持っているものと同じだった。

予想外の姿に状況を把握し切れず、カホがカイルを見上げると戸惑《とまど》いを宥《なだ》めるように微笑《ほほえ》まれ、ソファーまで手を引かれて、座るように促《うなが》される。

「セアラ、すまないがお茶を淹れ直してもらえるかな」

「承知いたしました、旦那様。こちらのお客様の分はどうしましょう」

「ヴィルは俺の仕事を代わってくれることになっている。すぐに戻るからもてなすことはしなくて良い。……ああだが、軽食を用意して渡してやってくれ。頼めるか」

「……旦那様のご命令ですので、仕事はきちんといたします。ヘルツォーク様、食べられないものはございますか」

「食べられないものはねえが、しいて言えば野菜があんまり好きじゃねえ」

「では野菜をたっぷり挟んだバゲットを用意いたします」

「つれないところもたまらねえが、それはちと勘弁してくれ」

ティーセットを片付け、セアラはカイルとカホに頭を下げる。

「失礼いたします。後《のち》ほど、お茶をお持ちします」

「嬢ちゃん、またな」

「はい、お気を付けて。セアラ……お見送りお願いね」

カホはセアラに対して、いつもの癖で敬称を付けようとして堪《こら》える。セアラは少しだけ苦笑いをして、ヴィルフリートとともに部屋を出ていった。

ふたりが出ていくと、部屋にはカホとカイルのふたりが残った。ちらりと視線を隣に座るカイルに向けると、ぱっちりと目が合った。

深い、濃紺色《のうこんしょく》の瞳。夜空のような色が、甘さをたたえてカホを見つめていた。

繋がれていた手がさり気なく解《ほど》かれて、指を絡ませながら再び繋がれる。触れ合う熱にびくんと肩が揺れた。

結婚してからコミュニケーションのひとつであるスキンシップに、少しは慣れたつもりでいるが、カホが完全に慣れるにはもう少し時間が必要だ。だけどこうして触れ合うことにまだ慣れはしないけれど苦手ではなくて、寧《むし》ろ好きだったりするのだ。

どきどきして落ち着かないまま、カホは話題を戻す。

「それでどうして耳と尻尾が生えたりしたんですか？　間違いってどういう……」

尋ねると、カイルは苦笑いを浮かべながら仔細を教えてくれた。

発端は、魔術師団に籍を置くカイルの兄であるオズワルドだ。

彼は国の中でも優秀な魔術師であり、その一環で魔法薬も作成する。

依頼で紅茶に魔法薬を掛け合わせたものを混ぜ、容器に移して保管しておいたらしいのだが、今日たまたま用事があって訪れたカイルに、その紅茶を振る舞ってしまったらしい。

運悪く魔法薬の棚にスペースがなく、自分さえわかれば大丈夫と紅茶缶に並べて保管していた——オズワルドは優秀ではあるが、ズボラなところがあるのだ——のが仇《あだ》になった。

ただの紅茶ではないことに気付いたのは、体に違和感が出たからだった。

幸いにも危険性はないものだったらしい。紅茶に混ぜ込まれた魔法薬の効能は、普段は人の姿で生活している獣人を、獣の姿に戻す薬だった。

完全な獣の姿にならなかったのは、カイルが純粋な獣人ではなく、人間の血も混ざっていたからだろう。そして。

「俺の場合、満月の夜にだけ狼になる。今夜は新月で、満月とは最も遠い日だ。だから魔法薬の影響も中途半端に出たのでは、と兄は言っていた」

話の途中で執事が持ってきてくれた紅茶を飲みながら、カイルはそう話してくれた。

当然オズワルドも飲んだが、彼も同様に耳と尻尾が生えるだけで済んだらしい。とは言え、普段からローブを着ているので、カイルほど困らなかったようだ。

治療薬の作成をオズワルドに頼んで魔術師団を出たカイルだったが、思いの外《ほか》、この姿は人目を引いた。普段、獣耳も尻尾も生えてない人物に、それらが生えていたら視線を集めるに決まっているし、カイルは普段の姿を多くの人に知られているだけになおさらだ。

オズワルドを訪れたのは午前のわりと早い時間で、それから仕事をこなしていたが、執務室から外に出ると、たちまち人の目を集める。

執務室から出ない、耳と尻尾を隠す、など色々方法を考えたが良い案は見つからなかった。最終的にヴィルフリートに「急ぎの案件はねえし、今日はもう帰れ。あの人のことだから明日には薬できてるだろ」と言われ、いくつかの仕事を終わらせて、外套を羽織《はお》り、帰路についたのだった。

ヴィルフリートは本人曰《いわ》く、何かあったときのための護衛らしい。本当の目的はそうではないことにカイルは気付いていたが、何も言わなかった。

「それは……大変でしたね。お疲れさまです」

カイルの話を聞いて、カホは苦笑しながら労《ねぎら》う。

騎士団長として人の視線に慣れているとは言っても、好奇という意味の視線に晒《さら》されればストレスも溜まるだろう。

だけど思わず見てしまう気持ちもわかるのだ。ちらりとカイルの頭上に視線を向ける。ぴくぴく動く銀色は、彼の髪と同じ色だ。狼姿のときに見慣れているが、それでも雰囲気が違えば捉《とら》え方も変わってくる。

いつも通りカイルは格好良い。けれど、今の姿はそれ以上に可愛らしいなとカホは思った。

——触らせてもらえたりしない、かな……？

満月の夜は狼姿のカイルと眠ることもあるので、尻尾を触ったことはあるし、耳にも触れたことがある。

だが、人型に獣耳という、いつもとは違う夫の姿にちょっとだけ好奇心が湧いた。触れたときにどんな反応をするのかなと興味を持ってしまったのだ。

「カホ、そんなに見られたら、少し恥ずかしいな」

「っご、ごめんなさい」

どうやってお願いしようかなと悩んでいるとからかうような声がして、慌《あわ》てて視線を落とすとカイルが笑っていた。

ちらりと一瞬だけ見たつもりが、注視してしまっていたようだ。顔が熱くて瞼《まぶた》を伏せる。

そうしたら、衣擦《きぬず》れの音がしたあと手が伸びてきた。手袋を外《はず》したカイルの手のひらがカホの頬を撫《な》でる。

「恥ずかしいだけで嫌じゃない。俺がカホのことをずっと見ていたいように、カホにも俺を見ていてほしい。触れたいなら、触れても構わない」

甘やかで優しい声が降ってきて、カホは恐る恐る顔を上げる。

「……耳、触りたいです」

「いいよ。おいで」

体を抱き寄せられて、頭を差し出される。

そっと手を伸ばし、指先で獣耳の縁《ふち》をなぞって、ゆっくり親指を滑《すべ》らせた。すりすりと撫《な》でると、耳が揺れる。

「わ……」

触れた感触は狼のときと同じだ。耳の後ろを擦《こす》ると、くすぐったそうにカイルは身を捩《よじ》った。

時折さり気なく銀糸の髪に触れながら、カホは銀毛を堪能《たんのう》する。ふにふにと両手でふたつの獣耳を愛《め》でる。

カイルはゆったりとした様子で、リラックスしてくれているみたいだ。頬を緩《ゆる》め、気持ちが良いと頭を擦《す》り寄せてくるのがたまらない。

「カイルさん、かわいい」

いつもとは違う夫の一面を見られてカホはとても嬉しくて、気付いたら口から言葉が溢《あふ》れていた。ひくひく揺れる狼の耳に、そっと口付けを落とす。

――その直後、浮遊感を覚え、どちらかと言えば前のめりになっていたはずのカホの体は、ソファーに仰向けにされていた。

のしかかってくるのは、一瞬前まで体を預けてくれていた夫だ。どこか艶《あで》やかな笑みを浮かべて、カイルは顔を近付けてくる。

そして、カホのくちびるをぺろりと舐めてきた。瞬《また》く間にカホの顔が朱色に染まる。

「カホのほうが可愛い」

「まっ……カイルさ……ぁ……」

「ん……あとでまた、触らせてあげるから。今度は俺に触らせて」

言葉の合間にまたくちびるを舐められた。手を取られて、指が絡み合う。

熱を孕《はら》んだ頬に、温かいくちびるが落ちてくる。

額同士がこつんと触れ合い、目が合った。珍しく彼にしては悪戯《いたずら》っぽい色を含んだ表情で、カホを見つめている。

「──カホ」

その眼差《まなざ》しで、その声で、名前を呼ばれるとカホは弱いのだ。

「……っお、手柔らかにお願いします」

かろうじてそう返事をしたら、ああ、と嬉しそうな声で言葉が返ってきて。

カホは甘い時間の訪れを告げる口付けを、そっと目を閉じて受け入れたのだった。

NB ノーチェ文庫

甘く淫らな王宮ラブ♥

聖獣様に心臓（物理）と身体を（性的に）狙われています。

富《と》樫《がし》聖《せい》夜《や》　イラスト：三浦ひらく

定価：704円（10% 税込）

城の舞踏会で、エキゾチックな青年に出会った伯爵令嬢エルフィール。彼はエルフィールの胸を鷲掴みにしたかと思うと、いきなり顔を埋めてきた！　その青年は、なんと国を守護する聖獣様。彼曰く、十年以上も前に失くした心臓が彼女の中にあるらしい。そのせいで彼女は城に住むことになってしまい……!?

詳しくは公式サイトにてご確認ください

https://www.noche-books.com/

携帯サイトはこちらから！

本書は、2018年12月当社より単行本として刊行されたものに書き下ろしを加えて文庫化したものです。


この作品に対する皆様のご意見・ご感想をお待ちしております。

おハガキ・お手紙は以下の宛先にお送りください。

【宛先】

〒150-6008 東京都渋谷区恵比寿4-20-3 恵比寿ガーデンプレイスタワー 8F
（株）アルファポリス　書籍感想係

メールフォームでのご意見・ご感想は右のＱＲコードから、
あるいは以下のワードで検索をかけてください。

アルファポリス　書籍の感想　検索

ご感想はこちらから

ノーチェ文庫

銀《ぎん》の騎士《きし》は異世界《いせかい》メイドがお気《き》に入《い》り

上原《かみはら》緒《お》弥《み》

2021年4月30日初版発行

文庫編集－斧木悠子・篠木歩
編集長－塙綾子
発行者－梶本雄介
発行所－株式会社アルファポリス
〒150-6008 東京都渋谷区恵比寿4-20-3 恵比寿ガーデンプレイスタワー8F
TEL 03-6277-1601（営業）　03-6277-1602（編集）
URL https://www.alphapolis.co.jp/
発売元－株式会社星雲社（共同出版社・流通責任出版社）
〒112-0005 東京都文京区水道1-3-30
TEL 03-3868-3275
装丁・本文イラスト－蘭蒼史
装丁デザイン－AFTERGLOW
（レーベルフォーマットデザイン－ansyyqdesign）
印刷－中央精版印刷株式会社

価格はカバーに表示されてあります。

落丁乱丁の場合はアルファポリスまでご連絡ください。

送料は小社負担でお取り替えします。


ISBN978-4-434-28020-7 C0193